사소
하고도
특별한

사소하고도 특별한

1판 1쇄 찍음 2017년 4월 5일
1판 1쇄 펴냄 2017년 4월 12일

지은이 | 성지혜
펴낸이 | 고운숙
펴낸곳 | 봄 미디어

기획·편집 | 김민지, 김자우, 홍주희, 김현주

출판등록 | 2014년 08월 25일 (제387-2014-000040호)
주소 | 경기도 부천시 원미구 소향로17, 304(두성프라자)
영업부 | 070-5015-0818 편집부 | 070-5015-0817 팩스 | 032-712-2815
E-mail | bommedia@naver.com
소식창 | http://blog.naver.com/bommedia

값 9,000원

ISBN 979-11-5810-313-2 03810

사소
하고도
특별한

성지혜 장편 소설

Contents

1
흔한 취업 준비생 서연주

떨리는 마음으로 평소엔 믿지 않던 온갖 신들의 이름을 하나하나 나열함과 동시에 두 손을 기도하듯 가지런히 모았다. 이윽고 천천히 눈을 떠 가며 노트북 화면을 조심스레 쳐다보던 연주.

하지만 10초가 채 지나기도 전에 언제 그랬냐는 듯 순식간에 태도를 바꾸었다.

조금 전까지만 해도 갓난아이를 다루듯 조심스레 다루던 노트북을 과격하게 탁 닫아 버리고 우울하기 그지없는 얼굴로 서정의 옆에 앉았다.

열심히 라면을 먹으며 아무것도 모르는 척 연주를 외면하던 서정은 자신을 뚫어져라 쳐다보는 끈질긴 시선에 결국 참지 못하고 소리를 질렀다.

"아, 왜!"

"나 어떻게 됐을 것 같아?"

이미 딱딱하게 굳은 표정과 우울한 빛을 띤 그녀의 눈을 보았을 때, 답은 뻔했다.

"정말 궁금해서 묻는 거야?"

연주는 잠시 망설이는가 싶더니 긴장된 표정으로 이내 고개를 끄덕였다.

서정은 어이없다는 듯 그녀를 향해 말했다.

"또 떨어졌다에 내 전 재산과 앞으로 남은 인생의 모든 남자들을 건다."

연주가 떨어졌음을 100% 확신하고 있다는 의미였다. 서정의 단호한 말은 가뜩이나 착잡한 연주의 기분에 기름을 들이붓고 불을 붙이는 꼴이 되었다.

"어떻게 친구라는 애가 위로 한마디 없이 냉정한 말만 골라서 하냐? 네 남친한테 하는 거 나한테 반만이라도 했어봐. 내가 너 업고 다닌다!"

"이거, 이거 진짜 웃기는 친구일세. 남친이랑 친구를 어떻게 비교하냐? 성별부터가 다른데. 너 지금 이래 놓고 나중에 남친 생겼다고 나 몰라라 하기만 해 봐. 진짜 죽는다."

그러나 연주는 서정의 위협적인 말에 단 1초의 망설임도 없이 깔끔하게 대답했다.

"취업도 못 하고 있는데 남친은 무슨 얼어 죽을……."

"어이구, 오죽하시겠어요? 고등학교 때부터 공부하느라 바쁘네, 어쩌네 하더니 이럴 줄 알았다. 무슨 여자애가 이 나이까지 연애 한 번 못 해 보냐?"

"여유가 있어야 하지. 농담이 아니라 난 정말 여유가 없거든."

연주의 말은 사실이었다. 드라마 같은 곳에서나 여유가 없네, 뭐네 하면서도 다들 잘만 연애하고 다니는 거지 현실 속의 연주 같은 경우에는 연애를 할 만한 시간도 마음의 여유도 없었다.

연애는 어느 정도 심적인 여유나, 금전적인 여유를 가진 사람들이나 할 수 있는 거라고 연주는 생각했다. 불행하게도 그녀는 둘 중 그 어느 것도 가지지 못했다. 마음 편하게 연애나 하자고 생각할 수도 없을 만큼 그녀의 위치는 여러 가지로 불안했다. 돈이 없으니 마음의 여유를 가질 기회도 없는 것이다.

태어났을 때부터 가난했던 건 아니었다. 고등학교 때까지만 해도 넉넉하다고는 할 수 없으나, 살기 힘들다고 느낄 정도는 아니었으니까. 그저 남들만큼 그냥저냥 먹고살 수 있는 정도였다.

하지만 지금은…….

"그러지 말고 짬 내서 연애 좀 해! 안 그러면 너 진짜 평생

일만 죽어라 하다가 외롭고 쓸쓸하게 죽는 수가 있다?"

서정은 조금 쉬어 가며 하라는 뜻으로 한 말이었으나, 연주는 전혀 다른 의미로 해석했다.

"그게 내 꿈이다. 일만 하다가 죽는다니 참 행복한 인생일세. 제발 그래도 좋으니까 취직 좀 하고 싶다."

할 말을 잃은 서정은 포기했다는 듯 한숨을 내쉬며 조용히 고개를 젓더니 이내 먹다 만 라면을 다시 흡입하기 시작했다.

연주는 서정의 반응을 크게 쓰지 않은 채 TV에 집중했다. 요즘 한창 인기리에 방영 중인 드라마가 나오고 있었다. 연주는 금세 드라마 속에 들어갈 듯한 기세로 조금의 미동도 없이 TV에 집중했다.

기집애, 연애할 여유는 없다더니. 방금 전까지 그렇게 열변을 토했으면서 드라마는 열심히 챙겨 보는 연주가 어이없었다.

"연애할 시간은 없다면서 드라마 볼 시간은 있냐?"

서정의 핀잔에 연주는 끄떡도 하지 않고 TV 화면에 시선을 고정한 채 대답했다.

"이건 회사원들의 생활을 리얼하게 그린 드라마라고. 다 공부하는 거란 말이야. 직장 공부."

"직장 공부 좋아하시네. 그냥 재밌으니까 보는 거면서!"

서정이 어이없다는 얼굴로 한마디 하자 연주는 손가락을

입술에 갖다 대며 조용히 하라는 제스처를 취해 보였다.

"조용히 해. 대사 안 들려."

지금은 아무것도 안 들리니 입 닫고 조용히 드라마나 보자는 의미였다.

서정도 하는 수 없이 드라마로 시선을 돌렸다.

비밀 연애를 시작한 두 남녀가 회사 사람들 몰래 데이트를 하는 장면이 나오고 있었다. 서정은 두 눈을 반짝이며 드라마에 집중하기 시작했으나 연주의 표정은 아까와 달리 시큰둥해져 있었다.

"야! 저거 봐 봐! 진짜 달달하다."

"그러네."

서정은 연주의 어깨를 한 손으로 잡고 흔들며 신나게 호들갑을 떨었다.

하지만 연주의 대답은 건조하기만 했다.

"연애 초기엔 둘이 같이 있기만 해도 좋을 텐데. 와, 진짜 인기 있는 이유가 있네. 아주 케미가 장난이 아니야."

서정은 마치 자신이 드라마를 만들기라도 한 것처럼 자랑스러운 얼굴로 고개를 끄덕였다.

반면 연주는 여전히 무심한 얼굴로 드라마를 시청하고 있었다.

평소 같았으면 진작 그녀의 호들갑에 상응하는 반응을 보여 줬을 연주였기에 서정이 의아한 얼굴로 물었다.

"반응이 왜 이리 건조해? 이런 달달한 장면을 딱딱하게 보는 여자는 너밖에 없을 거다."

"그냥 뭐, 딱히 공감이 안 된다고나 할까?"

서정은 그녀의 말을 이해할 수 없다는 얼굴로 말했다.

"그게 무슨 소리야? 드라마는 판타지야, 판타지. 내가 저런 잘난 놈들이랑 못하는 연애를 여주인공이 함으로써 대리 만족을 하는 거라고! 판타지에 공감은 무슨……."

"어느 정도 이해는 되어야 할 거 아냐. 요즘 드라마 보면 회사에서 죄다 연애만 하잖아. 진짜 저러는 것도 아닌데 괜히 이상한 기대감만 안겨 주고."

"야, 회사 생활하는 것도 지겨워 죽겠는데 TV로까지 힘겨운 현실을 마주해야겠냐? 너 원래 드라마 나보다 훨씬 더 좋아했잖아. 갑자기 왜 이래?"

그녀 역시 서정의 말에 공감하는 것인지 우울한 표정을 지어 보이며 한 손으로 턱을 괸 채 대답했다.

"원래는 나도 그냥 판타지려니 하고 봤지. 근데 요즘 취직도 안 되고, 남들 다 통과한다는 서류 전형 한 번 못 붙으니까 자괴감도 들고. 내가 지금 뭐하는 건가 싶다."

"하긴, 네가 계속 떨어지긴 했으니 좀 착잡하긴 하겠다. 우리 그런 의미에서 오랜만에 기분 전환이나 하러 나갈까?"

연주는 왜 이야기가 그런 방향으로 흘러가는 것인지 알 수 없었으나 계속 집에만 있어 봤자 더 우울한 생각만 들 것 같앉기에 묵묵히 서정을 따라나서기로 했다.

"흐윽. 야, 이 나쁜 자식아! 네가 어떻게 나한테 그럴 수가 있냐! 흐엉."

연주의 집 근처에 있는 한 포장마차 안. 서정이 술에 취해 반쯤 맛이 간 눈빛으로 휴대폰을 붙잡고는 연신 징징대고 있었다.

연주는 서정을 따라나선 것을 깊이 후회했다. 분명 자신의 기분 전환을 위해 나온 것이었는데 지금 상황을 보니 서정의 뒤치다꺼리를 해야 할 판이었기 때문이다.

"야, 민서정. 정신 차려!"

연주는 취하다 못해 술에 쩔어 버린 서정의 어깨를 잡고 흔들어 보았지만 그녀의 눈은 완전히 맛이 간 상태였다.

"야, 너! 내가 이렇게 취했는데, 취했는데에! 전화도 없고! 너무한 거 아니냐?!"

서정의 목소리는 줄어들 생각을 하지 않고 오히려 점점 더 커져만 갔다.

"우리 사귄 지 얼마나 됐다고! 너 변했어어! 변했다고!"

연주는 포기했다는 듯 한숨을 내쉬었다. 앞에 있던 소주 한 잔을 원샷한 뒤 서정이 이리저리 헤집어 놓은 안주를 먹기 시작했다. 연주가 그러는 동안에도 서정의 진상은 멈출 줄 몰랐지만 한두 번 겪은 일도 아니었기에 크게 개의치 않았다.

얼마간 혼자 안주를 먹으며 시간을 보내자 서정의 남자 친구가 와서 그녀를 데리고 갔다. 그들을 따라 연주 역시 포장마차를 나섰다.

그리 늦은 시각이 아니었기에 자취방으로 향하는 연주의 발걸음은 느긋했다. 잠시 걸음을 멈추고 차가운 밤공기를 느껴 보기까지 했다. 겨울이 가고 슬슬 봄이 올 시기였기에 청량한 겨울의 냄새와 포근한 봄의 기운이 함께 느껴지는 듯했다.

한가롭게 계절을 만끽하고 있는데 술기운 때문인지 목이 쩍쩍 갈라지는 갈증이 느껴졌다.

자취방으로 향하던 걸음을 멈춘 연주는 잠시 근처에 있던 편의점에 들렀다.

문을 열고 들어선 연주는 늘 마시던 커피 우유가 있는 곳으로 향했다.

마침 딱 하나 남은 우유를 잡은 순간 탁 하는 소리와 함께 낯선 이의 손이 연주의 손 위로 포개어졌다.

그녀는 움찔하며 낯선 손의 주인을 향해 시선을 옮겼다. 훤칠한 키와 잘생긴 얼굴을 가진 웬 미남이 연주를 내려다보고 있었다.

그러나 눈앞에 있는 남자의 외모는 썩 중요하지 않았다. 우유를 마셔 갈증을 해소하고 싶은 마음뿐이었다.

"이 우유 사실 거예요?"

남자는 연주를 빤히 쳐다보기만 할 뿐 아무런 대답도 하지 않았다.

이미 잡은 우유를 살 거냐고 물어보는 것이 조금 이상하게 느껴질지도 모르는 질문일지도 모른다. 그래도 그녀 나름대로 용기를 내서 한 질문이었는데 무시를 당하자 기분이 썩좋지 않았다.

"저기요? 우유 사실 거냐고요."

"어, 살 거야."

두 번째로 던진 그녀의 질문에 남자가 입을 열었다. 하지만 그 대답은 매우 성의 없었고, 초면에 다짜고짜 말을 놓는 무례함까지 겸비하고 있었다.

연주는 남자의 그럴듯한 외모에도 불구하고 그가 마음에들지 않았다.

순간 이상한 오기로 똘똘 뭉치고 말았다.

"저도 이걸 꼭 마셔야겠는데요."

평소 같더라면 포기하고 가 버렸을지도 모르겠으나 지금만큼은 그러고 싶지 않았다. 초면부터 반말을 하며 무례하게 군 남자에게 지고 싶지 않다는 이상한 승부욕 때문이었다.

"이 우유가 그렇게 필요해?"

낯선 남자의 목소리가 연주의 귓가를 울렸다.

연주는 당연한 것을 물어봤다는 듯 열심히 고개까지 끄덕이며 말했다.

"네. 전 이걸 꼭 마셔야겠어요."

이렇게까지 말하면 보통은 양보하겠다며 손을 놔줄 법도 한데, 남자의 손은 조금도 떨어질 줄을 몰랐다.

오히려 놓지 않겠다는 듯 더욱 강하게 조여 오는 것만 같았다.

"나도 그래."

인심 쓸 것처럼 물어보더니 자신도 그렇다는 대답을 던지는 남자를 대체 뭐라고 생각해야 할까.

연주는 진심으로 어이가 없다는 얼굴로 남자를 빤히 쳐다보았다.

"그러니까 갈아."

남자는 또 한 번 전혀 예상하지 못한 행동을 했다. 연주의 손에서 우유를 빼앗아 거침없이 카운터로 향하더니 순식간에 계산을 마친 것이다. 연주는 그를 멍하니 바라보다가 이내 정신을 차리곤 편의점 밖으로 향하는 남자를 서둘러 쫓아갔다.

남자는 연주를 기다리기라도 한 것처럼 방금 계산한 커피 우유를 들고 서 있었다.

이윽고 남자의 손에 들려져 있던 커피 우유는 자연스럽게 연주의 손에 쥐어졌다.

"이 우유……."

"나도 꼭 필요했는데 양보해 줄게."

생각했던 것보다 쉽게 우유를 건네받은 탓에 잠시 얼떨떨했지만, 원래 목적이었던 커피 우유는 획득했으니 아무래도 좋다는 생각이 들었다.

"그냥 주는 거 아냐. 갚으라고."

갑작스럽게 들려온 남자의 목소리에 연주는 뭘 갚기까지 해야 하나 싶은 생각이 들었으나 피곤하고 귀찮았던 탓에 적당히 맞장구를 쳐 주기로 마음먹었다.

"그럴게요."

의외로 쿨하게 연주가 대답하자 남자는 조금 머뭇거리는가 싶더니 이내 주머니 속에서 자신의 휴대폰을 꺼내어 연주에게 내밀었다.

연주가 이건 또 뭐하자는 건가 싶어 멀뚱멀뚱 쳐다보자 남자는 답답하다는 듯 서둘러 입을 열었다.

"네 번호 입력해. 나중에 갚는다며?"

"네……."

별로 내키지는 않았지만 이제 와 갚지 않을 생각이었다고 말하기도 뭐했기에 자신의 번호를 입력했다.

그러자 남자는 그녀의 번호가 맞는지 확인이라도 하듯 곧바로 전화를 걸었고, 연주의 주머니 속에서 휴대폰 벨소리가 울렸다.

남자는 만족스럽다는 얼굴로 연주의 번호를 저장했다. 이젠 정말 된 건가 싶어 연주가 몸을 돌리려는데 남자가 다시 한 번 입을 열었다.

"이름."

상당히 갑작스러운 남자의 말에 연주는 이번에도 멀뚱멀뚱 그를 쳐다보았다. 그러자 남자가 당연한 태도로 말을 이어 갔다.

"이름이 뭐냐고. 번호 저장은 해야 할 거 아니야."

"아, 서연주요."

연주의 대답이 들려오기 무섭게 번호를 저장한 남자는 의미심장한 미소를 지으며 그녀를 바라보았다.

"왜 그렇게 쳐다보세요?"

"아무것도 아냐."

"네, 뭐 그럼."

그제야 자유를 찾은 연주는 남자에게 인사하고 서둘러 발걸음을 옮겼다.

자취방으로 가는 길. 연주는 얼결에 받아 낸 커피 우유를 마시며 조금 전의 상황을 천천히 곱씹었다. 아무리 생각해도 이상했다.

커피 우유 하나 때문이라기엔 갚으라는 남자의 말도 이상하고, 번호를 달라는 것도 이상했다.

그냥 그 남자 자체가 이상한 걸지도 몰랐다. 고급스러운 정장을 말끔하게 차려입고 테이크아웃 커피가 아닌 편의점 커피 우유에 집착하다니.

말끔한 옷차림과 달리 특이한 행동 때문인지 낯선 남자에 대한 경계심은 별로 생기지 않았다.

다소 이상했던 남자의 생각을 하고 있던 찰나 주머니에서 익숙한 소리가 흘러나왔다. 이 시간에 전화할 만한 사람은 없을 텐데.

이상하다는 생각을 하다가 혹시 지원했던 회사 중 한 곳이 아닐까 싶어 서둘러 전화를 받았다.

"여보세요?"

─잘 들어갔나?

전화를 받음과 동시에 방금 만났던 이상한 남자의 목소리가 들리자 연주는 밀려오는 실망감에 허탈해졌다. 오늘 처음 본 이 남자는 왜 이렇게 사람을 들었다 놨다 하는 건지 알다가도 모를 노릇이었다.

"네, 가는 중이에요."

─길도 어두운데 별일 없다니 다행이군.

방금 처음 만난 사람에게 들을 말은 아닌 것 같았다. 뭣 때문에 자신에게 관심을 갖는 걸까?

"그런데 왜 전화하셨어요? 오늘 처음 만난 사이에 안부나 묻자고 하신 건 아닐 테고."

그녀의 직설적인 말에 휴대폰 속 남자의 목소리가 잠시 끊겼다.

약 몇 초간의 침묵 끝에 남자가 입을 열었다.

―언제 갚을 거야?

남자의 대답은 연주를 당황시키기에 충분했다.

헤어진 지 얼마나 되었다고 벌써부터 독촉을 하는 건지. 그 커피 우유를 순순히 받아먹는 게 아니었다. 갈증 때문에 미쳐 버리는 한이 있더라도 무시하고 갔어야 했다.

하지만 이미 휴대폰 번호까지 준 마당에 없던 일로 하기에는 너무 늦어 버렸다. 연주는 속으로 깊은 한숨을 내쉬며 간단히 대꾸했다.

"언제가 좋을까요?"

―그쪽 좋을 대로.

연주는 주관이 뚜렷하지 않은 남자의 대답에 약간 짜증이 올라오려 했으나 선택권이 자신에게 있다는 것에 만족하기로 했다.

"그럼 제가 나중에 다시 전화할게요."

―좋을 대로 해.

연주는 남자가 말을 마치기 무섭게 '그럼 이만' 이라는 말과 함께 전화를 끊었다. 대체 전화는 왜 한 것인지 모르겠다고 투덜거리며 연주는 휴대폰을 주머니에 넣고 자취방으로 들어섰다.

방으로 들어온 후 화장실로 향한 연주는 술기운 때문에 올라오는 열기를 식히기 위해 아직 쌀쌀한 날씨임에도 불구하고 찬물로 샤워를 했다.

그 후 여러 가지로 피곤했던 터라 곧바로 침대에 몸을 뉘이고 그대로 잠들었다.

비슷한 시각.

주원은 집으로 향하는 차 안에서 조금 전 연주를 만났던 상황을 떠올리고 있었다.

근처에 사는 것인지 편안한 트레이닝복 차림에 얇은 패딩을 입고 편의점을 배회하던 그녀.

거기다가 잘 익은 사과처럼 빨간 두 볼과 살짝 풍기는 술 냄새로 자신이 조금 전까지 술을 마시다가 왔다는 것을 사방에 광고하던 그녀.

그와 더불어 겨우 커피 우유 하나에 집착하던 모습은 연주에 대한 주원의 환상을 부수기에 충분했다. 그럼에도 불구하고 주원은 그녀를 떠올리며 저절로 웃음이 나오는 자신을 발견했다.

주원의 입가에서 미소가 사라지지 않자 룸미러로 지켜보던 운전석의 남자가 그에게 물었다.

"무슨 좋은 일이라도 있었나요?"

"티 났어요?"

"네, 웃음이 끊이질 않으시네요."

그런 주원의 모습은 처음 보았기에 진심으로 기쁘다고 말하는 운전기사를 보며 그가 말을 이었다.

"아주 오래전에 헤어진 사람을 만났거든요."

"꼭 다시 만나고 싶었던 분이었나 봐요?"

"네, 오늘 우연히 만났네요."

"혹시 첫사랑이나 옛 애인?"

운전기사의 장난스러운 질문에 주원은 가볍게 고개를 저으며 말했다.

"아뇨. 그런 건 아니고 그냥 조금 반가운 사람?"

그렇게 말하는 주원의 입가에는 묘한 미소가 걸려 있었다. 세상이 좁다고는 하지만 이런 식으로 재회하게 될 줄은 몰랐으니까.

처음 편의점에서 연주를 마주했을 때 그는 한눈에 그녀를 알아보았다. 평소였다면 그냥 지나치고 말았을 커피 우유에 끈질기게 매달렸고 덕분에 연주의 이름을 확인하는 데 성공했다.

처음엔 긴가민가했지만 그의 짐작대로 그녀는 서연주가 맞았다.

그 사실을 알게 된 순간 주원의 마음속에는 딱 잘라 말하기 어려운 감정이 들어섰다.

오랜만의 재회를 반가워하며 인사를 나눌 만큼 가까운 사이는 아니었으나 반갑기는 했다.

물론 조금 다른 의미로.

❋　　　　❋　　　　❋

술을 많이 마시지 않았다고 생각했는데 아니었나 보다. 어제 갑작스럽게 들이부은 술 때문에 햇살이 눈부시다 못해 따가울 정도이건만, 연주의 몸은 움직여 줄 생각을 하지 않았다.

게다가 짜증스러울 정도로 끊임없이 울려 대는 휴대폰 벨소리 때문에 정말이지 머리가 깨질 것 같았다. 간신히 몸을 일으킨 연주가 힘겹게 전화를 받았다.

"여보세요."

잠에서 깬 지 얼마 되지 않은 상황이었기에 목이 상당히 까끌까끌한데다 숙취까지 겹쳐 연주의 기분은 그리 좋지 못했다.

그러나 연주가 받은 전화는 이 모든 걸 한 방에 날려 버릴 정도로 강력한 것이었다.

"저, 정말요? 아, 알겠습니다. 네, 네!"

공손하게 전화를 끊은 연주는 잠시 아무것도 없는 허공을 응시했다.

그렇게 약 30초 정도의 시간이 흐른 뒤 자신의 볼을 꼬집고, 양 뺨을 가볍게 때리기 시작했다.

이 모습을 누군가가 목격했더라면 미친 게 아니냐고 수군 댔을 것이 분명했다.

그녀는 얼마 지나지 않아 모든 행동을 멈추고 멍하게 중얼거렸다.

"꿈이 아니야……."

연주는 다시 자신의 휴대폰 화면을 들여다보았다. 조금 전에 했던 통화 기록이 뚜렷하게 찍혀 있었다.

그녀는 서둘러 노트북의 전원을 켜고 무언가를 확인하는 듯 한참 동안 화면을 뚫어져라 쳐다보았다. 그리고는 조금 멍한 얼굴로 중얼거렸다.

"붙었어. 내가 정말 붙었다고."

연주는 그저 흔한 취업 준비생에 불과한 자신이 비록 서류 전형이지만 대한민국에서 내로라하는 대기업인 주환그룹의 계열사에 합격했다는 사실이 믿기지 않았다.

꽤 오랫동안 멍한 얼굴을 하고 있던 연주는 갑자기 뭔가가 떠오른 듯 어딘가로 급하게 전화를 걸었다.

─여보세요?

"서정아, 나 붙었어. 합격했다고."

비록 서류 전형이었지만 첫 합격 소식을 서정에게 가장 먼저 알려 주고 싶었다.

─야, 잠깐만. 주어 다 빼먹고, 무작정 소리만 지르지 말고 천천히 자세하게 얘기해 봐.

"저번에 서류 넣었던 거 통과했다고 방금 연락 왔어."

—마구잡이로 이력서 뿌렸던 그거? 그중에 합격한 게 있다고?

한층 차분해진 연주의 말을 듣던 서정이 놀랍다는 듯 그녀에게 물었다.

"응. 다른 곳은 다 떨어진 것 같은데 방금 주환에서 연락 왔어. 면접 보러 오래."

—와, 진짜 대박이다. 어쨌든 축하해! 주환에 들어가면 돈 많이 벌 테니까 밥 자주 사라! 알았지?

서정은 진심으로 축하한다며 몇 마디 말을 덧붙인 뒤 전화를 끊었다.

서정과의 통화를 마친 연주는 혹시나 착각한 것은 아닌지, 잘못된 것은 아닌지 걱정하며 홈페이지에 다시 들어가 보고, 통화 내역을 다시 확인해 보기까지 했다.

눈을 감았다가 뜨면 사라질 신기루를 잡은 기분이었다. 그만큼 불안했지만 한편으로는 설레고 행복했다.

수십 번을 확인하는 동안 어느새 아르바이트를 하러 갈 시간이 다가왔다.

집안 형편이 좋지 않다는 것을 누구보다 잘 알고 있었기에 부모님께 손을 벌리고 싶지 않았다.

덕분에 항상 생활비나 학원비는 전부 아르바이트를 통해 마련하고 있었다.

그나마 다행인 것은 학원에 가는 날이 아니었기에 아르바이트를 마치고 집에 돌아와서 푹 쉴 수 있다는 사실이었다.

이번엔 제발 잘 돼야 할 텐데…….

사실 대기업 입사는 연주에게 너무나도 사치스러운 꿈이었다. 학점은 괜찮은 편이었지만 그렇게 좋은 학교를 나온 것도 아니었고, 남들 다 간다는 어학연수 한 번 다녀오지 못했다.

게다가 특별한 자격증이나 수상 경력이 있는 것도 아니었다. 때문에 대기업 주환의 서류 전형을 통과했다는 것 자체가 그녀에겐 기적과도 같았다.

연주도 마음 같아서는 자신의 분수에 맞는 적당한 규모의 회사에 가고 싶었다.

하지만 집안 형편과 학자금 대출을 생각하면 보수가 적은 곳은 가고 싶어도 가기 어려운 상황이었다. 게다가 그녀에겐 남동생도 있었다.

잠시 한숨을 쉬던 연주는 가볍게 기합을 넣고 의지를 다지듯 머리를 높게 올려 묶었다. 간단하게 식빵에 딸기잼을 발라 우유와 함께 먹은 후 옷을 갈아입고 편의점으로 향했다.

편의점 알바는 시급은 높지 않았지만 틈틈이 다른 공부를 할 수 있다는 장점이 있었다.

게다가 혼자서 일하기 때문에 타인의 눈치를 크게 볼 필요도 없었다.

물론 CCTV가 설치되어 있는 만큼 완벽한 땡땡이는 무리였지만 꽤 괜찮은 알바였다.

"안녕하세요."

"어, 연주 왔구나."

연주의 앞 타임을 담당하고 있는 해진은 언제나처럼 그녀를 반갑게 맞아 주었다.

그는 연주보다 2살 연상으로 순하게 생기고 착한데다가 주변 사람을 잘 챙기는 타입이었다.

"오빠, 오늘 오랜만에 데이트 약속 있으시다면서요. 얼른 가 보세요. 여긴 제가 정리할게요."

"아냐, 정리는 하고 갈게. 혼자 하면 오래 걸리잖아."

"진짜 괜찮아요. 빨리 멋지게 하고 여자 친구 만나러 가셔야죠."

해진의 여자 친구는 가끔 그를 보기 위해 편의점에 들르곤 했는데 워낙 붙임성이 좋아 연주와도 금세 말을 텄다. 사실 해진은 여자 친구라면 껌뻑 죽는 여친 바보였다. 팔불출계의 꿈나무라고나 할까?

"여자 친구께서 기다리시면 어쩌려고요?"

확실히 여자 친구라는 단어가 두 번이나 나오자 해진의 눈빛이 사정없이 흔들렸다.

사랑하는 여자 친구와 친한 동생과의 의리 사이에서 갈등하고 있는 듯했다.

하지만 대답은 오래 걸리지 않았다.

"그럼 미안하지만 오늘은 좀 수고해 줘. 다음번엔 꼭 도와 줄게."

"원래 제가 해야 하는 일인데요, 뭐."

그는 정말 미안하다는 얼굴로 몇 번이나 연주에게 인사를 한 뒤 편의점을 떠났다.

사람이 너무 착해서 탈이라는 생각을 하던 연주는 들어온 물건들을 정리하고 손님들을 상대했다.

일하다 보니 어느새 손님이 거의 없는 시간대가 되었다. 연주는 코앞으로 다가온 교대 시간을 확인하며 천천히 짐을 정리했다.

그때 갑작스럽게 문이 열렸다.

"연주야."

"오빠?"

편의점의 문을 열고 들어온 사람은 다름 아닌 해진이었다. 늘 웃던 그의 표정에 그늘이 진 것을 보니 데이트에 문제가 있었던 모양이다.

연주의 짐작을 확인시켜 주듯 해진이 우울한 얼굴로 입을 열었다.

"여자 친구가 갑자기 일이 생겨서 오늘은 못 볼 것 같대."

연주는 해진의 모습이 안타까워 위로의 말을 건넸다. 어느새 다시 밝아진 그가 늘 그렇듯 여자 친구의 자랑을 늘어놓기 시작했다.

수백 번은 더 들은 이야기였지만 처음 듣는 것처럼 호응해 주었다.

이윽고 교대 시간이 15분 정도 지났을 무렵 연주의 다음 타임인 아르바이트생이 문을 열고 들어왔다.

"하아, 하아. 죄송해요, 언니. 제가 너무 늦었죠?"

금방이라도 숨이 넘어갈 것 같은 얼굴로 묻는 그녀에게 연주는 자신의 휴대폰에 있는 시간을 보여 주며 차분하게 답했다.

"조금 늦긴 했지만 오늘은 기분이 좋으니까 봐줄게."

그 말을 마친 연주는 해진과 함께 편의점을 나섰다. 오늘은 학원에 가지 않고 곧바로 집에 가서 쉴 수 있는 몇 안 되는 날 중 하나였기 때문에 더욱 들뜨는 듯했다. 콧노래까지 흥얼거리며 편의점을 나서는 연주의 모습을 지켜보던 해진이 재미있다는 듯 웃으며 말했다.

"기분이 엄청 좋아 보이네. 무슨 일 있어?"

"아, 티 많이 났어요?"

연주가 조금 멋쩍은 얼굴로 되물었다. 그러자 해진은 열심히 고개를 끄덕이며 말했다.

"응. 좋아죽겠다고 얼굴에 다 쓰여 있어. 아, 혹시 남자 친구라도 생긴 거야?"

"에이, 제가 지금 연애할 시간이 어디 있어요. 빨리 취직이나 해야지."

"너 그거 나 들으라고 하는 말이야?"

"그렇게 들렸어요? 딱히 그런 의도는 아니었는데."

대화를 나누는 동안 연주와 해진의 얼굴에서는 미소가 떠나질 않았다.

그리고 그런 두 사람의 모습을 차 안에서 지켜보고 있던 한 사람.

"도련님, 저 두 분을 따라갈까요?"

"……아뇨, 그냥 집으로 가 주세요."

주원이었다.

그는 연주가 편의점에서 아르바이트를 한다는 사실을 알고 그녀의 일이 끝나는 시간에 맞춰 우연을 가장한 만남을 계획했다.

하지만 주원의 계획은 해진이 연주와 함께 편의점에서 나옴과 동시에 꼬여 버렸다.

정말 어이가 없는 건 지금 이 상황 때문에 화가 난다는 사실이었다.

계획에 차질이 생기긴 했지만 화가 날 이유는 없었다. 내일 다시 시도하면 되는 문제였으니까.

그럼에도 연주가 행복하게 웃으면서 다른 남자와 길을 걷는 모습이 너무도 거슬렸다. 도대체 자신이 왜 이런 감정을 느껴야 하는 건지 스스로도 알 수가 없었다.

주원이 과거 연주에게 품었던 감정은 결코 사랑이나 호감 같은 긍정적인 감정이 아니었으니까.

2
첫 만남

주원이 연주를 처음 본 것은 고등학교 입학식 첫날이었다. 중학교를 괜찮은 성적으로 졸업한 주원은 입시 명문이라 불리는 사립 고등학교에 진학했다.

"신입생 대표는 단상 위로 올라와 주세요."

입학식 도중 선생님의 말이 끝나자 짙은 갈색의 긴 생머리를 가진 여학생과 안경을 쓴 남학생이 단상 위로 올라갔다.

"신입생 대표 서연주……"

목소리가 유난히 또랑또랑하고 맑았으며 외모 역시 예쁜 편이었기에 짧은 선서 한 방으로 꽤나 많은 남자아이들의 시선을 빼앗았던 것으로 기억한다.

하지만 주원은 그때까지 그녀에게 큰 관심이 없었다.

그저 신입생 대표이니 공부 좀 하겠구나 정도의 감상이 전부였다.

연주는 시험을 보는 족족 꾸준히 전교 1등을 유지했고, 각종 대회에 나가 상도 휩쓸었다. 거기다 체육 시간에 반별로 경기를 할 때면 항상 중요한 역할을 할 정도로 운동 신경까지 좋은 아이였다.

주원에게 서연주는 불공평할 정도로 완벽한 사람이자 차마 경쟁자로 생각할 수도 없는 완전히 다른 세상의 사람이었다.

바로 그날, 도서실에 가기 전까지는 말이다.

"야, 너 먼저 가라."

가방을 뒤적이던 주원이 짜증스러운 얼굴로 말하자 정우는 의아한 얼굴로 그에게 물었다.

"왜?"

"아까 도서실에서 휴대폰 놓고 온 것 같아. 먼저 가 있어."

"진짜 가지가지 한다. 빨리 와라. 늦으면 죽는다."

"어."

급한 마음에 대충 대답한 주원은 초조한 발걸음으로 서둘러 도서실로 향했다.

제발 제자리에 그대로 있었으면 좋겠다는 생각을 하며 도서실에 들어선 주원은 자신이 앉았던 자리로 향했다. 그의 간절한 바람 덕분인지 휴대폰은 무사히 그 자리를 지키고 있었다.

주원은 서둘러 휴대폰의 전원을 켰다. 다행히 누가 건드린 흔적은 없었고, 몇몇 친구들에게서 온 문자 몇 통이 전부였다.

휴대폰을 주머니에 집어넣고 도서실을 나서려는데 낯익은 뒷모습이 눈에 들어왔다.

서연주?

어깨 아래까지 내려오는 긴 생머리를 하나로 올려 묶은 연주는 귀에 이어폰을 꽂은 채 열심히 공부하고 있었다.

다들 학원에 다니거나 과외하기 바쁠 텐데 독학으로 그런 성적을 낼 수 있다니, 참 대단하다는 생각이 들었다.

별말 없이 돌아서려는데 연주의 옆에 놓여 있던 책이 주원의 시선을 사로잡았다.

저 책은……?

단순히 문제집이나 자습서 같은 게 아니었다. 주원은 마치 무언가에 홀린 것처럼 책을 향해 다가갔다.

인기척을 느꼈는지 공부에 집중하던 연주가 이어폰을 빼고 그를 쳐다보았다.

주원은 그 시선을 신경 쓰지 않고 그저 하려고 했던 말을 그녀에게 건넬 뿐이었다.

"이 책, 네가 읽던 거야?"

그게 두 사람의 첫 대화였다. 다짜고짜 던진 주원의 질문에 연주는 그가 가리킨 책에 잠깐 시선을 주곤 고개를 끄덕이며 말했다.

"응."

"왜?"

"읽고 싶으니까."

자신이 던진 질문에 당황하거나 혹은 학원 숙제 때문이라는 등의 이유를 늘어놓을 거라고 생각했던 주원은 의외의 답이 나와 말문이 막혔다.

연주는 잠깐 주원을 쳐다보다 다시 이어폰을 끼고 하던 공부를 계속했다.

주원은 알 수 없는 오기가 생겨 그녀가 보고 있던 책을 냉큼 빼앗아 들었다.

그러나 연주는 짜증이나 화를 내기는커녕 조금 전과 같이 차분한 얼굴로 주원에게 말했다.

"뭐하는 거야?"

정말 아무것도 모르겠다는 얼굴로 말이다. 주원은 연주의 말에 대답하지 않고 그녀가 보고 있던 책을 등 뒤로 숨겼다. 연주는 주원의 유치한 행동에 어이가 없다는 얼굴로 입을 열었다.

"심심하면 네 친구들한테 가서 놀아 달라고 해. 괜히 이러지 말고."

"싫어."

"그럼 계속 그러고 있든가."

상당히 무심한 한마디였다.

연주는 주원이 가져간 책 따위에는 애초부터 관심도 없었다는 듯 가방에서 새로운 문제집을 꺼내 풀기 시작했다. 하지만 이는 그리 오래가지 못했다.

주원이 그녀가 풀고 있던 문제집을 빼앗았기 때문이다.

"같이 공부하고 싶은 거야?"

연주의 반응은 여전히 담백하기만 했다.

말도 안 되는 질문을 던질 뿐 조금도 흥분하는 기색을 보이지 않았다.

이쯤 되면 슬슬 화를 내거나 짜증을 낼 법도 한데 그녀는 자신보다 한참 어린아이를 대하듯 그를 대했다.

그 점이 주원의 신경을 거슬리게 만들었다.

집안에서도 받지 않은 어린아이 취급을 같은 학년의 여학생에게 받고 있다는 사실이 썩 유쾌하지 않았다. 끝까지 침묵으로 일관하며 연주의 인내심이 바닥나기를 기다리고 있었다.

만약 먼저 책을 돌려 달라며 화를 낸다면 목표를 이뤘으니 곧바로 돌려줄 생각이었다.

하지만 연주는 가방에서 또 다른 책을 꺼내 공부를 시작했다.

그는 이번에도 책을 빼앗아 들었다. 그렇게 같은 행동을 몇 번쯤 반복하자 연주에게 남은 책은 주원을 이곳으로 이끈 그 책뿐이었다.

연주는 어쩔 수 없이 그 책을 자신의 앞에 갖다 놓았고, 주원은 어김없이 그녀의 책을 빼앗아 들었다. 이번에도 별다른 반응 없이 그를 응시할 거라 생각했던 연주가 드디어 자리에서 일어났다.

"줘."

차분한 얼굴을 하고 있었지만 주원이 보기에는 미세한 차이가 있었다. 왠지 이긴 것 같은 기분이 들어 이쯤에서 만족하기로 한 주원은 손에 들고 있던 책을 연주에게 돌려주었다.

그녀는 재빨리 주원의 손에 있던 책을 낚아채더니 가방을 챙기기 시작했다.

"난 이만 갈 건데 그 책들은 내일 줄 거야?"

"아니."

"그럼 그다음 날 줄 거야?"

"아니."

"그럼 언제 줄 거야?"

"안 줄 건데."

연주는 그제야 가방을 챙기던 것을 멈추고 고개를 들어 주원을 쳐다보았다.

"그 책들, 전부 네가 가지겠다고?"

"어."

물론 진심으로 한 말은 아니었다. 이 많은 책들을 굳이 가져야 할 이유가 주원에겐 없었다. 정말 필요하다면 사면 그만이었다.

그럼에도 억지스러운 주장을 한 이유는 간단했다. 조금 전부터 자신을 무시하는 듯한 태도를 보이는 연주를 놀려 주고 싶었으니까.

"그럼 그러든가."

"……뭐?"

하지만 시크하기 그지없는 연주의 대답을 들으니 자신의 작전은 별다른 효과를 보지 못한 모양이었다. 연주를 놀려 주긴커녕 되레 한 방 먹었다.

이 많은 책들을 다 가지라니. 혹시 쓸데없는 허세라도 부리는 건 아닐까 싶어 연주의 표정을 살펴보았으나 그런 느낌은 들지 않았다.

그럼 진심이라는 건데. 왜 그런 소릴 제게 한 건지 주원은 알 수 없었으나 이어서 들려온 연주의 한마디에 의해 의문이 풀렸다.

"책 살 돈도 없으면서 밥은 어떻게 먹고 다니는 거야?"

연주는 약간의 연민이 섞인 눈빛으로 주원을 바라보았다. 장난을 치는 것이 아니라 진심으로 그를 동정하고 있었다. 주원은 황당하다는 얼굴로 입을 열었다.

"너 설마 내가 누군지 몰라?"

설마설마하면서도 혹시나 하는 마음에 던진 질문이었다. 그리고 돌아온 연주의 대답은 정말이지 가관이었다.

"네가 누군데?"

주원은 쟁반으로 뒤통수를 강하게 얻어맞은 기분이었다. 하지만 지금 상황이 대충 어떤 식으로 돌아가고 있는지 이해할 수 있었다.

연주는 주원이 누구인지 모르고 있었던 것이다. 그러니까 별생각 없이 다 가지라는 둥, 말도 안 되는 소리를 했겠지. 책 살 돈도 없는 불쌍한 친구로 생각하고 적선을 했다는 소리다.

주원은 속에서부터 무언가가 부글부글 끓어오르는 것 같은 느낌이 들었다.

또 한편으로는 어이가 없었다. 아무리 남의 일에 관심이 없어도 그렇지 이 학교에서 그녀만큼이나 유명한 자신을 몰라볼 줄이야.

그건 주원에게 있어서 매우 자존심 상하는 일이었다. 저 혼자서 그녀에게 관심을 가지고 전전긍긍한 것 같아 마음에 들지 않았다.

실제로도 그러고 있기는 했지만 그 사실을 인정하기 싫은 주원이었다.

결국 자존심에 제대로 금이 간 그는 가지고 있던 책을 모두 연주에게 돌려주었다.

그리고는 그녀가 가장 중요하게 생각하는 것으로 추정되는 그 책을 빼앗아 들었다.

그 후 재빨리 도서실 입구로 향한 주원은 멍하니 자신을 바라보고 있는 아니, 정확하게는 자신의 손에 들린 책을 바라보고 있는 연주를 향해 소리쳤다.

"이거 잠깐 빌릴게."

연주가 무어라 대답하기도 전에 주원은 그대로 복도를 내달렸다.

열심히 달리고 또 달려 교문을 빠져나왔을 땐 이미 날이 어둑어둑해진 상태였다.

그는 연주가 자신을 쫓아오지 않았음을 확인한 후, 손에 들린 책을 내려다보았다.

빌린다는 명목 하에 강제로 빼앗은 책은 바로 한국은 물론 전 세계에서도 알아주는 대기업 주환그룹의 회장 구경환이 쓴 자서전이었다.

구경환 회장은 주원의 아버지이기도 했다. 그가 별다른 감정도 없던 연주에게 책을 빼앗아 온 이유는 간단했다.

대체 어떤 생각으로 이 책을 읽고 있었던 것인지 궁금했으니까.

하지만 누군가가 정말 그게 다냐고 묻는다면 주원은 그렇다고 대답하지 못할 것이다. 연주가 이 책을 읽으면서 어떤 생각을 했을지 궁금했던 건 맞지만 굳이 책을 빼앗아 올 이유는 되지 못했으니까.

정말 궁금했더라면 그 자리에서 바로 이유를 물어보는 게 훨씬 더 빠르고 현명했을 거다. 하지만 주원은 그렇게 하지 않았다.

참 말도 안 되는 일이지만 주원 역시 스스로가 왜 그런 행동을 했는지 이해할 수 없었다.

이 책을 읽고 있는 사람을 처음 본 것은 아니었다. 간혹 학교나 학원 숙제 때문에 읽는 아이들도 있었고, 어떤 아이들은 주원의 관심을 끌기 위해 그의 눈앞에서 일부러 읽는 모습을 보여 주기도 했다.

하지만 주원이 누구인지도 몰랐던 그녀라면 정말 읽고 싶어서 가지고 있었을 것이다.

그렇다면 자신은 무슨 이유 때문에 이 책을 빼앗아 온 것일까.

그 의문은 이따금씩 주원을 연주가 있는 도서실로 향하게 만들었다. 하지만 그날 이후로 그는 연주에게 말을 걸지 않았다.

다가가서 아는 척을 하거나 인사를 하지도 않았다. 그저 연주의 뒷모습을 지켜보다가 그녀가 집에 가기 위해 도서실을 나서면 10분 정도 후에 도서실을 나오곤 했다.

그동안에도 주원의 의문은 사라지지 않았다. 오히려 지금 뭘 하고 있는 건가 싶은 생각이 들었지만, 주원은 도서실에 가는 것을 멈추지 않았다.

그러기를 며칠, 평소처럼 도서실에서 연주를 관찰하다가 그녀보다 조금 늦게 교문을 나선 주원의 앞에 고급스러워 보이는 검은색 차 한 대가 멈춰 섰다.

낯설지 않다는 생각이 든 순간 익숙한 얼굴의 남자가 차에서 내려 그에게 다가왔다.

"회장님께서 도련님을 당장 모셔 오라는 지시가 있으셨습니다."

평소 구 회장의 경호를 담당하던 남자였다. 주원은 잠시 뜸을 들이다가 입을 열었다.

"중요한 일입니까?"

"네, 몹시 중요한 일이라고 하셨습니다."

경호원의 단호한 반응을 보니 아주 급하게 찾고 있는 모양이었다.

이런 상황에서 싫다고 말해 봤자 입만 아플 뿐이라는 것을 너무도 잘 알고 있기에 마지못해 따라나섰다.

가는 내내 도서실에서 본 연주의 뒷모습이 떠올랐지만 내일 또 가면 된다고 생각하며 애써 무시했다.

이윽고 집에 도착한 주원이 서재에 들어간 순간 구 회장이 들고 있던 책이 그의 얼굴로 날아왔다. 책에 얼굴을 정통으로 맞은 주원이 멍한 얼굴로 그를 쳐다보자 싸늘한 한마디가 들려왔다.

"한심한 놈."

구 회장의 얼굴은 당장 고혈압으로 쓰러진다 해도 이상하지 않을 만큼 뻘겋게 달아올라 있었다.

"넌 누굴 닮아서 그렇게 한심한 거냐!"

주원은 갑작스러운 꾸짖음이 황당하기만 했다. 적어도 왜 이런 말을 듣고 있는지 정도는 알려 줘야 무슨 대답이라도 할 것 아닌가.

물론 짐작 가는 바가 전혀 없는 것은 아니었다. 최근 구 회장은 주원에게 외국으로 유학을 가라며 압박을 넣고 있었지만 그는 단호하게 거부했다.

친구인 정우와 헤어지기 싫은 마음도 있었고, 무엇보다 아직 연주에 대한 의문을 풀지 못한 것이 마음에 걸렸기 때문이다.

덕분에 구 회장의 분노는 요 며칠 극에 달해 있었고, 주원 역시 최대한 몸을 사리고 있는 중이었다.

지금 그를 부른 이유 역시 유학에 대한 이야기를 다시 꺼내기 위함일 것이다.

그러나 주원의 짐작과 달리 구 회장의 입에서 나온 말은 전혀 다른 것이었다.

"이번 시험에서 전교 10등 밖으로 밀려났다던데, 대체 요즘 뭘 하고 다니는 거냐!"

자신의 성적이 불안하다는 것 정도는 주원 스스로도 알고 있었다.

고등학생이 되면서 구 회장이 바라는 최상위권의 성적은 커녕 상위권을 유지하는 일도 힘들어졌으니까.

게다가 오늘 나온 성적표는 그러한 사실을 일깨워 주기라도 하듯 가히 현실적인 점수를 담고 있었다. 성적표를 보면서 제대로 깨지겠구나 싶은 생각을 했었기에 크게 놀랍진 않았다.

하루 이틀 겪는 일도 아니었으니까.

"그따위 성적을 받아 온 주제에 도서실에서 여자랑 노닥거려? 그것도 성적표가 나오는 당일까지?"

그러나 이어서 들려온 구 회장의 말은 주원을 크게 당황시켰다.

단순히 성적 때문에 화를 내고 있는 거라고 생각했는데, 그게 아니었나 보다.

주원은 구 회장이 적어도 학교에서만큼은 자신을 자유롭게 풀어 주고 있는 줄 알았다. 하지만 그건 완벽한 착각이었던 모양이다.

"항상 전교 1등을 유지하는 아이라던데, 알고 있었던 거냐?"

"네."

"알고 있었다고? 그런데도 그따위 성적을 받아 온 거냐!"

마치 넌 자존심도 없냐는 듯 소리를 질러 대는 구 회장의 모습에 주원은 어떻게 해야 할지 감을 잡지 못했다. 곁에서 몇 번 지켜보고, 대화를 나눈 건 한 번뿐인 연주를 걸고넘어지니 할 말이 없었다.

"너같이 한심한 놈 말고 차라리 그 아이가 내 자식이었다면……."

구 회장은 참으로 잔인한 한마디를 던졌다. 주원은 그 뒤에 이어질 말을 차마 듣지 못하고 서재를 뛰쳐나갔다.

더 이상은 듣고 싶지 않았고, 들을 용기도 없었다.

주원의 뜀박질이 무색하게도 구 회장의 입에서 나온 말들이 머릿속을 맴돌며 그를 괴롭혔다.

구 회장이 이런 식으로 타인과 주원을 비교하며 질책한 것은 한두 번이 아니었으나 이번에는 정도가 지나쳤다.

물론 그가 기업을 이끌어 나갈 차기 회장으로서 역할을 완벽하게 해내기를 바라는 마음에서 한 말이 분명했다. 언제나 최고가 되어야 한다며 주원을 가르쳤던 사람이 바로 구 회장이었으니까.

주원도 항상 완벽한 아들이자 후계자가 되기 위해 열심히 노력해 왔다.

유치원 때부터 외국어를 공부하며 경제 신문을 읽어 왔고, 초등학교에 입학할 즈음엔 여러 악기들과 운동을 병행했다. 중학교 때부터는 학교 공부와 경영, 경제, 회계 관련 공부를 시작했다.

고등학교에 입학한 뒤로는 학교와 모의고사 공부에만 집중했지만 그마저도 쉽지 않은 일이었다. 그저 죽어라 공부하고, 공부하고, 또 공부했다.

그렇게 10년이 넘는 시간을 살아오다 보니 한계가 느껴졌다.

게다가 겨우 대화 한 번 나눠 본 사람과 비교당하며 쓸모없는 사람 취급받으니 자존심 상하고 속이 쓰렸다. 이젠 구회장이 원하는 자신의 역할이 아들이 아니라 기업을 이끌어 갈 후계자에 불과하다는 생각마저 들었다. 그는 자신을 아들로 생각하지 않는다, 라고.

허탈한 마음에 헛웃음이 나왔다. 이런 취급을 받으려고 그렇게 열심히 살았나 싶었다. 결국 분노와 원망으로 가득 찬 마음을 주체하지 못한 주원은 무작정 집을 뛰쳐나와 정우에게 전화를 걸었다.

—여보세요?

"으윽! 허억."

—구주원?

휴대폰 너머에서 정우의 목소리가 들려온 순간 주원은 갑자기 눈앞이 핑글 돌아가는 것을 느꼈다. 식은땀이 나고 온몸이 말을 듣지 않았다.

—구주원! 야, 너 뭐야? 왜 그래?

"하아, 하아."

주원의 반응이 심상치 않음을 눈치챈 정우가 열심히 그의 이름을 불렀다.

하지만 그는 대답할 정신이 없었다. 알 수 없는 공포감이 금방이라도 그를 잡고 수렁으로 밀어넣을 듯 덮쳐 왔기 때문이다.

호흡마저 가빠져 숨을 쉬기도 힘들었다. 마치 숨 쉬는 법을 잊어버린 듯한 기분이 들었다. 주원은 휴대폰 너머로 자신을 부르는 정우의 목소리 속에서 그대로 정신을 잃고 말았다.

❈   ❈   ❈

정신을 차린 주원이 가장 먼저 본 것은 병원의 새하얀 천장이었다. 죽지 않고 멀쩡히 살아서 병원으로 옮겨졌나 보다.

정신을 잃기 전까지만 해도 진짜 죽는 거 아닌가 싶었는데 생각보다 별거 아니었던 모양이다. 마치 꿈을 꾼 것처럼 아무런 이상이 없는 듯했으니까.

주원은 의사를 찾아가 자신의 상태에 대해 물어볼 생각으로 몸을 일으켰다.

그런데 곁을 지키다가 잠든 것으로 추측되는 한 남자가 그의 시야에 들어왔다. 놀랍게도 그 남자는 바로 구 회장이었다.

주원은 순간적으로 두 눈을 의심했다.

그가 아는 구 회장은 회사와 관련된 일이 아니면 절대로 자신의 시간을 사용하지 않는, 철저하게 일에 미친 남자였으니까.

유일한 혈육인 주원의 학예회나 생일 파티, 졸업식에도 구 회장은 참석하지 않았다. 언제나 바쁘다며 윤 비서를 통해 카드만 던져 줄 뿐이었다.

그런 구 회장이 자신을 위해 시간을 할애했다는 사실을 주원은 믿을 수가 없었다. 너무도 혼란스러웠다.

머릿속이 복잡해진 주원이 도망치듯 병실을 나서자 상당히 피곤한 기색으로 복도에 서 있는 정우를 발견할 수 있었다.

"일어났냐?"

정우는 평소와 같이 태연한 목소리로 물었으나 얼굴에는 주원을 걱정하는 기색이 역력했다.

그가 쓰러진 사이 마음고생을 꽤나 심하게 한 것 같았다.

주원 역시 평소처럼 태연하게 대꾸하려고 노력하며 입을 열었다.

"그래, 오랜만에 한숨 잘 잤다."

"미친놈."

"내가 잠에 미치긴 했지."

주원의 실없는 농담에 가볍게 웃던 정우는 조금이나마 걱정을 덜어 낸 표정으로 그에게 물었다.

"이제 몸은 멀쩡하냐?"

"아마? 근데 나 왜 아팠던 건지 알아?"

"스트레스성 편두통으로 인한 빈혈이라는데…… 심각한 건 아니라더라."

"치료가 안 되는 거냐?"

"스트레스 안 받고 약 잘 먹으면 별일 없을 거래."

애써 담담하게 말하던 정우의 목소리가 처음으로 미세하게 떨려 왔다.

주원은 잠시 생각에 잠겼다.

스트레스라.

살아가면서 어느 누가 스트레스를 안 받겠느냐만, 주원에게 있어 구 회장은 모든 악감정의 근원이었다.

그로 인해 없던 지병까지 생겼고, 완전히 지쳐 버렸다. 이젠 그가 없는 곳으로 도망가고 싶은 마음뿐이었다.

"이정우."

주원은 뭔가 중요한 일의 발표를 앞둔 사람처럼 비장한 태도로 정우의 이름을 불렀다.

"왜?"

"나 유학이나 갈까?"

주원의 입에서 나온 유학이라는 말이 정우에겐 굉장히 생소하고 낯선 단어처럼 들렸다.

　구 회장이 종종 그에게 유학을 가라며 압박을 줬단 사실은 정우 역시 알고 있었다. 그러나 유학만큼은 절대 가지 않겠다고 단언했던 주원이 이런 식으로 입에 담을 줄은 몰랐던 것이다.

　하지만 정우는 주원에게 굳이 그 이유를 묻지 않았다. 그만큼 현재 주원의 상황이 절박하다는 의미일 테니까.

　"진심이야?"

　"어."

　"언제?"

　"최대한 빨리."

　주원의 말처럼 유학 준비는 일사천리로 진행되었고 정확히 2주 뒤에 한국을 떠날 예정이었다.

　주원의 유학이 이렇게 빨리 결정된 것은 모두 구 회장의 입김 때문일 것이다.

　주원은 아직도 그날 병실에서 자신의 곁을 지켰던 구 회장의 속마음을 알 수 없었다. 짐작 가는 바도 전혀 없었고 말이다.

　어쩌면 구 회장에게 자신을 아들로 생각하는 마음이 아주 조금은 있지 않을까 싶었지만 그 후 원래대로 돌아온 그의 태도를 보면 잘못 짚은 것 같았다.

주원은 구 회장의 속내를 읽는 것을 포기하고 유학 준비나 열심히 하기로 했다.

가뜩이나 스트레스를 받으면 안 되는데 힘들게 머리를 굴리다 보면 또다시 그때의 악몽이 재현될 것 같았기 때문이다.

"너 이제 가면 언제 오냐?"

갑작스럽게 들려온 말에 주원은 생각을 멈추고 시선을 옮겼다.

같은 반이긴 하지만 말 한마디 나눠 보지 않은 아이가 보였다.

그 한마디를 시작으로 같은 교실에 있던 친구들이 하나둘 섭섭함을 토로하기 시작했다.

"한국에는 다시 오는 거야?"

"번호는 안 바뀌지? 계속 연락할게."

"남은 2주 동안이라도 잘 지내 보자."

친구라고 칭할 만큼 친한 아이는 없었지만 나중에 좋은 친구를 둔 덕 좀 보겠다는 아이들을 무조건 나쁘다고 할 수는 없었기에 싫은 티를 내지 않았다. 하지만 옆에 딱 달라붙어서 귀찮게 하는 아이들의 태도 때문에 조금씩 신경이 날카로워지기 시작했다.

"구주원!"

그 타이밍에 자신을 부르는 정우는 주원에게 구세주와도 같았다.

정우의 등장과 동시에 조금씩 떨어져 나가는 아이들의 행동 역시 매우 땡큐였다.

"저기, 주원아. 나중에 봐!"

"우린 이만 가 볼게."

"자, 잘 가!"

재빨리 교실을 떠나는 아이들을 보고 있자니 우습기도 하고 어이가 없기도 했다.

열심히 달라붙던 아이들이 싸움 좀 한다는 정우의 등장과 동시에 낙엽처럼 우수수 떨어져 나갔으니 말이다.

"너 유학 간다더니 이러고 있어도 돼?"

"아직은 시간 있어."

정우의 질문에 주원이 간단하게 대꾸했다. 그러다 갑작스럽게 무언가를 떠올린 듯 정우에게 말했다.

"야, 나 도서실에서 빌릴 책 있어. 오늘은 너 먼저 가라."

"네가 책을 빌린다고? 또 휴대폰 두고 온 게 아니라?"

"이제 유학 가니까 한글이 그리워지기 전에 책 좀 읽어 보려고 그런다. 그러니까 까불지 말고 먼저 가라."

"그래. 내일 보자."

정우는 간단하게 대꾸하고는 재빨리 가방을 챙겨 교실을 나섰다.

교실에 덩그러니 혼자 남겨진 주원 역시 서둘러 가방을 챙겨 도서실로 향했다.

주원이 정우에게 한 말은 거짓이었다.

유학이 고작 2주 남은 시점에서 굳이 도서실까지 가 책을 빌릴 이유는 없었다. 그럼에도 주원이 도서실로 향하는 이유는 오직 하나.

서연주.

그날 이후로 유학이다 뭐다 하며 만나지도, 보지도 못했던 연주를 만나기 위해서였다.

빌린다고 말해 놓고 멋대로 가져와 버린 책을 돌려줘야 했으니까.

이유 모를 설렘을 안고 도서실로 향하던 주원은 복도 끝에서 자신을 향해 걸어오는 연주를 발견했다. 도서실에서의 차분한 분위기와는 다르게 친구들과 함께 웃고 떠드는 그녀의 모습이 낯설고도 신기했다. 저렇게 밝게 웃기도 하는구나 싶었다.

잠시 멍하니 연주를 쳐다보던 주원은 이내 고개를 저으며 정신을 붙잡았다.

그가 잠깐 딴생각을 하는 사이에 연주 무리가 바로 앞까지 다가와 있었다. 그는 들고 있던 책을 연주에게 내밀며 입을 열었다.

"이 책……."

하지만 연주는 주원의 말이 다 끝나기도 전에 눈길 한 번 주지 않고 그대로 그를 스쳐 지나갔다.

연주의 행동에 크게 당황한 주원은 몸을 돌려 그녀를 바라보았다.

연주는 자신의 친구들과 함께 웃고 떠들며 이내 복도 끝으로 사라졌다. 마치 아무 일도 없었다는 듯이 말이다.

주원은 순간적으로 멍해졌지만 재빨리 정신을 차리고 상황을 파악하기 위해 머리를 굴렸다.

혹시 보지 못한 걸까?

아니면 아예 잊은 건가?

어쩌면 둘 다일 수도 있단 생각이 들었다.

주원이 누구인지도 모르고 있었던 연주였으니 충분히 그럴 수 있었다. 단순한 가정을 넘어서 가장 유력하다고 할 수 있었다.

하지만 그렇게 납득하기에는 너무도 화가 났다. 네가 감히 나를 잊어? 하는 생각마저 들었다. 주원 본인도 왜 이렇게까지 화가 나는 건지 알 수 없었지만 잠깐의 고민 끝에 그 답을 찾아냈다.

자신은 연주 때문에 구 회장에게 온갖 쓴소리는 다 듣고 팔자에도 없던 병까지 얻었는데 누구는 그날의 일을 기억조차 못 하고 있다는 사실이 너무도 억울했다. 그래서 화가 나는 것이 분명하다고 결론을 내렸다.

그날을 기점으로 주원은 유학길에 오르는 날까지 철저히 연주를 외면하며 피해 다녔다.

연주에게 빌린 책은 훗날 그녀가 자신을 기억해 낸다면 그때 돌려줄 생각이었다.

3
감정의 정의

그녀를 처음 만났던 날을 회상하던 주원이 침대에 누워 휴대폰에 저장된 연주의 번호를 한참 동안 쳐다보다 나지막하게 중얼거렸다.

"서연주……."

그날 연주와 해진이 함께 편의점에서 나와 다정하게 걷던 모습이 떠올랐다. 그런데 그 장면만 떠올리면.

"아오, 진짜!"

열이 받아 속에서 무언가가 부글부글 끓는 것 같았다. 왠지 괘씸하기도 하고.

주원이 연주와 미리 약속을 하고 간 것도 아니었는데, 지금 그의 기분은 정말 만나고 싶었던 상대와 약속을 하고 엄청 신경 써서 준비를 한 다음 만날 장소에 도착했더니 상대가 갑자기 바람을 맞힌 것과 같은 느낌이었다.

그러니까 내가 왜 서연주한테 그런 기분을 느끼느냐, 이거지.

그가 오래전 연주에게 가졌던 감정은 설렘이나 호감과 같은 귀여운 것이 아니었다.

굳이 비슷한 단어를 찾자면 열등감이나 경쟁심, 억울함 정도?

연주를 다시 만났을 때도 힘들게 살고 있는 그녀를 보며 불쌍하고 안타까운 느낌보다는 이기적이게도 다시 만나서 다행이라는 생각이 들었다.

아마 연주가 자신보다 나은 삶을 살고 있었다면 이런 생각을 하지 않았을 것이다.

자신이 예전에 느꼈던 열등감을 그녀가 비슷하게나마 느꼈으면 하는 마음에 번호까지 땄다. 연주를 옛 동창 혹은, 경쟁자 그 이상으로 여길 리 없었다.

주원은 연주에 대한 자신의 마음을 열등감이라 못 박으며 침대에서 일어나 출근 준비를 했다. 그는 회사에 출근한 뒤 열심히 일에 집중하려 했지만…….

오늘따라 일이 손에 잡히질 않았고 머릿속에는 온통 연주에 대한 생각으로 가득 차 있었다. 주원은 하는 수 없이 특단의 조치를 취하기로 결정했다.

"끝나고 직접 만나 봐야겠어."

*　　　　　*　　　　　*

연주는 따가운 아침 햇살에 떠밀려 억지로 눈을 떴다. 어제 밤을 새워 면접 예상 질문을 암기한 탓에 다크서클이 생겨 여러모로 퀭한 몰골이었다. 아무리 노력해도 떠지지 않는 눈을 억지로 뜨며 아르바이트를 하러 갈 생각을 하니 벌써부터 죽을 맛이었다.

아무리 힘들어도 아르바이트를 그만둘 수는 없었다. 이번 달 월세와 학원비를 내려면 당분간은 계속해야 했다.

연주는 아무렇게나 풀어헤친 머리를 하나로 높게 올려 묶고 일할 때 입기 편한 바지와 외투를 걸치곤 집을 나섰다.

오늘 연주의 하루는 평소와 다를 것 없는, 그런 하루였다. 정확하게는 아르바이트를 마칠 시간이 되어 갈 즈음, 그 남자가 나타나기 전까지만 해도 그랬다.

"무슨 일이세요?"

주원의 등장에 당황한 연주가 조금 초조한 얼굴로 묻자 그가 태연한 표정으로 입을 열었다.

"뭐가?"

처음 봤을 때부터 느낀 거지만 저 남자, 은근히 뻔뻔한 것 같다.

　연주는 뭐라고 대꾸하려다가 이내 조용히 입을 다물고 지갑을 꺼내 남자에게 돈을 건넸다. 그러자 남자는 어이가 없다는 얼굴로 말끝을 흐렸다.

　"지금 이게 무슨……."

　"커피 우윳값 받으러 오신 거잖아요. 빨리 받으세요."

　연주의 말에 주원의 표정이 순식간에 딱딱하게 굳었다. 회사가 끝나자마자 그녀를 보기 위해 달려왔는데, 아무리 아무것도 모르는 그녀라지만 자신을 너무 무시하는 것 같아 조금 섭섭한 마음이 들었다.

　고작 우윳값이나 받기 위해 이 먼 곳까지 왔다고 생각하는 걸까?

　주원은 곧 굳었던 표정을 원상 복구시켰다. 그녀에게 자신의 감정을 고스란히 드러내고 싶지 않았기 때문이다.

　다행히도 연주의 눈썰미는 주원의 순간적인 표정 변화를 읽어 낼 만큼 좋은 편이 아니었다. 저 사람이 왜 저렇게 자신을 뚫어져라 쳐다보는 건가 싶어 한 번쯤 의아해하고 넘어갈 뿐이었다.

　"아니, 난 그냥 지나가다가 근처에 있는 편의점에 잠시 들른 것뿐이야. 그쪽을 보러 온 게 아니라고."

　"그래도 온 김에 받아 가시면 좋죠."

　따지고 보면 맞는 말이었기에 주원은 뭐라 더 말을 잇지도 못하고 연주가 건네는 돈을 받아들었다. 이런 푼돈이나 받기 위해 온 것이 아니었는데.

자신이 이런 취급을 받고 있다는 사실에 분통이 터질 지경이었다.

주원이 황금 같은 시간을 전부 포기하고 여기까지 온 이유는 단 하나, 연주를 만나기 위해서였다. 자연스럽게 편의점을 함께 나서며 저녁 식사라도 할 생각으로 아르바이트가 끝나는 시간에 맞춰 이곳까지 왔다. 물론 굳이 그 사실을 그녀에게 알릴 이유는 없었다.

주원의 목적은 그녀에 대한 자신의 마음이 무엇인지 정확하게 정리하는 것이었으니까.

최대한 연주를 자주 만나 감정이 정리되면 확실하게 인연을 끊을 생각이었다. 그런데 주원의 계획에 큰 변수가 생겨버렸다.

"저 학원에 가야 돼요."

주원이 캔음료 하나를 계산하며 연주에게 저녁이나 먹자는 말을 건네자 돌아온 대답이었다.

"오늘은 그냥 빠지면 안 되나?"

"안 돼요. 하루라도 빠지면 진도 못 따라간단 말이에요."

"나중에 혼자서 공부 더 하면 되지."

"시험도 얼마 안 남았는데 그럴 시간이 어디 있어요."

몇 번을 다시 물어도 그녀의 대답은 한결같았다.

"정말 안 돼?"

"네. 그리고 학원 빠지면 낸 학원비가 아깝잖아요."

주원은 그깟 학원 때문에 자신과 밥 먹을 기회를 간단하게 차 버리는 그녀를 이해할 수 없었다.

학원비가 얼마나 하는지는 모르겠지만, 적어도 그녀와 함께 밥 한 끼를 먹기 위해 식당 전체를 빌린 만큼의 비용은 아닐 것이다.

게다가 자신의 외모가 꽤 괜찮은 편이라고 생각해 왔던 주원이었기에 더 큰 충격으로 다가왔다. 주원은 잠깐 동안 아무런 말도 하지 못하고 있었다.

그런 주원의 모습을 본 연주는 그에게 미안하다는 표정을 지으며 입을 열었다.

"밥 같이 못 먹어 드려서 죄송해요."

주원이 자신을 쳐다보자 연주는 검은 봉투에 무언가를 주섬주섬 넣었다.

"방금 계산한 음료수예요. 서비스로 삼각 김밥도 넣어 드렸으니까 혼자라도 맛있게 드세요."

연주는 '혼자라도'를 자신도 모르게 강조하며 그에게 봉투를 건넸다.

주원은 잠시 봉투를 바라보다가 이내 받아 들고는 편의점을 나섰다.

그가 뒷모습을 보이며 드디어 편의점 밖을 나서자 안도의 한숨을 내쉰 그녀는 빠르게 짐을 챙겼다. 그리고는 교대 시간에 맞춰 온 다음 타임 직원에게 일을 맡기고 서둘러 학원으로 향했다.

면접이 얼마 남지도 않은 시점에서 학원까지 빠져 가며 밥을 먹을 여유 같은 건 눈곱만큼도 없었다. 연주는 혹시라도 지각하지는 않을까 싶어 버스에서 내리자마자 숨이 턱 끝까지 차오를 정도로 달렸다.

간신히 시간에 맞춰 도착해 빈자리에 앉아 강의가 시작되기를 기다리며 면접 예상 질문과 그에 따른 대답을 외우고 있었다.

편의점에서 아르바이트를 하는 동안에도 손님이 없는 시간대라면 틈틈이 보던 것이었다. 이렇게라도 하지 않는다면 정말 잠깐의 시간도 나지 않았다.

그녀가 바라는 것은 딱 하나.

열심히 준비한 만큼 스스로의 실력을 아낌없이 발휘해 면접에 붙는 것이었다. 그러기 위해서는 더 철저하고 완벽한 준비가 필요했다.

접수한 자격증을 따기 위해서는 학원 수업을 빠질 수도 없었기에 강의를 듣는 것 역시 게을리할 수 없었다. 면접도 중요하지만 혹시 떨어지게 된다면 다른 회사에 지원할 때 필요한 자격증을 하나라도 더 따야 할 테니 말이다.

연주는 세 시간짜리 강의를 들으면서 쉬는 시간마다 틈틈이 면접을 준비했다.

학원이 끝난 후에 집으로 돌아와 다시 늦게까지 면접 준비에 힘썼고 자신도 모르는 사이에 잠이 들었다. 그녀에게 남은 시간은 약 3주였다.

✻   ✻   ✻

아무런 소득도 없이 집으로 돌아온 주원은 아까의 일을 회상하며 자신의 방에 틀어박혀 있었다. 동시에 그녀가 건네준 검은 봉투에서 시선을 떼지 못했다. 담긴 물건이 무엇인지 궁금해 꺼내 볼까 하다가 약속까지 거절당한 마당에 그 봉투를 열어 보면 조금 자존심이 상하는 일인 것 같아 망설여졌다.

한편으로는 연주가 왜 김밥을 서비스로 준 것일까 하는 생각도 들었다.

혹시 자신에게 마음이 있어서 그런 건 아닐까 싶었다. 하지만 이내 그런 생각을 하는 스스로에게 놀라 고개를 저었다.

망상병이 생긴 걸까?

고작 삼각 김밥 하나에 의미를 부여하려는 자신이 한심하게만 느껴졌다.

연주와 함께 밥을 먹으려던 계획은 물거품이 되어 버렸고,

괜히 먼 곳까지 갔다가 제대로 쉬지도 못하고 시간 낭비만 했다.

그럼에도 불구하고 그녀가 넣어 준 김밥 하나에 이상한 감정이 들어 다시 고민하게 되는 주원이었다. 그는 감정을 확실히 하기 위해서 검은 봉투를 열어 볼 필요가 있다는 자기 합리화 끝에 과감하게 봉투를 열었다.

그 안에는 주원이 계산한 음료수와 삼각 김밥 3개가 얌전히 들어 있었다.

주원은 잠시 망설이다가 이내 삼각 김밥 중 하나를 잡아 이리저리 살펴보자 요상한 숫자가 눈에 들어왔다.

"14일?!"

하마터면 무심코 지나칠 뻔한 숫자에 그의 눈동자가 커졌다.

자신의 시력을 의심하며 다시 유통 기한을 살펴보았다. 하지만 그의 눈이 정상이라는 것을 증명하듯 유통 기한은 이미 하루를 넘긴 상태였다.

주원은 황당하다는 표정을 지으며 서둘러 다른 두 개의 삼각 김밥을 살펴보기 시작했다. 하지만 그의 불길한 예감은 빗나가지 않았다. 연주가 준 삼각 김밥이 모두 유통 기한을 넘긴 것이다.

그는 허탈하게 웃으며 잠시나마 그녀가 자신에게 호감이 있는 것은 아닐까 하는 생각을 했던 과거의 자신을 진심으로 패고 싶었다.

세상 어느 여자가 좋아하는 남자 아니, 조금의 호감이라도 있는 남자에게 유통 기한이 지난 음식을 주겠는가. 이것은 연주가 그에게 단 1g의 좋은 감정도 갖고 있지 않다는 의미나 다름없었다.

그녀의 감정은 확실해졌으니 자신만 확실히 정리한다면 모든 게 끝날 텐데. 어쩐지 쉽지 않을 것 같다는 생각이 드는 주원이었다.

❋   ❋   ❋

연주는 요즘 시간이 어떻게 흘러가는지 알 수 없었다. 여러가지로 신경 써야 할 일들이 한두 가지가 아니었기에 더욱 정신 없이 보낸 터라 덩달아 시간 개념도 없어지고 있었다.

매일 반복되는 생활 패턴 역시 그녀를 더욱 힘들게 만드는 데 단단히 한몫했다.

쳇바퀴를 도는 것처럼 일어나서 간단하게 아침을 때우고 아르바이트를 한 뒤 학원에 가거나 집에 가서 면접을 준비하는, 그런 하루가 반복되었다.

그러나 이보다 더 힘든 것은 면접 날짜는 다가오는데 자신이 잘할 수 있을 거라는 확신이나 자신감이 없다는 사실이었다.

끊임없이 드는 생각이라곤 실수하면 어쩌지, 혹은 이번 면접이 마지막이면 어쩌지, 하는 부정적인 것들뿐이었다.

"후우."

연주는 자신의 처지를 생각하며 작게 한숨을 내쉬었다. 마치 세상의 온갖 걱정을 혼자 다 하고 있는 듯한 표정이었다. 아까부터 편의점 이곳저곳을 돌아다니며 물건을 고르던 주원이 결국 보다 못해 한마디 했다.

"그렇게 한숨 쉰다고 뭐가 달라지나?"

"이젠 한숨도 제 맘대로 못 쉬어요?"

그의 말이 백번 맞았지만 지금과 같은 예민한 시기에 타인의 오지랖은 절대 사절이었다. 스스로의 감정도 제어하기가 어려운 상황이었으니까.

게다가 부쩍 늘어난 주원의 방문은 가뜩이나 면접이 가까워진 탓에 심기가 불편해진 연주를 더욱 예민하게 만들었다.

"솔직히 백수시죠?"

"아니, 왜 멀쩡한 사람을 실업자로 만들고 그래?"

어이가 없다는 듯 한마디 하는 남자의 태도에 연주는 시큰둥한 얼굴을 했다.

백수가 아닌데 매일 같은 시각에 편의점에 죽치고 있는 거라면 근무 태만이 아닌가 싶었다.

누군 일자리가 없어서 취직 좀 해 보겠다고 난리인데 눈앞에 있는 남자는 금수저라도 물고 태어난 것인지 태평하기 그지없다.

참으로 불공평한 일이었다.

얄미운 마음에 눈앞의 남자를 노려보는데 문득 알 수 없는 기시감을 느꼈다.

분명 처음 만났을 때도 어딘가 익숙하다는 생각이 들긴 했었는데 자세히 보니 진짜 어디선가 본 것 같은 기분이 들었다.

어디서 본 거지?

자신을 뚫어져라 쳐다보는 연주의 모습에 그가 한쪽 입꼬리를 살짝 올리며 말했다.

"뭘 그렇게 열심히 봐?"

"어디서 뵌 분 같아서요."

"어디서 본 것 같은데?"

갑작스러운 연주의 말에 주원은 혹시나 하는 기대를 품었다. 드디어 자신에 대한 기억을 떠올린 건가 싶었기 때문이다.

"으음…… 아, 생각났다."

한참의 고민 끝에 말문을 연 그녀를 보며 주원은 기대에 찬 얼굴을 했다.

"손님, 주환그룹 후계자랑 엄청 닮으셨어요."

그러나 돌아온 대답은 정말이지 실망스러웠다.

학창 시절 만났던 인연이 아니라 주환그룹 후계자로서 기억하고 있다니.

차라리 아무것도 모르고 있는 쪽이 훨씬 나을 것 같았다. 그런데 조금 이해하기 힘든 부분이 있었다.

"왜 본인이라는 생각은 안 하는 거지?"

"진짜 주환그룹의 후계자가 한가하게 편의점이나 들락거릴 리 없으니까요."

"대기업 후계자는 편의점에 오면 안 된다는 법이라도 있나?"

"손님은 너무 자주 오시잖아요. 저한테 백수가 아니냐고 의심받을 정도로."

조금 섭섭한 마음에 던진 주원의 물음을 연주는 생긋 웃으며 가볍게 받아쳤다.

그는 뭐라 한마디라도 더 할까 했으나 이내 관두고 화제를 돌렸다.

"이제 슬슬 교대할 시간이니 짐이나 챙겨."

엄청 친한 사이라도 되는 것처럼 교대 시간을 챙기는 남자의 모습이 연주는 어이가 없기도 하고, 웃기기도 했다. 처음엔 대체 무슨 꿍꿍이로 이러나 싶었으나 이젠 반쯤 체념한 상태였다.

당당하게 손님으로 오는 사람을 쫓아낼 수도 없는 노릇이었으니까.

"가자."

오늘도 이 남자와 학원까지 같이 가게 생겼다.

이젠 그러려니 하지만 참으로 황당하기 그지없는 상황이었다.

"그럼 안녕히 가세요."

"그래."

학원 앞에서 인사를 마친 연주가 뒤도 돌아보지 않고 건물 안으로 들어갔다.

멀어져 가던 연주의 뒷모습이 완전히 시야에서 사라진 순간 주원 역시 몸을 돌려 집으로 향했다.

내일 오전에 중요한 회의가 있기 때문에 아무리 빨리 돌아간다고 해도 오늘 밤은 잠 한숨 자지 못하고 일해야만 했다. 그걸 알고 있음에도 주원은 연주를 보기 위해 한가함을 가장해 이곳에 왔다.

그는 내일도 연주를 보러 올 것이다.

답은 명백히 나와 있었으나 주원은 애써 이를 부정하고 있었다.

※   ※   ※

"또 오셨네요?"

"손님을 대하는 태도가 글러 먹었네. 또 오셔서 감사하다고 해야지."

남자가 뻔뻔스럽게 대꾸했으나 연주는 아랑곳하지도 않고 제 할일을 했다.

어제도, 그리고 오늘도.

벌써 2주째 하루도 빠지지 않고 같은 시각에 편의점을 방문하는 그가 꽤 편해진 탓이었다.

"서비스가 영 엉망이네."

남자는 작게 투덜거렸으나 연주에게까지 다 들렸다. 어쩌면 일부러 들으라고 하는 말일지도 몰랐다. 그만큼 투덜대는 솜씨가 예술이었다는 소리다.

그것도 잠시, 연주의 생각은 얼마 남지 않은 면접에 대한 걱정으로 이어졌다. 과연 잘할 수 있을까 싶어 자동적으로 한숨부터 나왔다.

"또 한숨이야?"

귀는 또 왜 이리 밝은 것인지. 물건을 고르다가 멈춘 남자가 연주에게 말을 걸었다. 하지만 그녀에게 그런 참견은 달갑지 않았다.

"쓸데없는 오지랖은 사절입니다, 손님."

"그래. 한숨을 쉬든 말든 네 맘이긴 하지."

이내 주원은 다시 물건 고르기에 열중했다. 열심히 음료수를 찾으며 그가 뒷말을 이어 갔다.

"근데 한숨 푹푹 내쉴 시간에 그 일을 해결할 방법을 찾는 게 더 생산적이지 않나?"

조금 뻔뻔하고 할 일 없는 사람인 줄 알았는데 은근히 맞는 말도 할 줄 아는 듯했다.

남자의 말은 여러모로 옳았다.

쓸데없는 걱정을 할 시간에 면접 연습을 한 번이라도 더 하는 쪽이 훨씬 현명했으니까.

하지만 지금까지 자신을 귀찮게 했던 것이 괘씸했기에 연주는 괜히 한번 놀려 주고 싶은 마음이 들었다.

"방금 그쪽 약간 사기꾼 같았어요."

"사기꾼이라니. 굉장히 멋졌는데 무슨!"

나름 고민해서 해 준 말이었는데 사기꾼 취급을 받다니. 이젠 다시 고민 같은 거 들어주나 봐라.

억울해진 주원은 거듭 다짐하며 앞에 있는 음료수를 보이는 대로 담아 계산대로 가져갔다.

주원의 모습을 지켜보던 연주는 속으로 웃음을 터트렸다. 자신의 말에 일일이 반응하는 주원 덕분에 요 근래 들어 적어도 심심하진 않았다.

"계산해 줘. 얼른!"

자신을 찾는 주원의 목소리에 연주는 가벼운 미소를 머금고 계산대로 향했다.

"32,300원입니다."

"카드로."

계산할 때마다 드는 생각이지만 이 남자는 돈이 썩어 나기라도 하는 게 아닐까 싶었다.

어느 누가 매일같이 편의점에 와 3, 4만 원씩을 꼬박꼬박 사 가느냐 말이다.

가뜩이나 유통 기한도 짧은 편의점 음식들을 어떻게 다 먹는지 의문이었다.

설마 전부 버리는 건 아니겠지?

만약 그게 사실이라면 엄청난 낭비였다. 혹시나 하는 마음에 연주가 물었다.

"근데 그쪽은 매일 잔뜩 사 가면서 다 드시기는 하세요?"

"그, 그럼……."

주원이 부자연스럽게 연주의 눈을 피했다.

이 뻔한 반응을 보니 제아무리 눈썰미가 좋지 못한 연주라 해도 그동안 어땠을지 정도는 눈치챌 수 있었다.

"정말로요?"

"음, 어. 아마도?"

말까지 더듬어 가며 거짓말을 하는 주원의 모습에 연주는 작게 한숨을 내쉬었다.

"다 드시지도 못할 거면 조금만 사 가세요."

연주는 주원이 골라 온 물건의 반 이상을 제자리로 갖다 놓으며 잔소리했다.

주원도 그녀가 물건 정리하는 것을 함께 도왔다. 모든 물건들을 제자리에 가져다 놓은 연주가 조금 의아스럽다는 얼굴로 주원을 쳐다보며 말했다.

"그쪽은 진짜 백수 아니에요?"

"아니라니까. 난 멀쩡하게 직장 잘 다니고 있어!"

연주가 의심스럽다는 눈빛으로 쳐다보자 더욱 자존심이 상하는 주원이었다.

하루 종일 힘들게 일하고 퇴근하자마자 달려왔건만 백수 취급당했다는 사실이 어이가 없었다.

이 주제로 대화를 계속해 봤자 자신만 불리할 뿐이라는 것을 깨달은 주원이 화제를 돌리기 위해 필사적으로 주변을 두리번거렸다.

문득 주원의 시선에 연주가 펼쳐 놓은 것으로 추정되는 프린트가 포착되었다.

"넌 일하면서 무슨 공부를 그렇게 열심히 해?"

"이거요? 면접 예상 질문 뽑아 놓은 거 보고 있었어요."

"면접?"

주원이 의외라는 표정으로 연주를 쳐다보았다.

"네. 얼마 후에 면접이 있거든요."

"어느 회사인데?"

"음, 그쪽도 알만큼 큰 회사요."

연주가 생글생글 웃으며 말했다.

그가 회사의 이름을 들으면 놀랄지도 모른다는 생각이 들었다.

"꽤 큰 회사인가 보네."

"그럼요."

연주가 자신만만한 얼굴로 대답하자 주원은 저도 모르게 피식 웃음이 나왔다.

"그 회사가 어딘데?"

"글쎄요?"

표정만 봐선 알려 줄 생각이 있는 건지 없는 건지 알 수가 없었다.

주원은 다시 한 번 물었다.

"왜? 내가 알면 안 돼?"

"음, 생각 좀 해 볼게요."

"왜 생각해 봐야 하는데?"

"완전히 붙은 것도 아닌데 말했다가 떨어지면 좀 그렇잖아요."

듣고 보니 맞는 말이었다. 당장 입사한 것도 아닌데 말해서 무엇하랴.

그럼에도 주원은 궁금했다.

그녀가 어떤 회사에 지원했는지, 어떤 일을 하려고 하는 건지 알고 싶었다.

"그래도 한번 말해 봐. 혹시 알아? 나한테 말해서 행운이라도 생길지."

"백수가 되는 행운이요? 그런 거라면 싫은데."

"아, 정말. 아까부터 자꾸 백수백수 거리는데 난……."

"주환그룹이에요."

갑작스럽게 들려온 대답에 주원은 하려던 말을 멈추고 연주를 쳐다보았다.

그녀는 조금 전 했던 말을 다시 확인시켜 주듯 또박또박 말을 이었다.

"면접 보러 가는 곳, 주환이라고요."

연주로서는 정말 큰 인심을 쓴 셈이었다.

원래 남에게 자신의 일을 이러쿵저러쿵 떠드는 스타일이 아니었으니까.

그녀가 주환에 면접을 보러 가는 것 역시 가장 친한 친구인 서정 외에 아무도 모르고 있었다. 심지어는 그녀의 가족들조차도.

요즘 너무 자주 본 탓에 이 남자가 조금 편해져서 그런가 보다 라고 그녀는 생각했다.

"……좋은 곳이네."

주원의 대답에 작게 끄덕이며 그렇다고 답한 연주는 서둘러 짐을 챙겼다.

슬슬 교대 시간이 다가오기도 했고, 학원에 가지 않는 날이라 조금 들떠 있었던 이유도 있었다.

"언니, 저 왔어요."

"응, 어서 와."

다음 타임 아르바이트생이 시간에 맞춰 와 준 덕분에 자잘한 짐들을 모두 챙긴 후 주원과 함께 곧장 편의점을 나설 수 있었다.

비록 하루가 거의 다 저물어 간 저녁 시간이었지만 오늘은 뭔가 예감이 좋았다. 면접 준비 때문에 집에 가도 쉴 수 없겠지만, 집에 있을 수 있다는 사실 자체가 그녀에겐 소소한 행복이었다.

그런데 주원과 함께 걷던 연주가 한발 앞서 모퉁이를 돌던 순간 갑자기 자전거가 튀어나왔다. 갑작스러운 등장에 놀라 굳어 버린 연주를 주원이 잽싸게 제 품으로 끌어당긴 덕에 충돌을 피할 수 있었다.

"괜찮아? 다친 곳은?"

"아, 네. 없는 것 같아요."

잠시 멍해져 있던 연주는 문득 주원에게 안겨 있다시피 한 자신의 모습을 발견하고 크게 당황했다.

자전거를 피하기 위함이었겠지만 타인에게 폭 안긴 적은 처음이라 어찌할 바를 몰랐다.

"저기…… 이제 그만 놔주세요."

"어? 아, 그래."

주원 역시 크게 당황한 얼굴로 제 품에 있던 연주를 서둘러 떼어 냈다. 그리고는 민망함을 감추기 위해 괜히 큰소리를 냈다.

"아니, 무슨 애도 아니고 뭐 이렇게 조심성이 없어!"

"갑자기 튀어나오면 그럴 수도 있지, 왜 큰소리를 내요?"

연주는 자신을 탓하는 주원의 행동이 어이가 없었다. 도와줘서 고맙고, 걱정해 준 것도 고마운데 한편으론 어쩌라는 건가 싶었다.

"아니, 그……. 아니, 아니다."

"뭐가 아닌데요?"

주원은 잠시 뭔가를 생각하다가 곧 아무것도 아니라는 듯 고개를 저었다.

"아니야. 시간도 늦었는데 그냥 가자."

주원이 먼저 그녀의 집 방향으로 걸어가기 시작했다. 연주는 황당하다는 표정을 짓더니 이내 점점 멀어져 가는 그를 서둘러 쫓아갔다.

두 사람은 연주의 집 앞에 도착할 때까지 아무런 말도 하지 않았다.

연주는 조용한 주원의 모습이 불편해 먼저 대화를 시도하려다가 아까처럼 분위기가 이상해질까 봐 관두었다. 집으로 들어가기 직전 이대로 헤어지는 것은 조금 이상할 것 같아 고개를 가볍게 숙이며 말했다.

"안녕히 가세요."

그리고는 곧바로 집으로 들어가 버린 연주를 주원은 그저 바라보기만 했다.

그녀의 모습이 보이지 않게 되었음에도 한참을 그곳에 남아 있었다.

그는 잠시 아까의 일을 회상했다.

연주와 있으면 항상 알 수 없는 느낌이 들었다. 알 듯 말 듯 묘한 느낌.

처음에는 오래전 그녀에게 남아 있던 열등감이라고 생각했다.

지금은 정확히 기억조차 나지 않는 그때의 감정.

하지만 그것만으로는 그동안 느꼈던 감정을 완벽하게 설명할 수 없었다.

그런데 오늘 연주를 품에 안았을 때 누구보다 빠르게 뛰었던 자신의 심장 소리를 통해 스스로의 감정을 정확하게 깨달았다.

연주를 좋아하고 있었다.

그것도 아주 많이.

그녀의 곁을 떠나지 못했던 것은 과거의 열등감 때문이 아니라 좋아하고 있었기 때문이었다.

그래, 그렇게 생각하면 모든 게 들어맞았다.

매일 연주를 보기 위해 바쁜 일도 제치고 편의점에 달려왔던 것도, 잠깐 동안 연주를 안고 있었을 때 묘한 기분이 든 것도.

전부 좋아해서였다.

주원이 인생에서 처음으로 누군가를 좋아하게 된 것을 깨달은 날.

이를 기념하듯 유독 달이 밝았다.

＊　　　＊　　　＊

그날 이후로 오늘까지, 일주일 동안 연주는 주원을 볼 수 없었다.

그렇게 열심히 드나들더니 아예 발길을 끊어 버렸다. 정말이지 알 수 없는 남자였다.

평소에는 귀찮았던 남자가 막상 오지 않으니 왠지 허전한 기분이 들었다.

정신 차려, 서연주. 내일이 면접인데 이름도 모르는 남자 생각이나 할 때야? 너 그렇게 한가하지 않잖아.

스스로를 질책하며 면접 예상 질문을 다시 한 번 훑었으나.

아무것도 안 들어와…….

잡생각이 가득한데 무언가가 머릿속에 잘 들어오면 그게 더 이상했다.

오늘은 뭘 공부한다고 해도 들어올 리가 없으니 조용히 마음을 가라앉히는 데 전념하기로 했다.

모처럼 편의점 일을 끝내고 곧바로 집에 가려는데 낯익은 사람이 한 명 들어왔다.

"오빠!"

"잘 지냈어?"

개인 사정으로 인해 며칠간 편의점에 나오지 못했던 해진이었다.

"오늘도 못 나오는 거 아니었어요? 아까 다른 알바생이 대신 대타 뛰던데."

"원래 오늘부터 나올 생각이었어. 근데 마침 걔가 이 시간에 일이 있다고 해서 시간을 바꿨거든."

"그럼 전 이제 가 봐도 되는 거네요?"

연주의 장난스러운 물음에 해진은 너무 매정하다며 울상지었다. 연주는 함께 장난을 치다 퇴근하기 위해 짐을 정리했다.

"오늘도 학원 가는 거야?"

"아뇨, 오늘은 안 가는 날이에요."

연주가 약 올리듯 부럽죠? 라고 한마디를 덧붙였다.

그러자 그는 우리 사이에 이러기냐며 연주의 머리카락을 마구 헤집어 놓았다.

바로 그때 누군가가 편의점에 들어왔다.

"손님인가 보다. 오빠, 저 이만 가 볼게요!"

갑작스러운 손님의 등장에 연주는 뒷문 쪽으로 갔다.

손잡이를 잡고 나가려할 때 뒤에서 누군가가 그녀의 팔을 잡았다.

"잠깐만."

매우 익숙한 목소리였다.

일주일 동안 보지 못했지만 이곳에서 자주 들었던 그 목소리.

분명 그 남자일 것이다.

"갑자기 왜 도망가?"

"네?"

연주가 어이없다는 표정으로 몸을 돌려 남자를 바라봤다.

도망? 갑자기 도망이라니? 자신이 뭐 잘못한 게 있다고 도망을 친단 말인가.

연주는 당황스러웠지만 주원으로서는 오해의 소지가 다분한 타이밍이었다.

교대 시간이 지났음에도 연주가 밖으로 나오지 않길래 기다림에 지쳐 들어왔더니 연주는 없고 저번에 본 그 남자만 있었다.

그래서 눈을 열심히 굴리다 밖으로 도망치듯 나가려는 그녀의 모습을 본 것이다.

주원은 연주가 의도적으로 피했다고 생각했다. 일주일 전 자신이 갑자기 소리를 쳤던 것 때문인가 싶었다.

"제가 왜 도망을 가요? 제가 그쪽한테 뭐 죄 졌어요?"

연주가 당차게 대꾸하자 순간 주원은 할 말이 없어졌다.

"그럼 왜?"

"손님이 오신 것 같아서 가 보려고 했던 거예요."

주원은 할 말을 잃고 그녀의 얼굴만 쳐다보았다.

뭔가 이상한 걸 느낀 해진이 그들 쪽으로 다가와 주원에게 물었다.

"그쪽은 누구시죠?"

해진의 눈빛에는 수상한 사람에 대한 경계심이 있었다. 주원 역시 마찬가지였으나 두 사람의 경계심은 그 의미가 달랐다.

그것을 알 리 없는 주원은 여전히 해진을 경계하며 싸늘하게 말했다.

"그걸 제가 왜 말해야 합니까?"

해진은 까칠한 주원의 말에 대꾸도 않고 연주를 쳐다보았다.

그에게서 답을 들을 수 없을 것 같으니 대신 설명해 달라는 의미였다.

그 시선을 눈치챈 연주는 잠시 고민했다.

"어…… 굳이 말하자면, 단골손님?"

"단골손님?"

주원은 연주의 말에 크게 실망했다. 딱히 틀린 말은 아니었지만 연주와 자신의 관계가 고작 그 정도라는 점이 마음에 들지 않았다.

"난 또 남자 친구라도 되는 줄 알았네."

무심코 이어진 해진의 혼잣말에 주원은 울컥하는 마음을 이기지 못하고 연주의 손목을 붙잡았다.

"남자 친구는 아니지만, 이분과 잠시 볼일이 있어서 이만 가 보겠습니다."

"연주도 같은 생각인 겁니까?"

날카로운 해진의 지적에 주원은 잠시 움찔했다. 그때 연주가 작게 한숨을 내쉬더니 곧 입을 열었다.

"괜찮아요, 오빠."

이미 몇 번이나 얼굴을 맞댄 적이 있는 남자였다.

일주일 만에 갑자기 나타나긴 했지만 크게 달라질 건 없었다.

무엇보다 더 이상의 소란을 피우고 싶지는 않았다.

"오늘은 먼저 갈게요. 나중에 봐요."

연주의 인사를 끝으로 두 사람은 편의점을 나섰다.

❋   ❋   ❋

편의점에서 나와 해진이 더 이상 눈에 보이지 않았음에도 주원의 기분은 바닥을 쳤다.

연주? 그리고 오빠? 자신은 아직 연주의 이름조차 제대로 부르지 못하는데 그놈은 연주라고 불러? 게다가 자연스럽게 오빠라고 부르고?

여러 가지 의미로 열 받았다.

그가 속으로 분노를 삭여 내고 있을 즈음 참다못한 연주가 화를 냈다.

"도대체 뭐예요!"

벌써 10분째 말없이 걷기만 하는 주원 때문이었다.

아까는 엄청나게 중요한 용건이라도 있는 것처럼 굴더니 막상 밖으로 나온 뒤에는 한마디도 하지 않아 연주는 짜증이 났다.

"뭐 그렇게 중요한 일이기에 그 난리를 치나 했더니 계속 아무 말도 안 하고!"

연주의 말이 조금은 통했는지 주원이 걸음을 멈췄다. 그리고는 천천히 그녀를 향해 몸을 돌리며 말했다.

"……해."

"네?"

이왕 말할 거면 크게 좀 말하지. 연주는 잘 들리지 않는 말 때문에 다시 짜증이 일었다.

"미안하다고."

"뭐가요?"

"저번에 별거 아닌 일로 소리쳤던 거 미안하다고."

연주는 그제야 이해했다는 얼굴로 살풋 웃더니 망설임 없이 깔끔하게 답했다.

"저 그런 거 신경 쓸 만큼 속 좁은 사람 아니에요."

밝게 웃는 연주의 모습에 주원의 심장이 두근거렸다. 지금 자신의 마음을 고백하고 싶은 충동에 휩싸였다.

그러나 아직 용기가 조금 부족했다. 할까, 말까 망설이는 주원의 내적 갈등을 읽어 내기라도 한 것인지 연주가 그에게 물어왔다.

"할 말은 이게 다예요?"

"아니, 아직 남았어."

얼떨결에 대답한 주원은 이렇게 된 거 한 번 해 보자 싶은 마음으로 입을 뗐다.

그런데 정말 지지리 운이 없게도 연주의 휴대폰이 요란하게 울려 댔다.

본의 아니게 그의 말을 막아 버린 연주가 미안하다는 듯 웃어 보이며 전화를 받았다.

"여보세요?"

그녀는 주원을 피해 조용한 구석으로 향했다.

한참 동안 통화를 하던 연주가 다시 그에게 다가와 물었다.

"미안해요. 근데 아까 하려던 말이 뭐였어요?"

"아냐, 나중에 이야기할게. 늦었으니까 얼른 들어가 봐."

이미 깨진 분위기는 되돌릴 수 없었다. 주원은 마음을 전하는 것을 조금 더 뒤로 미루기로 했다.

"그럼 나중에 얘기해요. 안녕히 가세요."

인사를 마친 연주가 집으로 들어갔다. 주원 역시 연주의
모습을 지켜보다가 집으로 향했다.

4
선택의 결과

드디어 영원히 오지 않을 것만 같았던 첫 면접날이 왔다.

"후우."

연주는 거울에 비친 자신의 모습을 보며 크게 심호흡을 했다.

그리고는 몇 벌 없는 옷가지들을 늘어놓고 하나하나 몸에 대보면서 뭐가 더 나을지 고민했다. 면접에선 외적인 부분도 빼놓을 수 없었으니 말이다.

문득 시계를 보니 면접까지 약 두 시간 정도 남아 있었다. 시간은 넉넉했지만 중요한 날인만큼 일찍 집을 나서기로 결심했다.

서둘러 옷을 갈아입고 화장을 확인한 후 가방을 챙겨 집을 나서는 연주의 모습엔 긴장한 기색이 역력했다.

버스에 올라 회사까지 향하는 내내 창밖의 거리를 보며 마음을 진정시켰다.

목적지에 도착했을 때 연주의 마음은 조금 편안해진 상태였다.

하지만 그 평화는 오래 가지 못했다. 낯익은 남자가 갓길에 세워진 차 안에 쓰러져 있는 모습이 그녀의 눈에 들어왔기 때문이다.

"저, 저기요? 괜찮아요?"

최근 들어 매일 편의점에 와 연주를 귀찮게 했던 그 남자였다.

그는 지금 자신의 차 문을 반쯤 열어 둔 채 의자에 기대어 쓰러져 있었다.

"으윽. 하아, 하아……."

별다른 외상은 보이지 않지만 언뜻 들려오는 남자의 호흡은 의학적 지식이 전혀 없는 연주가 듣기에도 상당히 불안했다.

안절부절못하던 연주가 겨우 침착한 목소리로 그에게 말했다.

"조금만 기다려요. 119 불러 줄게요."

휴대폰을 꺼낸 연주의 손을 남자가 붙잡으며 힘겹게 고개를 저었다.

부르지 말라는 거절의 표현이었다.

"아니, 그럼 어쩌자고요?"

연주가 황당하다는 얼굴로 되묻자 남자는 차에 있던 내비게이션을 힘겹게 가리켰다.

웬 병원의 주소가 찍혀 있었다. 그와 더불어 예상 도착 시간이 1시간 30분 후라는 것도.

"여기, 으윽…… 여기로 가야……."

점점 더 심각해져 가는 남자의 상태를 보며 연주는 갈등했다.

✻　　　✻　　　✻

대략 세 시간 전.

주원은 연주에게 자신의 마음을 전하지 못한 것에 대한 후회 때문에 회사에 출근하고 나서도 일에 집중하지 못했다.

그러던 중 구 회장이 자신을 찾는다는 말에 회장실로 향했다.

주원이 문을 열고 첫발을 디딘 순간. 어김없이 구 회장이 들고 있던 책이 날아왔다. 하지만 주원은 책이 얼굴에 부딪히기 전에 손으로 쳐냈다. 그와 동시에 구 회장을 향해 무심한 한마디를 뱉어 냈다.

"왜 부르신 거죠?"

그런 주원의 태도는 구 회장의 화에 기름을 들이붓는 격이었다.

"너 대체 뭐하는 놈이냐!"

구 회장은 벌겋게 열이 오른 얼굴로 주원에게 고함을 치기 시작했다.

"대체 넌 뭐하는 놈이길래 남들 다 일할 때 회사에 없고, 혼자 나가 있냔 말이다!"

그가 화를 내는 이유는 요즘 주원이 회사 일을 일찍 마치고 퇴근해 버렸기 때문인 것 같았다.

"그게 왜 문제인지 모르겠군요. 할 일을 다 마쳐서 일찍 퇴근했을 뿐입니다."

"네가 일을 다 마쳐도 다른 사람들이 일하고 있으면 함께 남아 있는 게 당연한 거다!"

하지만 주원은 구 회장이 이렇게까지 화를 내는 진짜 이유를 잘 알고 있었다.

"그게 아니라 제가 회장님의 감시 아래에 얌전히 있지 않아서 화가 나신 거 아닌가요?"

주원의 말에 정곡을 찔린 구 회장의 표정이 잔뜩 일그러졌다.

하지만 그는 곧 다시 큰소리를 내기 시작했다.

"그래! 넌 왜 그렇게 말을 안 듣는 거냐! 내가 시키는 대로 하고 살면 편하고 좋은 인생을 살 수 있을 텐데!"

주원은 기가 막혔다.

태어난 후로 19년을 그가 하라는 대로 하며 얌전히 살았지만 편하고 좋은 인생을 살고 있다는 생각은 단 한 번도 해 본 적 없었다.

오히려 구 회장에게 자신을 향한 애정 같은 것은 단 1%도 없다는 것을 알았을 때 얻은 것은 지난 19년에 대한 후회뿐이었다.

때문에 그는 더 이상 구 회장의 말대로 움직일 생각이 없었다.

"제가 언제 편하고 좋은 인생을 살고 싶다고 했습니까?"

"뭐?"

"만약 그랬다 하더라도 그건 회장님 입장에서 편하고 좋은 인생이지 제겐 아닙니다."

"좋은 곳에 살면서 잘 입고, 잘 먹을 수 있게 해 줬더니 부모한테 대들기나 하고. 뻔뻔한 놈."

단호한 주원의 말에도 구 회장은 뜻을 꺾을 생각이 없어 보였다.

주원은 그럴 줄 알았다는 표정으로 그에게 말했다.

"차라리 절 포기하세요. 전 절대 회장님의 욕심대로 살지 않을 겁니다."

"뭐?"

"더 이상 회장님의 말에 따르지 않겠단 뜻입니다."

단호한 주원의 말에 구 회장의 얼굴이 벌겋게 달아오르기 시작했다.

"기껏 키워 줬더니 다 커서 한다는 말이, 뭐?"

"전 더 이상 회장님이 마음대로 하실 수 있는 어린아이가 아닙니다!"

주원의 언성이 높아지자 화가 난 구 회장이 손을 들어 올렸다.

이번에는 피할 생각이 없었는지 짝 하는 날카로운 소리와 함께 주원의 고개가 반대쪽으로 돌아갔다. 구 회장은 아직도 화를 가라앉히지 못한 듯 거센 숨을 고르다가 이내 주원에게 말했다.

"네가 언제까지 고집부릴 수 있나 보자. 넌 결국 내가 시키는 대로, 내가 정해 준 일을 하며 살게 될 거야. 두고 봐."

주원은 구 회장의 말에 아랑곳하지 않으며 꾸벅 고개를 숙였다.

"이만 나가 보겠습니다."

주원은 자신의 사무실로 돌아가지 않고 주차장으로 내려가 차에 올랐다. 구 회장과 같은 공간에 있단 사실이 못 견디게 싫었다.

그런데 출발한 지 얼마 되지 않아 눈앞이 어지러워지더니 호흡이 급격하게 가빠졌다.

주원은 적당한 곳에 차를 세웠다. 도움을 청할 사람을 찾기 위해 휴대폰을 뒤졌으나 믿을 만한 사람이 거의 없었다.

일단 정우에게 곧 병원으로 가겠다는 연락을 했다. 정우가 걱정스러운 목소리로 최대한 빨리 오라는 말을 했으나 그는 제대로 된 대답조차 할 수 없었다.

사실 이런 몸으로 병원까지 갈 수 있으리라는 확신이 들지 않았다.

힘겨운 호흡을 이어 가며 방법을 고민하던 그의 눈앞에 기적적으로 연주가 나타났다.

"저, 저기요? 괜찮아요?"

✯   ✯   ✯

연주는 여전히 갈등하고 있었다.

대기업의 면접이라는 일생일대의 기회와 눈앞에 있는 남자의 목숨에 대해서.

"제, 제발. 으윽, 빨리……."

하지만 힘겹게 들려온 주원의 목소리에 퍼뜩 정신이 들었다.

앞뒤 생각할 겨를이 없던 연주는 끙끙거리며 주원을 조수석으로 옮긴 후 안전벨트를 매 주었다. 그리고 재빨리 운전석에 앉아 시동을 걸었다.

슬쩍 옆에 있는 주원을 쳐다보니 아파서 말할 정신도 없어 보였다. 시간이 지날수록 상태가 더 악화되어 가는 것 같았다.

연주는 더 이상 시간을 지체하면 위험할 것 같아 서둘러 액셀을 밟았다.

병원으로 향하던 도중에도 주원의 호흡은 급격하게 불규칙해졌고 얼굴은 땀으로 범벅이 되었다. 연주는 얼떨결에 그의 손을 꽉 붙잡으며 말했다.

"저기, 조금만 참아 봐요. 거의 다 왔으니까."

그러자 기분 탓인지 주원은 조금이나마 안정을 찾은 것 같았다. 덕분에 두 사람은 별 탈 없이 병원에 도착할 수 있었다.

병원 앞에 차를 대고 응급실로 가려는 찰나 의사로 추정되는 한 남자가 다가오더니 연주에게 가볍게 고개 숙여 인사를 한 후 주원을 안으로 옮겼다. 연주도 그들의 뒤를 따라 들어갔다.

주원을 응급실로 옮긴 남자는 차분하게 응급 처치를 시작했다.

연주는 그 모습을 멍하니 바라보았다.

연주가 정신을 차렸을 즈음에는 모든 것이 끝나 있었다. 잠든 남자를 보니 안도의 한숨이 절로 나왔다. 이제 가도 되나 싶어 살짝 눈치를 보는데.

"서연주 씨라고 하셨죠?"

"아, 네."

조금 전 주원을 옮긴 남자가 연주에게 말을 걸었다.

"죄송하지만 주원이랑은 어떤 사이시죠?"

주원이? 그게 누군가 싶어 잠시 고민했다. 아무래도 그 남자의 이름인 모양이다.

"음, 그냥 아는 사람……?"

"네?"

자신이 말하고도 조금 어이없게 느껴진 대답에 연주는 다시 곰곰이 생각을 했다. 그러나 이 애매한 사이를 정의할 단어는 떠오르지 않았다.

"혹시 주원이 애인이신가요?"

"아뇨, 그건 아니에요."

왜 하필 그런 쪽으로 넘겨짚는 건지 모르겠다고 생각하며 단호하게 대답하는 연주였다.

"그냥 아는 동생이라고 해 두죠."

아무렇게나 둘러댄 연주의 대답에 그는 질문을 멈추고 자신을 소개하기 시작했다.

"전 이정우라고 합니다. 주원이 친구고, 보시다시피 이 병원에서 일하고 있습니다."

"아, 네. 저는 서연주입니다."

연주의 대답을 끝으로 정우의 설명이 이어졌다. 그의 말에 의하면 신체적인 문제가 아니라 정신적인 문제이기에 금방 일어날 것이고, 당장 퇴원해도 큰 지장은 없지만 절대 스트레스를 받아서는 안 된다고 했다.

설명이 끝나자 연주는 숨을 돌리기 위해 병원 휴게실을 찾았다.

그때 휴대폰이 요란하게 울리기 시작했다. 연주는 급하게 전화를 받았다.

"여보세요?"

—서연주! 너 왜 이렇게 연락이 안 돼!

휴대폰 너머임에도 울리는 서정의 목소리는 주변의 시선이 그녀에게 쏠리도록 만들었다. 연주는 최대한 작은 목소리로 속삭이듯 말했다.

"어쩔 수 없었어. 병원이라 정신이 없었거든."

—병원? 왜?

"아는 사람이 좀 아파서."

—그럼 너 면접은?

서정의 물음에 연주가 멈칫했다. 애써 잊으려고 노력했던 현실이 다시금 되살아났다. 그렇게 보고 싶은 면접이었는데, 다시는 오지 않을 기회였는데. 그걸 이런 식으로 보내게 될 줄이야.

"못 갔어."

—뭐? 너 그럼…….

"면접 못 갔어."

외면하고 싶었던 현실을 입 밖으로 뱉어 내자 눈앞이 흐려지더니 눈물이 주르륵 흘렀다.

조금씩 흐르던 눈물은 어느새 작은 흐느낌으로 바뀌어 있었다.

연주는 혹시 서정이 눈치챌까 봐 최대한 참아 보려 했지만 그녀의 흐느낌을 들었는지 휴대폰 너머로 서정이 물었다.

—너 울어?

친구의 걱정 어린 물음에 결국 연주는 휴대폰을 붙잡고 얼마간을 서럽게 울었다.

연주의 모습을 밖에서 몰래 지켜보던 주원은 오늘이 면접 날인 것을 기억해 냈다.

마음 같아서는 연주에게 다가가 위로를 하고 싶었으나 그럴 수 없었다.

저 때문에 벌어진 일이니 연주의 기분이 나아질리 없을 테니까.

주원은 그대로 발걸음을 돌려 누군가에게 전화를 걸었다. 조금 긴 신호음 끝에 젊은 남자의 목소리가 들려왔다.

—무슨 일이십니까?

"회장님께 이따 저녁에 찾아뵙겠다고 전해 주십시오."

　　　❋　　　　❋　　　　❋

한참을 울던 연주가 눈물을 멈추고 힘겹게 몸을 일으켰다. 그리고는 화장실에 들어가 찬물로 세수를 했다.

빨갛게 부은 눈이 조금 가라앉았고, 눈물 자국도 거의 지워졌다.

연주는 가볍게 호흡을 가다듬은 후 주원이 있는 곳으로 향했다.

언제 깬 건지 그는 아까와 다르게 평온한 얼굴을 하고 있었다. 아니, 기운이 없어 보인다는 표현이 조금 더 적절할 것 같았다.

"이제 괜찮으세요?"

"응."

주원은 순간적으로 너는? 이라고 되물을 뻔했다. 조금 전까지 서럽게 울던 사람이 맞나 싶을 정도로 아무렇지 않은 척하고 있었으니까.

하지만 뺨에 남아 있는 눈물 자국과 조금 붉게 물든 눈은 연주가 괜찮지 못하다는 사실을 알려 줬다. 그녀를 울린 장본인이 바로 자신이었기 때문에 차마 괜찮냐는 물음을 꺼낼 수 없었다.

"고마워."

"네?"

연주가 의아하다는 얼굴로 주원에게 되물었다.

"도와줘서 고맙다고."

"아, 아니에요."

연주가 두 손을 내저으며 말했다.

"그리고 미안해."

"뭐가요?"

"너도 네 일이 있을 텐데 여기서 이러고 있는 거잖아."

주원의 말에 연주의 기분이 더 복잡해졌다.

마치 이 남자에게 자신의 모든 것을 낱낱이 꿰뚫리는 기분이었다.

"괜찮아요. 이미 끝난 일인 걸요."

정말로 괜찮은 것은 아니었지만 저렇게까지 말하는데 안 좋은 얼굴을 할 수는 없었다. 더군다나 주원은 환자였으니까.

연주는 서둘러 다른 곳으로 화제를 돌렸다.

"퇴원은 언제쯤 하세요?"

"원래는 며칠 정도 입원하는 게 좋은데, 저 녀석이 오늘 꼭 퇴원하겠다고 난리네요."

연주의 질문에 대답한 것은 주원이 아니라 그녀의 등 뒤에서 나타난 정우였다.

그는 언제 갈아입은 것인지 하얀 가운이 아닌 편안한 옷차림을 하고 있었다.

"연주 씨도 같이 가시죠. 데려다드릴게요."

"아뇨, 그러지 않으셔도……."

연주가 두 손을 내저으며 거절의 말을 입에 담았다. 굳이 남의 차를 얻어 타고 싶지 않았다.

"부담 갖지 않으셔도 됩니다. 날도 어두워졌고 이렇게라도 해야 저 녀석 마음이 조금이나마 편할 것 같아서요."

정우가 손가락으로 슬쩍 주원을 가리켰다.

"데려다줄게. 같이 가자."

연주는 다시 거절하려고 했으나 그의 눈빛이 너무도 간절해 보여 얼떨결에 고개를 끄덕이고 말았다.

"아, 네……."

연주의 대답을 끝으로 정우는 서둘러 주원의 퇴원 절차를 밟았다.

정우가 돌아온 뒤 그들은 병원을 나와 정우의 차에 올랐다.

"저 녀석이랑은 어떻게 알게 됐어요?"

차를 출발시킨 지 얼마 되지 않아 정우가 연주에게 던진 질문이었다.

"음, 그게……."

"쓸데없는 소리 말고 얼른 가."

연주가 뭐라고 해야 할지 조금 난감해하자 주원이 서둘러 말했다.

어떻게 알게 되었냐고 물어보면 딱히 해 줄 말이 없었다.

편의점에서 처음 만나 커피 우유를 빚진 사이라고 말하는 것도 이상하고, 달리 둘러댈 말이 생각나는 것도 아니었다.

덕분에 연주는 빨리 집에 도착하기만을 바랐고, 다행히 정우는 더 이상 두 사람의 관계에 대해 묻지 않았다. 그저 가벼운 농담을 던지거나 연주의 나이, 혹은 집 방향을 묻는 정도의 질문만이 오고 갈 뿐이었다.

"다 왔다. 연주 씨, 도착했어요."

꾸벅꾸벅 졸던 연주가 화들짝 놀라 고개를 들었다. 애써 민망한 기색을 감추기 위해 어색하게 웃어 보였다.

"데려다주셔서 감사합니다. 안녕히 가세요."

짧은 인사를 마친 연주는 차에서 내려 집으로 들어갔다. 덕분에 흐르던 잠깐의 침묵을 먼저 깨트린 것은 정우였다.

"저 여자 누구야?"

그는 조금 전까지 연주와 농담을 주고받은 사람이 맞나 싶을 정도로 무표정한 얼굴을 하고 있었다.

"그냥 아는 사람."

"그냥 아는 사람인데 병원까지 같이 와?"

"애가 워낙 착하니까. 바보 같을 정도로……."

주원이 작게 웃으며 말하자 정우는 어이가 없다는 표정으로 한숨을 내쉬었다.

"동갑이면서 왜 아는 동생이래?"

"쟤 내 나이 몰라."

"뭐?"

말하다 보니 스스로도 어이가 없어진 주원이었다. 자신의 나이도, 하다못해 이름도 제대로 모르고 있을 텐데 뭘 믿고 자신을 도와준 걸까.

"진짜 믿을 만한 사람 맞아? 네가 약점을 다 보여 줘도 될 만큼?"

"응."

고등학교 때부터 알던 사이니까.

알던 사이라기보다 주원 혼자만 기억하고 있는 상황이었지만.

"너 진짜 더 입원 안 해도 되겠냐?"

"당장 해결해야 할 일이 있어."

"방금 그 여자랑 관련된 거냐?"

"응."

정우는 어쩔 수 없다는 표정을 지으며 차를 출발시켰다. 그리고 주원에게 짧은 질문을 던졌다.

"많이 좋아하냐?"

정우의 질문에 잠깐, 아주 잠깐의 정적이 흘렀다. 그 정적 끝에 돌아온 주원의 대답은 단호했다.

"응."

※   ※   ※

연주는 집에 돌아오자마자 침대에 몸을 던졌다.

면접에 대한 미련 때문인지 기운이 없었다. 설사 면접을 봤다고 해서 100% 합격하는 것은 아니었다. 스펙이 그다지 좋지 않은 연주는 떨어졌을 가능성이 높았다.

그렇게 생각하면 면접을 못 본 것보다 위급한 상황에 놓인 사람을 살렸다는 점에 의미를 두고 싶었다. 애써 스스로를 위로하며 씻기 위해 욕실로 향했다.

연주가 샤워기 물을 튼 지 얼마 되지 않았을 때 밖에서 그녀의 휴대폰이 요란하게 울리기 시작했다.

이미 온몸이 물에 젖어 있었기에 그녀는 샤워가 끝난 후 확인해 볼 생각이었다.

그런데 금방 끊어질 거라 생각했던 벨소리는 끊어지다가도 다시 울리기를 반복했다. 괜히 불안해진 연주는 온몸에 대충 수건을 두른 채 밖으로 나와 전화를 받았다.

"여보세요?"

—연주야, 왜 이리 전화를 안 받니!

"엄마? 무슨 일이세요?"

엄마의 다급한 목소리에 괜히 불안한 생각이 드는 연주였다.

—너희 아빠가 운전을 하다가 사고가 나서 크게 다쳤어!

"네?"

연주가 면접을 보지 못한 그날. 연주가 주원의 병원에 갔던 그날.

엎친 데 덮친 격으로 아빠가 크게 다치셨다.

전화 너머로 들렸던 울음 섞인 엄마의 목소리와 수술 비용으로 꽤 큰돈이 들어간다는 말이 귓가에 남아 연주를 괴롭혔다.

애초에 빨리 취직을 하지 못한 자신이 너무나 원망스러웠다.

이럴 줄 알았다면 그냥 아무 회사나 들어가는 건데…….

아무래도 오늘 밤은 한숨도 잘 수 없을 것 같았다.

❋　　　　❋　　　　❋

집에 돌아온 주원은 곧장 구 회장의 서재로 향했다.

노크와 함께 들어선 그를 보고 구 회장이 퉁명스럽게 물었다.

"다시는 안 볼 것처럼 나가더니 하루도 안 돼서 또 무슨 일이냐?"

"아까 윤 비서님 통해서 말씀드렸는데요. 저녁에 찾아뵙겠다고요."

구 회장의 비아냥거리는 말에 표정 하나 변하지 않고 주원이 대답했다.

그런 주원의 태도를 재미있다는 듯 쳐다보는 구 회장이었다.

"그래서 볼일은?"

"저 오늘 병원 다녀왔습니다."

"알고 있다."

"그렇다면 잘 아시겠네요. 제가 병원에 간 이유."

주원의 날카로운 말에 구 회장은 심기가 살짝 불편해진 듯 차갑게 대답했다.

"나 때문이라 이거냐?"

"아니라곤 못 하겠죠."

"그래서 용건은?"

"오늘 신입 사원 채용 면접이 있었던 걸로 압니다."

구 회장은 주원의 입에서 나온 단어에 조금 놀라는 눈치였다.

주원은 구 회장을 싫어하는 만큼 주환그룹 그 자체를 싫어하고 있었으니까.

그런 그가 회사의 신입 사원을 뽑는 면접 날짜를 알고 있을 줄이야.

연이어 주원의 입에서 나온 말 역시 구 회장이 생각지도 못한 것이었다.

"추가 합격 좀 시켜 주셔야겠습니다."

"추가 합격?"

"오늘 절 도와준 서연주라는 분이 저 때문에 면접을 못 봤더군요. 놓치기 아까운 인재이기에 직접 말씀드리는 겁니다."

주원의 말에 구 회장은 호탕하게 웃더니 이내 가소롭다는 표정을 지으며 말했다.

"내가 뭣 때문에 그렇게까지 귀찮은 일을 해야 하지? 내게 무슨 이득이 있다고."

"그냥 해 달라는 말은 아닙니다."

"그에 상응하는 대가라도 있다는 건가?"

"딱 한 번, 앞으로 딱 한 번 회장님의 지시에 군말 없이 따르겠습니다."

구 회장의 얼굴에 만족스러운 미소가 번졌다. 하지만 진심으로 원하는 것은 이게 다가 아니었다.

"그리고?"

"지금 제가 맡고 있는 부장의 직책 역시 내려놓겠습니다."

"나쁘지 않은 제안이군. 하지만 오늘 네가 나한테 목소리를 높였던 거, 그건 어쩔 거지?"

주원은 분노로 떨리는 주먹을 꽉 쥐고 간신히 한마디를 뱉어 냈다.

"죄송합니다."

"겨우 그게 다야? 무릎 정도는 꿇어야지."

구 회장의 말이 끝나기 무섭게 주원의 양 무릎이 천천히

106

바닥에 닿았다.

"정말 죄송합니다."

그의 태도에 놀란 것은 오히려 구 회장이었다. 자존심 세고 무뚝뚝한 주원이 남을 위해 무릎까지 꿇을 줄은 몰랐기 때문이다.

"그만 일어나라."

주원이 천천히 자리에서 일어났다.

"네가 부탁한 연주라는 아이. 윤 비서에게 합격자 명단에 올리라고 말해 두겠다."

신뢰를 중요시하는 구 회장 다운 깔끔한 결정이었다. 그러나 이어진 말은 주원이 전혀 예상치 못한 것이었다.

"네 이름 역시 합격자 명단에 같이 올라갈 거야. 부장이 아니라 신입 사원으로서 처음부터 다시 시작해."

"알겠습니다."

"그만 나가 봐."

"네."

주원은 가볍게 고개를 숙이곤 서재 밖으로 나갔다. 얼마 지나지 않아 구 회장은 자신의 개인 비서인 윤 비서를 호출했다.

그가 들어오자마자 구 회장이 말했다.

"서연주라는 아이가 누구인지 자세히 조사해 봐."

"알겠습니다."

어렸을 때부터 남에겐 별 관심을 갖지 않았고, 크면서부터는 자신에게 먼저 굽히는 법이 없던 주원.

그를 무릎까지 꿇게 만든 그 아이가 누구인지 궁금해진 구회장이었다.

5
파란만장한 직장 생활

밤새 잠을 설치다 결국 책상 위에 엎어져 잠이 든 연주를 갑자기 찾아온 서정이 사정없이 깨우기 시작했다.

"연주야, 서연주!"

"으음, 왜?"

연주는 잘 떠지지 않는 눈을 한 손으로 비벼 가며 간신히 몸을 일으켰다.

서정은 연주가 제정신을 차리기도 전에 다짜고짜 그녀를 세게 끌어안았다.

연주는 갑작스러운 돌발 행동에 당황했다.

"너, 합격했대."

"뭐가?"

"너 주환에 합격했다고!"

"……무슨 소리야?"

잠이 싹 달아나는 기분이었다. 면접조차 보러 가지 않은 자신이 합격이라니.

그런 일은 어떤 경우에도 일어날 수 없었다. 아무리 장난이라 해도 기분이 나빴다.

"이런 장난치지 마. 그럴 기분 아니야."

서정은 그녀를 안고 있던 손을 풀고 눈을 똑바로 쳐다보며 말했다.

"장난치는 거 아냐. 내가 왜 이런 걸로 장난을 쳐? 진짜야. 아까 전화 끊고 내가 인터넷 조회까지 해 봤어. 못 믿겠으면 같이 볼래?"

서정의 진지한 표정에 연주는 이게 무슨 일인가 싶어 컴퓨터를 켜고 회사 홈페이지에 들어갔다. 떨리는 손으로 결과를 조회하니 놀랍게도 합격이었다.

"거 봐. 내 말이 맞잖아!"

서정은 마치 자신이 합격한 것처럼 기뻐했다. 하지만 연주는 전혀 기쁘지 않았다. 오히려 무언가를 잘못한 사람처럼 고개를 푹 숙였다.

"서정아, 이거 무슨 오류가 있는 거겠지? 안 그럼 면접도 안 본 내가 합격했을 리가 없잖아."

"그거야……."

"연락해야 되는 거 아냐? 결과 잘못 나왔다고. 나 면접 못 봤다고."

"뭐?!"

순간 서정은 기겁을 하며 연주를 뜯어말렸다.

"너 미쳤어? 이런 기회를 그냥 날리겠다고?"

이런 건 아무나 거머쥘 수 있는 흔한 기회가 아님을 누구보다도 잘 아는 서정이었다.

연주 역시 마찬가지였지만 이대로 그냥 넘어가기엔 마음이 편치 않았다.

"도저히 양심이 찔려서 안 되겠어."

연주가 망설이자 서정은 마치 어린아이에게 상황을 이해시키는 엄마처럼 차근차근 설득을 시작했다.

"연주야, 이거 진짜 로또 당첨 확률보다 낮은 확률의 기회야. 그거 알지?"

"알아. 아는데······."

"그럼 이 기회 잡아. 사실 나, 다 들었어."

제법 비장한 어투로 시작하는 서정의 말에 연주가 숙였던 고개를 천천히 들었다.

"너희 아버지 일······."

"알고 있었구나."

짧은 대화가 오고 간 후 잠깐의 침묵이 이어졌다. 두 사람 사이의 침묵을 먼저 깬 것은 서정이었다.

"지금 네가 찬밥 더운밥 가릴 처지는 아니잖아. 아버지 수술비도 벌어야 하고."

서정의 말에 틀린 것은 없었다.

어젯밤에도 진작 취직을 하지 않은 자신을 원망하며 밤을 지새웠으니 말이다.

수술비가 필요한 것도 사실이었고, 연주의 집안 형편을 볼 때 이 기회는 절대 놓칠 수 없었다.

게다가 주환이다. 그냥 기업도 아니고 세계적으로 알아주는 대기업이었다.

연주는 자신의 처지를 생각하라는 서정의 조언에 따라 딱 이번 한 번만 뻔뻔해지기로 결심했다.

＊　　　＊　　　＊

며칠 뒤 어느새 성큼 다가온 첫 출근이 그녀를 맞이했다. 연주는 첫 출근을 앞두고 기대보다는 불안이 앞섰다. 잘나고 똑똑한 사람들이 가득일 텐데 그 속에서 잘 생활할 수 있을지 걱정되었기 때문이다.

기죽지 말자고 아무리 다짐을 해도 자꾸 위축될 수밖에 없었다.

연주는 불안한 마음을 안고 드디어 첫 출근길에 나섰다.

그녀가 배정된 부서의 사무실 안에서는 사람들이 바쁘게 돌아다니며 각자 자신의 일을 하기에 여념이 없어 보였다.

연주는 그 한가운데에서 민망하게 서 있었다. 드라마나 영화에서 봤던 것처럼 모든 직원들의 따뜻한 환대 속에 떨리는 첫 업무를 맡아 일을 시작하는 것까지 바라지는 않았어도 한 명 정도는 눈길을 줄 줄 알았는데…….

그 와중에 갑자기 뒤에서 자신의 어깨를 툭툭 치는 느낌 때문에 연주는 화들짝 놀라 뒤를 돌았다.

"어? 당신이 왜 여기 있어요?"

"왜 있긴. 여기 입사했으니까 있는 거지."

연주의 어깨를 친 사람은 다름 아닌 주원이었다. 정장을 말끔하게 차려입은 모습을 보니 참 잘생겼다는 생각이 들었다.

"여기 직원이에요? 언제부터요?"

"오늘부터."

연주는 어안이 벙벙해졌다. 이 남자도 면접 없이 합격했다는 뜻일까?

면접을 봐야 했을 시간에 자신과 함께 병원에 있었으니 말이다.

이런 행운아가 두 명이나 있다는 게 이상했다. 회사 프로그램에 심각한 오류가 있는 게 아닐까.

연주가 심각한 얼굴을 하자 주원은 아차 싶어 적당히 둘러 대기 시작했다.

"이번엔 적성 고사 성적 위주로 뽑았다더라. 난 그걸로 붙었어."

그럼 그렇지.

그 이야기를 듣고 나니 한층 마음이 편안해졌다. 연주는 얼굴에 웃음을 띠며 주원에게 말을 걸었다.

"그럼 저랑 동기시네요."

"뭐, 그렇게 됐네."

"같은 동기끼리 잘해 봐요. 근데 저⋯⋯."

"어머, 오늘 새로 온다던 직원인가 봐요?"

연주가 주원에게 뭔가를 더 물어보려는 찰나 한 여직원이 막아서는 바람에 그녀의 말은 가볍게 묻히고 말았다. 그 여자는 조금 지나치다 싶을 정도로 진한 화장을 하고 있었고 말할 때마다 애교가 넘쳐흘렀다.

옆에 있는 연주는 투명 인간 취급한 채 주원에게 들이대고 있었다.

"이번에 입사한 사원들 중에 인재가 많다던데. 그쪽을 보니 사실인가 봐요?"

연주는 이건 좀 아닌 것 같다는 생각에 슬쩍 자리를 옮기려 했다.

그런데 연주의 팔을 주원이 잡는 바람에 오도 가도 못하는 신세가 되어 버렸다. 그는 그녀의 팔을 잡은 상태로 여직원에게 말했다.

"죄송한데 저희는 일이 바빠서 이만."

주원은 여직원에게 가볍게 고개를 숙인 뒤 연주의 손목을 끌고 직원 휴게실로 향했다. 그대로 휴게실의 문을 닫은 후 단호하게 말했다.

"다음부터는 상사 앞에서 함부로 인사 없이 가지 마."

연주는 아무런 대답도 하지 못했다.

그가 어떤 의미로 이런 말을 하고 있는지 알 수 없었기 때문이다.

"조금이라도 밉보이면 회사 생활하기 힘들어지니까."

"아, 네."

연주가 한 박자 늦게 대답했다.

자신이 진심으로 걱정되어 해 주는 충고인 모양이라고 해석했다.

그러나 주원의 의도는 그게 아니었다. 그저 그 여직원이 연주의 눈앞에서 자신에게 달라붙는 것이 싫었고, 아무 말 없이 다른 곳으로 가려던 연주에게 섭섭한 마음이 들어 붙잡았을 뿐이었다.

딱히 할 말이 없어서 마구 내뱉은 말이 상사한테 미움 받지 말라는 것이라니.

그 당연한 말을 분위기까지 잡으며 하는 자신을 연주가 어떻게 생각할지 진심으로 걱정됐다.

얼른 다른 곳으로 화제를 돌리기 위해 주원이 입을 열었다.

"그건 그렇고. 조금 전에 나한테 뭐 할 말 있지 않았나?"

"음, 그거요?"

주원의 물음에 연주가 잠시 기억을 되짚는 듯한 모습을 보였다.

"그쪽 나이 여쭤 보려고 했었어요."

참 일찍도 물어보는 연주의 모습에 주원은 문득 궁금해졌다.

나름 서로 알고 지낸 지 꽤 됐는데 자신의 이름은 제대로 알고 있는지 말이다.

"내 이름은 알아?"

"어, 그게…… 무슨 주원 씨죠?"

"구주원."

연주는 순간적으로 멍해졌다. 구주원? 주환그룹의 후계자라는 그 구주원?

"구주원이요?"

"응, 구주원."

혹시 자신이 잘못 들은 게 아닐까 싶어 확인 차 물었으나 돌아오는 대답은 같았다.

아무래도 눈앞에 있는 이 남자가 정말 주환그룹의 후계자인 구주원이 맞는 모양이었다.

저번에 장난식으로 닮았다는 말을 했었으나 재벌 3세 씩이나 되는 사람이 한가하게 편의점이나 들락거릴 리 없다고 생각했다.

당연히 닮은 사람이겠거니 했었는데 이름까지 똑같다면 확실히 본인이라는 뜻이겠지.

"그 혹시……."

"나이는 스물일곱."

뭔가를 더 물으려던 연주에게 주원은 뜬금없이 나이를 말했다.

이제부터라도 연주에게 자신을 알리고 말겠다는 뜻으로 꺼낸 얘기였으나 그녀는 다르게 해석했다.

모르는 척해 달라는 거구나.

말할 수 없는 사정으로 인해 그룹의 후계자인 것을 숨기고 신입 사원으로 근무 중인 모양이라고 생각했다. 그렇다면 맞춰 주는 쪽이 그녀에게 이로울 것이다. 연주는 그의 말에 적당히 리액션을 해 주었다.

"스물일곱이요? 그럼 저랑 동갑이에요?"

동갑이라는 게 너무나 놀랍다는 듯 말하는 연주의 태도에 주원은 조금 속이 쓰렸다.

그렇게 놀랄 일이냔 말이다.

반면 연주는 조금 억울하다고 생각했다.

편의점에서 만났을 때부터 다짜고짜 반말을 하기에 나이

가 꽤 있는 사람이겠거니 했는데 동갑이었다니.

지금까지 열심히 해 왔던 존댓말은 다 뭐가 되는 건가 싶었다.

"우리 동갑이고, 입사 동기인데 말 놔도 되죠?"

"좋을 대로."

주원은 연주의 제안을 흔쾌히 승낙했다.

오히려 그녀 쪽에서 먼저 이런 제안을 해 줬다는 사실이 내심 기뻤다.

존댓말은 왠지 자신과 그녀 사이에 거리감을 만드는 것 같아 썩 유쾌하지 않았기 때문이다.

"아, 우리 이제 그만 나가 봐야 되는 거 아니야?"

연주의 물음에 주원은 아차 싶었다.

너무 신나게 이야기하느라 회사라는 사실을 잊고 있었다. 이러다가 다른 사람 눈에 띄기라도 하면 입사 첫날부터 눈 밖에 날 것이 뻔했다.

아니나 다를까 서둘러 휴게실의 문을 열자마자 주원은 한 남자와 딱 마주쳤다. 관리 1팀의 장시후 팀장, 바로 주원과 연주의 상사였다.

＊　　　＊　　　＊

휴게실 안에 함께 있던 두 사람을 본 장시후 팀장의 표정은 주원이 우려했던 것처럼 전혀 밝지 못했다. 어떤 상사가 입사 첫날부터 일도 안 하고 열심히 붙어 다니는 두 남녀를 좋게 보겠는가?

"두 분이 오늘 온다던 신입 사원입니까?"

"네, 구주원입니다."

"저는 서연주라고 합니다."

차가운 시후의 한마디에 주원과 연주가 서둘러 대답했다. 연주는 아직 눈치채지 못한 것 같았으나 주원이 느끼기에 두 사람은 시후에게 완전히 찍힌 것 같았다.

면접도 안 본 주제에 든든한 배경 하나 믿고 입사한 낙하산에다가 첫날부터 연애질이나 하는, 구제 불능 사원으로 말이다.

"각자 자리를 안내해 드릴 테니 이제 그만 나오시죠?"

"아, 네."

시후의 차가운 말에 주원이 서둘러 대답한 후 연주와 함께 휴게실을 나섰다.

자리까지 가는 동안 시후는 아무 말도 하지 않았다.

덕분에 두 사람은 가시방석에 앉은 것처럼 마음이 불편했다.

연주는 무슨 말이라도 해야 하나 싶어 머리를 굴려 보았으나 딱히 할 만한 이야기가 떠오르지 않았다.

괜히 분위기만 더 이상해질 것 같아 그냥 조용히 있기로 했다.

"여기 왼쪽이 구주원 씨 자리입니다. 오른쪽은 서연주 씨 자리고요."

주원은 속으로 나이스를 외치며 살짝 웃었다가 곧바로 표정 관리를 했다. 자꾸 사심을 드러내는 스스로를 최대한 제어하기 위함이었다.

시후는 별다른 말 한마디 없이 자신의 자리로 돌아갔다.

그는 이 모든 것이 탐탁지 않았다.

한 명은 타 계열사의 부장으로 근무하던 그룹의 후계자로, 밑바닥부터 다시 배우기 위해 신입 사원으로 왔다는 소문이 있었다.

하지만 그런 이유만으로 이곳에 왔다는 건 시후의 입장에서는 납득하기 힘들었다.

전에 있던 계열사에서도 밑바닥부터 시작해서 부장까지 진급한 것이라고 들었으니까. 아마 분명 다른 이유가 있으리라.

그 후계자만으로도 꺼림칙한데, 나머지 한 명은 낙하산으로 붙었다고 했다.

누가 꽂았는지는 모르겠으나 제대로 된 스펙 하나 없었다. 능력도 없는 주제에 배경도 실력이라고 생각하는, 시후가 가장 싫어하는 부류.

언제나 완벽을 추구하는 시후의 입장에선 일 못 하는 사원은 절대 사양이었다.

그러니 앞으로 열심히 그녀를 주시하리라 결심하며 자신의 일을 시작하는 시후였다.

연주는 여러 상사들의 잡다한 심부름을 하느라 정신이 없었다.

게다가 엄청난 기계치인 연주는 복사를 부탁받은 순간 머릿속이 하얗게 변해 버렸다. 한참을 복사기 앞에서 끙끙거리고 있는데 그녀의 모습을 발견한 주원이 다가왔다.

"지금 뭐 하냐?"

"복사해야 되는데……."

연주가 이미 반쯤 울상인 얼굴로 그에게 말했다. 그러자 그가 어쩔 수 없다는 표정을 지으며 능숙하게 버튼을 누르기 시작했다.

"몇 장?"

"어? 아, 40장."

연주와 다르게 능숙한 모습으로 40장을 복사해 내는 주원이었다. 연주는 그의 모습이 신기해 멍하니 바라보고 있었다.

"다 됐어."

"응. 고마워."

주원은 한 번 피식 웃다가 자신을 부르는 목소리에 발걸음을 옮겼다.

그녀도 주원이 복사해 준 종이를 가지고 이를 부탁한 상사에게 갔다.

그것은 시작에 불과했다.

엄청난 기계치인 연주에게 복사, 스캔 등의 업무가 끊임없이 주어졌다.

연주는 태어나서 처음으로 자신이 기계치인 것을 원망했다.

"또 여기서 뭐 하냐?"

신기하게도 연주가 기계 앞에서 끙끙대고 있을 때면 대뜸 주원이 나타나 그녀를 도와줬다.

처음에는 고마웠지만 주원 역시 해야 할 일이 있을 텐데 계속 부탁하려니 짐이 되는 것 같아 미안해졌다. 언제 밥이라도 사 주든가 해야지.

복사본을 전부 제출하자 이번에는 심적인 긴장이 덜 되는 커피 심부름을 맡았다. 연주는 아까보다 훨씬 가벼운 마음으로 휴게실로 향했다.

휴게실 안쪽에 있는 방에 들어가 믹스 커피와 녹차 티백을 직원들 수에 맞춰 꺼내 물을 끓이려고 하는데 바깥쪽에서 웅성거리는 소리가 들려왔다. 여직원들이 휴게실에 들어온 모양이었다.

연주는 더 안쪽에 있는 방에 있었기에 서로를 볼 수 없는 구조였다.

나가서 인사를 하기 위해 몸을 돌린 순간 들려온 이야기 소리에 그녀가 걸음을 멈췄다.

"이번에 새로 들어온 남자 신입 있잖아."

"아, 그 훤칠한?"

"맞아, 진짜 잘생겼더라. 키도 엄청 크고, 완전 내 스타일!"

신입? 연주는 잠시 생각에 잠겼다. 이곳에 배정받은 신입은 자신과 주원, 두 사람뿐인 것 같았다. 그렇담 훤칠하다는 말은 확실히 주원을 가리키는 말이었다.

처음 봤을 때부터 나쁘지 않은 생김새라고 생각했다. 오늘은 난처할 때마다 도움을 받아서 그런지 주원에 대한 생각이 더욱 긍정적인 쪽으로 바뀐 듯했다.

나가서 인사하기 애매한 타이밍이라 우물쭈물하는 사이 한 여직원의 목소리가 들려왔다.

"근데 그 신입, 주환그룹 후계자라는 말이 있던데. 생긴 것도 똑같잖아."

순간 주변의 분위기가 잠깐 미묘하게 굳었다가 풀어졌다. 연주 역시 당황스러웠다. 이렇게 빨리 들키는 건가 싶었기 때문이다.

"맞아. 나도 그 소문 들었어. 밑바닥부터 배우려고 신입으로 들어왔다던데?"

연주는 조금 걱정이 됐다.

주원의 진짜 목적이 무엇인지는 모르겠으나 더 신중하게 위장을 했어야 했다.

여러 곳에 얼굴이 알려졌으니 애초부터 무리였을지도 모르겠지만.

"일부러 밑바닥부터 시작하는 자세를 가진 남자라면 내 짝이 될 만하지."

"응? 한 대리는 장 팀장님 좋아하는 거 아니었어?"

자신감이 하늘을 찌르다 못해 뚫고 지나갈 것 같은 목소리와 조금 의아하다는 목소리가 연달아 들려왔다.

목소리만으로 대충 정황을 파악하자면 처음 주원이 마음에 든다고 했던 여직원과 한 대리라는 사람이 동일 인물인 듯했다.

"장 팀장님이 잘생기고 시크해서 매력 있기는 하지."

"맞아. 키도 꽤 훤칠하고, 능력도 있잖아. 그 젊은 나이에 팀장이라니!"

장 팀장이라면 조금 전 자리를 안내해 준 그 남자인 듯했다.

여직원들의 말처럼 시크하고 날카롭게 생긴 외향이 대략적으로 머릿속에 그려졌다.

확실히 혹할 만한 외모이기는 했다.

그러나 차가워 보이는 사람을 그다지 좋아하지 않는 연주로서는 얼음으로 조각한 예술 작품을 보는 듯한 느낌이 전부였다.

"그래, 엄청 매력 있지. 근데 장 팀장님은 너무 냉정하잖아."

"그건 그렇지. 한 대리가 열심히 대쉬해도 전혀 반응도 없고 말이야."

"그러니까! 이렇게 예쁜 내가 들이대는데 아무 반응이 없다니. 혹시 게이 아냐?"

한 대리의 말에 듣고 있던 연주가 더 민망해졌다. 자신감이 넘치는 건 좋지만 조금 과하다는 생각이 들었다. 자신의 얼굴이 다 화끈거렸다.

한 대리의 당찬 외침에 다른 직원들은 잘해 보라거나 못 말린다며 웃을 뿐이었다. 하지만 연주는 기분이 좋지 않아 차마 웃을 수 없었다.

"어쨌든 난 이제 장 팀장님 포기할래. 오늘부턴 그 재벌 신입이랑 잘해 보려고! 자리도 내 앞자리잖아."

한 대리는 혼자 신명나게 김칫국을 들이켜기 시작했고 연주는 저 사람들이 언제쯤 이곳을 나갈까 싶었다. 이제 와서 밖으로 나가기엔 너무 많은 것을 들어 버려 꼼짝할 수 없었다.

"근데 그 다른 신입 있잖아. 서연주 씨였나?"

"그 긴 머리에 마른 여자 사원? 그 신입이 왜?"

갑작스럽게 들리는 자신의 이름에 연주는 그들의 대화에 집중했다. 곧이어 단호한 목소리가 들려왔다.

"낙하산이라더라?"

주원의 이야기를 했을 때와 달리 분위기가 순식간에 냉랭하게 굳어졌다.

연주 역시 그대로 자리에서 굳어 버렸다.

낙하산이라니?

단 한 번도 생각해 본 적 없는 말에 머릿속이 하얗게 변했다.

"진짜? 확실한 거야?"

"관리부에 나랑 동기인 애 있잖아. 걔한테 들었어."

"아니, 대체 무슨 빽으로?"

"하, 우리 회사를 빽으로 들어와? 아주 대단한 집 딸인가 보네."

"겉보기엔 착하고 순진한 줄 알았는데 이거 완전 여우잖아?"

"누군 죽어라 공부해서 회사 들어왔는데, 누군 그냥 부모 잘 만나서 막 들어왔다 이거야?"

이어진 연주에 대한 평가는 차갑고 싸늘하기 그지없었다. 당연한 일이었으나 연주는 갑작스럽게 알게 된 사실이 당황스럽기만 했다.

자신은 그들이 생각하는 것만큼 대단한 집안의 딸도 아니고, 든든한 빽이 있는 것도 아니었으니까.

하지만 말도 안 되는 소문으로 치부하기엔 아는 사람한테 들었다는 말이 마음에 걸렸다.

주원이 적성 검사니 뭐니 했던 말은 자신의 신분을 숨긴답시고 둘러댄 말일 가능성이 컸다.

앞뒤 정황으로 봤을 때 낙하산이란 가정이 차라리 더 그럴 듯했다.

누가 왜 그런 짓을 했는지 모른다는 찝찝함만 빼면 말이다.

"낙하산 주제에 재벌 신입이랑 붙어 다니는 것도 짜증 나. 재수 없어."

"뭐야, 한 대리. 지금 질투하는 거야?"

"질투는 무슨. 그 신입이 그런 여자애 거들떠나 보겠어? 그냥 착하니까 챙겨 주는 거지."

연주는 더 이상 그들의 대화 소리에 귀를 기울이지 않았다.

정신없이 수다를 떨던 여직원들이 나가고, 얼마 지나지 않아 연주도 애써 태연한 표정으로 나왔다.

그 이후로는 퇴근 시간이 지났다는 것도 모르고 정신없이 보냈다.

퇴근 시간이 지났다는 사실도 주원이 보낸 문자를 보고 알았다.

심부름 때문에 밖에 나와 있으니 일이 끝나면 지하 주차장으로 내려오라는 문자였다.

연주는 아까 들었던 말을 지우려 노력하며 짐을 챙겼다. 하지만 조금 갈등했다.

주원은 아직 모르는 눈치인 것 같았지만 마주하기 조금 껄끄러웠다.

혼자 갈까 하다가 그건 예의가 아닌 것 같아 일단 주차장으로 내려갔다.

✻   ✻   ✻

주원은 신입 사원으로 출근한 첫날부터 그에게 외근을 시킨 박 차장을 생각하며 짜증을 내고 있었다.

아무리 급하고 중요한 일이라지만, 출근한 첫날부터 회사 밖으로 돌리다니. 덕분에 오전 이후로 연주의 얼굴을 거의 보지 못했다.

억울해서라도 빨리 승진을 하든가 해야지.

주원은 업무가 끝나자마자 다시 회사로 돌아왔다. 무려 두 시간 거리를 달려서 말이다.

바로 퇴근했으면 집까지 한 시간도 안 걸릴 거리였지만 오직 연주의 얼굴을 한 번 더 보겠다는 일념으로 돌아왔다. 이곳으로 오는 내내 그녀가 먼저 퇴근을 했으면 어쩌나 하는 걱정뿐이었다.

다행히도 아직 연주는 사무실에 있는 모양이었다. 그녀를 기다리는 주원의 마음은 한없이 즐겁기만 했다. 그때 그다지 반갑지 않은 여자가 주원이 있는 쪽으로 걸어오는 것이 보였다.

"어머, 주원 씨!"

과한 애교를 열심히 섞어 가면서 주원에게 달려오는 여자는 같은 부서의 한 대리였다.

언제 봤다고 자꾸 친한 척 귀찮게 구는 건가 싶어 짜증이 났지만 나름 상사인지라 차마 모질게 굴 수 없었다.

자리마저 바로 앞이었기 때문에 주원의 귀찮음은 두 배가 되었다.

옆자리가 연주만 아니었다면 당장 자리를 바꾸고 싶은 심정이었다.

"아까 나간 줄 알았는데 아직 안 갔네요? 뭐 두고 간 거라도 있어요?"

"네, 뭐."

주원이 귀찮다는 티를 내며 건성으로 대답하고 있음에도 한 대리는 아무것도 모르는 척 계속 말을 붙였다.

"그럼 어서 올라가야지. 같이 갈까요?"

내가 왜 댁이랑 같이 올라가야 하는데? 라는 말이 목구멍까지 차올랐지만 연주와 함께하는 평화로운 회사 생활을 위해 꾹 참고서 차분하게 말했다.

"아뇨, 아는 사람이 가져다주기로 해서요."

주원이 주위를 둘러보던 순간 저 멀리서 연주의 모습이 보이기 시작했다.

저도 모르게 화색을 띤 주원은 한 대리에게 가볍게 인사를 한 뒤 연주에게 달려갔다.

"서연주!"

딴생각하느라 주원이 오는 줄도 몰랐던 연주가 그의 부름에 순간적으로 움찔했다.

"무슨 생각을 그렇게 해? 얼른 가자."

주원은 연주를 차에 태우며 안전벨트까지 손수 채워 줬다. 다정한 연인 같은 두 사람을 보던 한 대리의 가슴 속에서 불길이 일어났다.

✽   ✽   ✽

주원의 차를 타고 가는 동안 연주는 단 한마디도 하지 않았다.

차로 그녀를 데려다주는 것은 처음이었기에 주원은 혹시나 하는 마음에 입을 열었다.

"혹시 멀미해?"

"아, 아니."

멍하니 있던 연주가 즉각 대답했다. 확실히 멀미는 아닌 모양이었다.

"그럼 무슨 일 있었어?"

"어? 뭐가?"

"그냥 기운이 없어 보여서."

연주는 잠시 대답을 망설이다가 이내 입을 열었다.

"첫 출근이라 피곤해서 그런가 봐."

사실은 피곤한 것이 아니라 주원에게 낙하산이라는 것을 들킬까 불안해서 아무렇게나 둘러댄 거였다. 아무래도 주원과 거리를 두는 게 좋겠다는 생각이 들었다.

반면 머리를 굴리던 주원은 누군가가 연주의 기분을 상하게 만든 모양이라고 짐작했다.

더불어 누가 감히 그런 파렴치한 짓을 했는지 찾아내 응징하겠다고 굳게 다짐했다.

두 사람의 엇갈린 생각 속에서 어느덧 연주의 집 앞에 도착했다.

적당한 곳에 차를 세운 주원이 조심히 가라는 인사를 건네자 연주가 작게 고개를 끄덕였다.

"그래, 너도 잘 가."

연주는 차에서 내려 자신의 집으로 들어갔다.

주원은 차를 타고 집으로 가는 내내 연주를 건드렸을 인물이 누구인지 알아내기 위한 방법을 생각해 보았다. 연주가 오늘처럼 계속 기분이 좋지 않은 상태로 있는 것을 원하지 않았으니까.

✳   ✳   ✳

어제 첫 출근을 했다는 생각이 희미해질 정도로 정신이 없었다.

여전히 복사, 스캔 등의 잔심부름은 주원과 연주의 차지였기에 이곳저곳에서 찾는 사람이 많았다. 그중 연주를 가장 많이 찾는 이는 한 대리였다.

"서연주 씨, 이거 오늘 안에 해야 하니까 좀 부탁해요."

"네, 알겠습니다."

한두 개면 적당히 참고 하겠는데, 일을 시켜 놓고 새로운 일을 계속 가져오는 건 대체 무슨 경우인가 싶었다.

게다가 신입인 연주에게 자신이 해야 할 일들을 조금씩 떠넘기기까지 했다. 참다 참다 폭발한 연주가 한 대리에게 약간 짜증을 섞어 말했다.

"저, 대리님. 저 혼자서 이 많은 일을 다 끝내는 건 무리일 것 같은데요."

"왜요? 남자 만날 시간은 있고 일할 시간은 없어요?"

"네? 그게 무슨……."

한 대리의 가시 돋친 말에 연주는 어이가 없었다. 갑자기 남자는 웬 말인 건가 싶었기 때문이다. 혹시 주원에 대해 말하고 있는 건가 싶어 눈치를 살피는데 한 대리가 먼저 입을 열었다.

"어제도 주차장에서 둘이 잘만 같이 가시던데요?"

어제 주원과 함께 퇴근하는 모습을 한 대리가 목격한 모양이었다.

오해의 소지가 다분한 모습이긴 했으니 이해가 가긴 했다. 역시 주원과 거리를 두는 게 좋겠다고 연주는 다시 한 번 생각했다.

"대리님께서 오해하시는 것도 무리가 아니네요. 하지만 저희는 아무 사이도 아닙니다."

"서연주 씨는 아무 사이도 아닌 남자랑 출퇴근도 같이하고 그러시나 봐요?"

한 대리가 빈정거리는 말투로 말했으나 연주는 차분하게 대꾸했다.

"전 친구 사이라면 충분히 그럴 수 있다고 보는 쪽이라서요. 만약 저희가 정말 친구 이상의 관계라고 하더라도 대리님과는 상관없는 얘기 아닌가요?"

순간적으로 한 대리가 크게 당황한 기색을 보였다.

연주의 말처럼 제삼자인 그녀가 이 일에 끼어들 이유는 없었다. 하지만 그녀는 이내 싸늘한 표정으로 비아냥대기 시작했다.

"하, 참나. 낙하산이면 주제를 알아야지. 뭘 믿고 이렇게 까불어요? 진짜 소문처럼 대단한 빽이라도 있나 보죠?"

연주의 표정이 절로 굳어졌다.

한 대리에게 하려고 했던 쓴소리들이 목구멍 아래에 탁 걸린 듯한 기분이 들었다.

다른 건 몰라도 자신이 낙하산으로 들어왔다는 부분에 대해서는 반박할 말이 없었다. 억울했지만 입을 다물 수밖에 없었다.

한 대리는 회심의 미소를 지으며 자기 자리로 돌아가 버렸다.

연주는 하는 수 없이 한 대리가 오늘 안에 끝내야 한다고 했던 일을 하기 시작했다.

정신없이 오전 시간을 보내고 나니 순식간에 점심시간이 다가왔다. 하지만 연주는 점심은커녕 오늘 안에 한 대리가 시킨 일을 모두 끝마칠 수 있을지 걱정이 되었다.

서러움에 북받치고 있을 때 주원이 연주의 곁으로 다가왔다.

"뭐해? 밥 안 먹어?"

"어, 어. 난 먹고 왔어."

연주는 갑작스러운 주원의 등장에 당황한 나머지 말도 안 되는 거짓말을 해 버렸다.

"무슨 소리야? 너 계속 사무실에 있었잖아."

주원은 그녀의 어설픈 거짓말에 어이가 없다는 표정으로 말했다.

연주는 아무 말도 하지 못한 채 그대로 입을 꾹 다물었으나 쉽게 포기할 주원이 아니었다.

"너 무슨 일 있지?"

"아냐, 그런 거 없어."

"그럼 왜 밥 안 먹고 이러고 있어?"

"다이어트 중이라서."

연주는 생각나는 대로 둘러댔다.

주원은 여전히 의심스럽다는 얼굴로 그녀를 쳐다보다가 곧 입을 열었다.

"네가 뺄 살이 어디 있는데?"

"그냥 여기저기."

"그럼 나도 안 먹을래."

"왜?"

연주가 당황해하자 주원이 태연하게 말했다.

"이참에 나도 다이어트 좀 하지, 뭐."

"너야말로 뺄 살이 어디 있다고. 게다가 밥 안 먹으면 일하기 힘들잖아."

"그렇게 따지면 넌?"

밥 안 먹으면 일하기 힘든 건 너도 마찬가지잖아 라는 말을 덧붙이며 작게 웃는 주원의 모습에 연주는 조금 두근거렸다. 그러나 이내 작게 고개를 저었다. 요새 회사에 입사하고 괜히 들떠 있었던 터라 착각한 모양이라며 애써 일에 집중했다.

주원은 연주에게 자신도 도와주겠다며 나섰다. 할 일이 없었던 것은 아니었지만 연주와 조금이라도 더 붙어 있겠다는 일념으로 나선 것이었다.

덕분에 연주는 퇴근 시간 전까지 모든 일을 끝낼 수 있었다. 그리고 정리를 마친 자료들을 한 대리에게 가져다주었다.

"부탁하신 자료들 전부 정리했습니다."

"서연주 씨, 아무리 빨리 퇴근하고 싶다지만 이렇게 거짓말하면 안 되죠. 어떻게 그 많은 자료 정리를 벌써 끝내요? 완전 대충한 거 아냐?"

한 대리가 일부러 크게 말하자 대부분의 시선이 두 사람 쪽으로 쏠렸다. 한참 일에 집중하던 시후가 갑작스러운 소동에 미간을 찌푸리며 두 사람 쪽으로 다가왔다.

"한 대리, 다른 직원들 업무에 방해되니까 소란은 자제해 주세요."

"아, 죄송합니다. 팀장님."

시후가 가까이 다가오자 연주를 대했던 차가운 태도는 어디 가고 금세 180도 돌변하는 한 대리였다.

"그런데요, 팀장님. 우리 서연주 씨가 아직 뭘 모르는 신입이다 보니 실수가 있을 수 있잖아요? 그러니 팀장님께서 한 번 봐주셨으면 좋겠어요."

한 대리는 대뜸 연주가 가져온 자료들을 자연스럽게 시후에게 넘겼다.

그는 워낙 완벽주의자에다 꼼꼼한 사람이었기에 작은 실수라 할지라도 그냥 넘기지 않았다. 연주를 망신시키는데 더없이 적합한 인물이라고 판단한 한 대리가 시후를 끌어들인 것이다. 이윽고 자료들을 모두 살펴본 시후가 천천히 입을 열었다.

"서연주 씨, 자료 정리가 꽤 깔끔하고 좋은 편이네요. 이대로 보고해도 되겠어요."

연주도 마찬가지였지만 시후의 말에 놀란 것은 직원들이었다.

항상 완벽을 추구하는 그였기에 남을 칭찬하는 일에 상당히 인색했기 때문이다.

"감사합니다."

잠시 어안이 벙벙했던 연주가 뒤늦게 대답했다. 워낙 냉정하고 깐깐해 보이는 인상 때문에 칭찬을 들을 거라고는 생각하지 못했던 것이다. 그리고 이어진 시후의 말은 연주의 속을 시원하게 만들어 주었다.

"그런데 한 대리. 이거 분명 제가 한 대리한테 부탁했던 자료들 같은데, 왜 전부 서연주 씨한테 가 있는 거죠?"

"아, 그게……."

시후의 말에 그제야 아차 싶은 한 대리였다. 별생각 없이 시키다 보니 장 팀장이 부탁한 일을 전부 연주에게 떠넘기고 말았다.

"다른 직원들 업무 방해할 시간에 본인 업무에나 충실했으면 좋겠군요."

말을 마친 시후는 자리로 돌아갔고, 연주 역시 조용히 자신의 자리로 가서 앉았다. 한 대리의 얼굴을 보니 당분간은 자신을 건드리지 않을 것 같았다.

주원에게는 조금 미안한 생각이 들었다. 그가 도와주지 않았더라면 하지 못했을 텐데 마치 전부 자신이 한 것처럼 되어 버렸으니 말이다.

은근슬쩍 주원을 쳐다보았더니 그는 아무 말 없이 기쁜 듯 웃고 있었다. 저번에 신세 진 것도 있으니 오늘은 무슨 일이 있더라도 그에게 밥 한 끼를 사 줘야겠다는 생각이 들었다.

6
미묘한 변화

　퇴근 시간이 거의 다 되었을 무렵 주원은 연주에게서 한 통의 문자를 받았다.

　〈이따가 끝나고 시간 돼? 밥 사 줄게.〉

　그녀의 문자에 주원은 절로 미소가 지어졌지만 바로 옆자리에 있는데 굳이 문자를 보내는 행동이 이해가 되지 않았다.

　〈어. 근데 왜 문자를 해?〉

그가 문자를 보낸 지 얼마 지나지 않아 칼 같은 속도로 답
장이 왔다.

〈업무 시간에 잡담할 수는 없잖아.〉

내용을 확인한 주원이 작게 웃으며 자판을 두드렸다.

〈알았어. 그럼 이따 퇴근하고 같이 나가자.〉

이번에도 칼 같이 답장이 오리라 예상했는데 주원의 휴대
폰은 조용했다.

이상하다 싶어 옆자리에 앉은 연주를 힐끔 곁눈질하는데
뭔가 고민하는 눈치였다.

심각한 고민이 왜 필요한 건지 알 수 없어 의아해하는 사
이 답장이 도착했다.

〈같이 나가는 건 좀 그렇고 나가서 만나자.〉
〈왜?〉
〈계속 붙어 다니면 안 좋게 보이잖아.〉

주원은 뭐라고 반박하고 싶었으나 차마 하지 못했다. 계속
붙어 다닌다면 좋은 소문이 날 것 같지는 않았다. 특히 여자

인 연주의 입장에서는 난처한 경우가 생길 수도 있다.

주원은 조용히 알았다는 답장만 보내고 다시 일에 집중했다. 아니, 집중하려 했다.

하지만 연주와 함께 밥을 먹을 수 있다는데 집중이 될 리가 없었다.

일해야지 하다가도 어느 순간부터 시계만 쳐다보고 있는 자신의 모습을 발견했다. 주원은 오늘따라 느리게만 가는 시간이 너무도 야속했다.

그렇게 1년 같았던 1분 1초가 모여 드디어 퇴근 시간이 되었다.

마음 같아선 연주와 함께 어서 밖으로 나가고 싶었으나 슬쩍 연주를 보니 아직 해야 할 일이 남은 것 같았다.

주원은 괜히 할 일이 남은 사람처럼 서류를 이리저리 뒤적였다.

나갈 타이밍을 재고 있는데 박 차장이 그들 쪽으로 다가왔다. 왠지 불길한 예감이 들었다.

퇴근 시간도 지난 이 시점에서 새로운 일을 시키는 건 아닐까 하는 예감.

주원의 예감은 딱 들어맞았다. 다만 그의 예상과 다른 점이 있다면 박 차장이 일을 시킨 인물이 연주라는 거였다.

"서연주 씨, 이거 오늘 다 정리해서 10시 전까지 여기 적혀 있는 메일 주소로 보내 줘. 잘 부탁해."

"네? 오늘 10시요?"

"어, 좀 급한 거 거든. 난 오늘 중요한 약속이 있어서 이만 가 볼게. 그럼 다들 수고하라고!"

연주가 난처하다는 표정으로 되묻자 그는 나 몰라라 하며 먼저 퇴근을 해 버렸다.

연주는 어쩔 줄 몰라 했다. 자신이 먼저 밥을 사 주겠다 해 놓고 꼼짝없이 일이나 해야 하는 상황이 되어 버렸기 때문이다.

퇴근 시간이 지나고 나서야 일을 떠넘긴 박 차장이 얄미웠다.

10시 전까지 끝내려면 꼼짝없이 일만 해야 할 테니 밥은커녕 같이 퇴근하는 것도 무리였다.

한숨이 절로 나왔다.

〈미안, 밥 같이 못 먹겠다. 밥은 내일 먹자, 먼저 퇴근해.〉
〈어쩔 수 없지. 그럼 나 먼저 갈게.〉

주원은 연주와 문자를 주고받은 지 약 한 시간 반이 지나고 나서 퇴근 준비를 했다.

퇴근 시간을 넘긴 후 한 시간 정도가 지나고 나서야 잠시 후 팀장이 퇴근을 하면서 다른 직원들도 뒤따라 퇴근했기 때문이다.

"연주 씨, 우린 먼저 갈게."

"네. 들어가세요."

다른 직원들의 인사에 연주가 웃으며 대답했다.

그 와중에 한 대리는 연주의 모습을 보며 고소하다는 듯 웃고 있었다.

연주는 한 대리의 시선을 애써 모른 척했다. 한시가 급해 쓸데없는 곳에 감정 낭비를 하고 싶지 않았다. 그녀의 반응에 자존심이 상했는지 한 대리는 일부러 연주 앞에서 보란 듯이 주원에게 말을 걸었다.

"어머, 주원 씨. 지금 퇴근해요? 그럼 우리랑 같이 가요."

연주는 한 대리의 행동에 순간적으로 짜증이 올라왔다.

누구는 퇴근하고 싶어도 못 하는데 자기가 보는 앞에서 보란 듯이 저런 이야기를 꺼내다니.

겉으로는 업무에 집중하는 척했지만 내심 그가 어떤 반응을 보일지 신경 쓰였다. 주원은 한 대리의 말에 가볍게 웃더니 입을 열었다.

"아뇨, 죄송하지만 선약이 있어서요."

주원은 가볍게 고개를 숙이고 빠르게 사무실을 나가 버렸다.

그가 떠난 자리에 남겨진 한 대리의 얼굴은 빨갛게 달아올라 있었다.

공개적으로 단칼에 거절을 당한 탓이리라. 연주는 한 대리의 모습에 고소해하는 한편, 주원의 선약이 궁금해지기 시작했다.

자신과 약속을 취소한 지 얼마나 됐다고 다른 사람과 약속을 잡다니.

참으로 폭넓은 인간관계를 가진 모양이었다. 조금 의외라고 생각하며 다른 사람들이 전부 사무실을 빠져나갈 때까지 혼자 남아 일에 몰두했다.

그러기를 한참, 엄청난 집중력을 발휘한 끝에 겨우 시간에 맞춰 일을 끝냈다.

드디어 집에 갈 수 있다는 기쁨도 잠시, 장시간 컴퓨터 앞에 앉아 있었더니 허리와 눈이 너무 아팠다. 연주는 의자에 앉은 상태로 잠시 가벼운 스트레칭을 했다.

그때 인기척이 들리더니 누군가 연주의 어깨를 가볍게 툭 쳤다.

연주는 깜짝 놀라 뒤를 돌아보았다.

"너 아까 나간 거 아니었어? 왜 다시 왔어?"

연주의 어깨를 친 사람은 다름 아닌 주원이었다. 선약이 있으니 먼저 가 보겠다며 사무실을 나서던 주원이 왜 다시 돌아왔는지 알 수 없었다.

그의 양손에는 꽤 큰 사이즈의 종이봉투 두 개가 들려 있었다.

"받아."

주원은 들고 있던 것을 대뜸 연주에게 건넸다.

연주가 이게 뭔가 싶어 안을 들여다보자 떡볶이, 김밥, 순대 등이 각자의 모습을 뽐내며 아주 맛깔스럽게 담겨 있었다.

연주는 문득 저녁도 먹지 못한 채 일하고 있었다는 것을 깨달았다.

"나 먹어도 돼?"

"어."

주원은 당연하다는 듯 그녀의 말에 답했다.

아마 연주는 주원이 이 음식을 사기 위해 얼마나 많은 고민을 하고, 얼마나 많은 검색을 했으며, 얼마나 주변을 헤매고 다녔는지 평생 모를 것이다.

여자가 좋아하는 음식을 열심히 검색해 보았지만 나오는 것은 스파게티나 스테이크, 케이크 같은 것들뿐이었기에 진지하게 테이크아웃을 부탁해야 하나 하는 생각까지 했었다. 그러나 회사에서 먹기에는 여러모로 이상한 메뉴들이었다. 케이크로 저녁을 때울 수도 없는 노릇이었고 말이다.

결국 주원은 주변에 있는 분식집에서 음식을 잔뜩 사 왔다.

연주는 아무것도 모른 채 떡볶이를 집어 먹는 데 여념이 없었다. 입가에 소스가 묻은 줄도 모르고 말이다.

주원은 연주의 입에 묻은 소스를 보고 순간적으로 두 남녀의 입술이 닿는 드라마 속 한 장면을 떠올렸지만 이내 정신을 차리고 도리질을 했다.

"왜 그래?"

연주가 갑작스러운 주원의 행동에 의아한 얼굴로 묻자 주원은 아무것도 아니라는 표정을 지으며 말했다.

"아무것도 아냐. 거기 입가에 소스 묻었어."

"여기?"

연주가 소스가 묻은 반대쪽 입가를 닦으며 헤매고 있자 보다 못한 주원이 휴지로 쓱 닦아 주었다. 그녀가 민망하다는 듯 웃으며 말했다.

"아, 고마워."

다시 떡볶이를 먹는 연주의 모습을 주원은 계속 지켜보았다.

시선이 조금 부담스러웠는지 연주가 젓가락질을 멈추고 물었다.

"넌 안 먹어?"

"참 일찍도 물어본다."

기가 차다는 듯 주원이 짧게 대답했다. 머쓱해진 연주가 떡볶이 하나를 집어 주원에게 내밀었다.

"뭐, 뭐야."

"입 벌리라고."

연주가 장난스럽게 웃으며 대답하자 주원이 민망하다는 표정으로 머뭇거렸다. 연주는 천진난만한 얼굴로 그를 재촉했다.

"너 지금 젓가락 없어서 못 먹는 거잖아. 그러니까 줄 때 먹지?"

포인트가 어긋난 것 같기는 했지만 주원은 군말 없이 연주가 주는 떡볶이를 받아먹었다.

딱히 밥 생각이 없었는데 떡볶이 하나를 먹고 나니 식욕이 올라왔다.

그들은 함께 떡볶이, 김밥, 순대를 전부 해치웠다. 원래 군 것질이나 밖에서 만든 음식을 좋아하지 않는 주원이었지만 오늘은 너무도 맛있게 느껴졌다.

"와, 진짜 배부르다. 이제 얼른 치우고 집에 가자."

연주는 기분 좋게 뒷정리를 한 후 주원과 함께 사무실을 나와 별다른 말없이 차에 올랐다.

자연스럽게 자신을 따라 차에 오르는 연주의 모습을 보며 주원이 물었다.

"지금은 같이 가도 돼?"

"어?"

조금 직설적인 질문에 연주가 당황하자 주원이 재미있다는 듯 작게 웃었다. 장난으로 던진 말이었는데 이렇게까지 당황할 줄이야.

"농담이야. 앞으로 회사에서는 조심할게."

"아, 그게……."

"걱정 마. 네가 걱정하는 일은 일어나지 않게 할 테니까."

연주는 아무 말도 할 수 없었다. 전부 자신이 바라던 일이 아니었던가. 결과적으로 잘된 일이었지만 묘하게 섭섭한 마음이 들었다.

한편 주원은 그 어느 때보다 즐거운 저녁이었다고 생각했다.

그런데 집 근처에 도착할 때까지 조용했던 연주가 갑자기 편의점에 들러야겠다며 내려 달라는 말을 했다.

주원은 급하게 차를 편의점 앞에 세웠다. 연주는 그에게 같이 내리지 않아도 된다고 했지만 늦은 시간에 혼자 보내기가 불안했던 주원은 그녀를 따라 차에서 내렸다.

"잠깐만 여기 있어. 금방 사서 나올게."

"싫어. 같이 들어가."

"금방이면 된단 말이야."

결국 편의점 안은 연주 혼자 들어가고 주원은 그 앞에 있는 의자에 앉아 있기로 합의를 봤다.

주원에게 밥 한 끼를 사 주기는커녕 오히려 얻어먹은 탓에 몰래 커피 우유를 사 줄 생각이었다.

그런데 연주가 찾는 커피 우유는 보이지 않았다. 그녀는 주원이 편의점 안으로 들어올까 불안한 마음에 서둘러 계산대에 있는 알바 생에게 갔다.

"저, A커피 우유 어디 있어요?"

연주의 질문이 무색하게도 매장에 그 우유는 없었다. 연주는 할 수 없이 다른 것을 사서 밖으로 나왔다.

바로 앞에 있는 의자를 보니 곱게 잠들어 있는 주원의 모습이 눈에 들어왔다.

많이 피곤했을 거란 생각을 하니 깨우기가 미안해졌다. 잠시만 이렇게 두자 싶어 그가 앉아 있는 의자 앞에서 허리를 조금 숙였다.

시선을 낮추자 주원의 얼굴을 꽤 또렷하게 볼 수 있었다. 늘 드는 생각이지만 참 잘생기긴 했다.

그런 생각을 하며 관찰하는데, 그의 고개가 오른쪽으로 꺾이려 했다.

연주가 서둘러 허리를 펴고 두 손으로 그의 고개를 받쳐 옆으로 옮겨 주었다.

순간 주원의 고개가 앞으로 쏠리며 연주 쪽으로 다가왔다. 그의 상체가 금방이라도 넘어갈 것 같아 당황한 연주는 서둘러 그의 몸을 양팔로 안듯이 잡았다.

주원은 연주에게 완전히 기대게 되었고, 연주는 주원을 꽉 끌어안은 자세가 되었다.

❋   ❋   ❋

남들보다 일찍 출근해서 그날 할 일을 다 하고 적절한 시간에 퇴근한다.

그게 시후의 가치관이자 일상이었다. 설렁설렁하거나 대충하는 것은 용납할 수 없었다. 사적인 일이 아니라 공적인 일이라면 더욱.

그렇기에 이번 신입 사원 중 낙하산이 있다는 말은 시후에겐 청천벽력과도 같았다. 가뜩이나 타 계열사에서 일하던 그룹의 후계자가 신입 사원으로 온다는 소식을 들은 후라 충격은 두 배였다.

남자 직원은 원래 했던 일이 있는 만큼 실력도 뛰어나고 잘 적응하고 있는 듯했다. 그에 비해 낙하산 여직원의 업무 능력은 그저 그런 수준인 데다가 그 와중에 복사 능력은 완전 꽝이었다.

그마저도 남자 직원의 작품이었다는 걸 알았을 때는 약간의 배신감까지 느껴졌다.

낙하산이라는 걸 광고라도 하자는 건지. 연주를 한심하게 여기던 시후였으나 그는 곧 자신의 생각이 틀렸음을 머지않아 깨닫게 되었다.

한 대리가 문제의 여직원이 정리한 자료라며 자신에게 내민 서류들, 그건 분명 신입이 혼자 했다고 믿기 어려울 정도로 많은 양이었다.

또 그 남자 직원이 도와줬을 거라 생각하며 서류를 살펴봤다.

그의 예상대로 서류들은 두 사람의 방식이 뒤섞여 있었다. 중요한 것은 남자 직원뿐만 아니라 여직원이 정리한 서류들도 꽤 깔끔했다는 사실이었다.

지금까지 보여 줬던 업무 능력을 생각하며 쓴소리를 하려고 마음먹었었는데, 나름 깔끔하게 정리된 서류들과 안절부절못하고 있는 얼굴을 보고 있자니 꽤나 고생했을 거란 생각이 들었다.

그래서 불성실한 업무 태도 때문에 평소 비호감이었던 한 대리에게만 잔소리를 했다.

의외로 능력은 쓸 만할지도. 나름 후한 점수를 준 시후였다.

오히려 요즘엔 후계자라는 남자 사원이 더 거슬렸다. 본의 아니게 몇 번 지켜본 결과 일을 배우겠다는 자세보다는 함께 들어온 여직원에게 들이대기 바빴기 때문이다. 일을 하러 온 건지 연애를 하러 온 건지 묻고 싶을 정도였다. 공과 사를 구분하지 못하는 모습이 심하게 거슬렸다.

시후는 두 사람 모두 조금 더 지켜봐야겠다는 결론을 내렸다.

✳   ✳   ✳

왜 냉정한 팀장님은 아까부터 이쪽을 보고 있는 건지. 뒤통수가 따갑다 못해 뚫릴 것 같다는 생각이 드는 연주였다. 가뜩이나 어제 있었던 일 때문에 주원을 보는 것도 어색해 죽겠는데 말이다.

그나마 다행인 것은 어제의 일을 정확하게 기억하는 사람이 연주 혼자라는 사실이었다. 주원은 별로 대수롭지 않게 여기고 있거나, 아니면 잠이 덜 깬 상태였기 때문에 정신이 없어서 기억을 못 하는 것 같기도 했다.

연주는 조금 억울해졌다. 자신은 태어나서 남자 손 한 번 제대로 못 잡아 봤는데, 첫 포옹을 엉뚱한 곳에서 빼앗겨 버리다니. 게다가 상대방은 기억조차 못 한다.

다행인데 억울하고, 어색한 것보단 나은 것 같은데 생각만 했다 하면 다시 억울해졌다.

가장 억울한 것은 그때의 일로 조금이나마 설렌 자신의 모습이었다. 사실 조금이 아니라 꽤 많이 설레었다. 그렇다고 해서 지금까지와 다른 태도를 보일 생각은 없었다. 지금은 한가하게 연애나 하고 있을 때가 아니었고, 쓸데없는 감정 낭비를 하고 싶지 않았다.

연주는 자신 또한 아무 일도 없었다는 듯 행동하기로 마음먹었다. 혼자만 방방 뛸 필요는 없었으니까.

아무렇지 않은 척 자연스럽게 자리에 앉아 서류를 보려 했으나 저 망할 팀장님이 뒤에서 부담스러운 시선을 쏘고 있었다. 연주는 혹시 제게 뭔가 할 말이 있어서 저러는 건가 싶어 입을 열었다.

"팀장님, 혹시 저한테 뭐 하실 말씀 있으세요?"

시후는 연주의 물음에 조금 당황했다. 연주가 자신의 시선을 의식해 말을 걸어올 줄은 몰랐기 때문이다. 뭐라고 둘러대야 하나 고민하다가 마침 손에 들고 있던 서류를 연주에게 건넸다.

"새로 진행하는 프로젝트 서류인데 한번 볼래요?"

"아, 네."

연주는 두 눈을 반짝이며 서류를 읽기 시작했다. 시후는 나름 열심히 하려는 마음가짐 정도는 있구나 싶은 생각이 들었다.

"그런데 이거 제가 봐도 되는 건가요?"

"서연주 씨도 우리 회사 직원이니까요."

시후가 안 될 게 뭐가 있냐는 표정으로 답했으나 연주는 조금 의아한 얼굴로 말했다.

"전 아직 신입인데, 진짜 괜찮은 건가요?"

"상관없다니까요. 정 그렇다면 이것도 정리해 볼래요?"

갑작스러운 제안에 연주는 조금 당황했으나 재빨리 고개를 끄덕였다. 그녀가 낙하산이라는 사실을 그가 모를 리 없을 텐데, 먼저 일을 맡겨 준다면 당연히 하는 게 옳았다. 자신을 믿어 줬다는 의미일 테니 말이다.

하지만 시후는 그녀의 능력을 특별히 신뢰해서 일을 맡긴 것이 아니었다. 어디까지 할 수 있을지가 궁금했을 뿐. 어차피 최종 점검은 자신의 몫이니 미흡한 부분은 직접 수정하면 그만이었다.

"열심히 하겠습니다."

연주는 시후에게 받은 서류에 온 신경을 집중했다. 자신에게 일을 맡긴 결정이 옳았다는 것을 증명하고 싶었다.

한편 그 모습을 사무실 끝에서 목격한 주원의 속은 완전히 뒤집어졌다.

사실 주원은 어제의 일을 아주 또렷하게 기억하고 있었다. 연주가 민망해할까 봐 아무것도 모르는 척한 거였지. 하지만 밤새 신경이 쓰여 잠도 제대로 못 자고 좀비 같은 몰골로 회사에 나왔더니 연주는 너무도 멀쩡하게 일을 하고 있었다. 연주가 자신을 아예 남자로도 보지 않는 것 같아 자존심이 상했다. 거기다가 조금 전 휴게실에서 다른 사원들이 나누는 대화를 듣고 온 터라 기분이 더욱 좋지 않았다.

"관리 1팀 신입 사원 엄청 이쁘더라."

"아, 서연주 씨?"

"얼굴도 하얗고 청순하게 생긴 게 완전 내 스타일."

네 스타일이면 어쩔 건데? 그 한마디를 간신히 삼킨 채 돌아오니 장 팀장과 연주가 같이 있는 모습이 주원의 시야에 들어왔다.

덕분에 그의 속은 빨갛게 타오르다 못해 완전히 불바다가 되었다. 시니컬한 척하면서 연주에게 접근하는 꼴이 마음에 안 들었다.

옆자리였으면 아주 질릴 때까지 들이댔겠네? 상사라는 이름으로 연주에게 집적대는 시후를 노려보았다. 경쟁자만 늘어나는 것 같아 마음이 조급해지는 주원이었다.

❋   ❋   ❋

그날 저녁, 주원은 답답한 마음을 털어놓기 위해 친구인 정우의 집을 방문했다.

"죽고 싶어? 이렇게 늦은 시간에 찾아오는 건 대체 무슨 경우야?"

"의사가 사람을 죽인다는 건 또 무슨 막말이냐? 지금이 뭐 늦은 시간이라고."

"난 일반적인 회사원과 시간 개념이 달라. 심지어 새벽에 또 나가 봐야 한다고."

"야, 친한 친구가 고민이 있어서 왔다는데 이렇게 쫓아낼 거냐?"

주원이 정우의 집 안으로 들어가기 위해 안간힘을 쓰자 정우는 반쯤 포기한 듯 그의 방문을 허락했다.

"빨리 얘기하고 가라."

"걱정 마. 나도 내일 출근해야 하니까."

자연스럽게 거실로 향한 주원이 소파 한구석에 자리를 잡자 정우 역시 그의 옆에 착석했다.

"피곤하니까 얼른 말해."

"넌 여자로 전혀 안 느껴지는 상대가 갑자기 고백하면 어떨 것 같냐?"

"뭐가?"

"그냥, 뭐…… 받아 줄 것 같냐?"

"아니."

칼 같은 대답에 주원이 씁쓸하게 웃었다. 너무 매정했나 싶어 정우가 물었다.

"누가 너 보고 남자로 안 느껴진다고 했냐?"

"직접 말한 건 아닌데 내가 보기엔 그런 것 같아."

"그 사람한테 고백하려고?"

"아니. 지금은 차일 것 같아서 안 할 거야."

그래, 그게 맞는 거겠지. 잘못하면 동료나 친구라는 이름으로조차 연주의 곁에 있을 수 없을 테니 말이다. 이도 저도 아닌 사이가 싫긴 하지만 아예 남이 되고 싶지는 않았다.

이내 주원이 가볍게 웃으며 말했다.

"대신 남자로 승격되면 바로 고백할 거다."

막상 그렇게 말하고 나니 조금 걱정이 되긴 했다. 혹시나 연주가 자신을 영영 남자로 보지 않을까 봐. 자신에게 이런 고민을 하게 만든 서연주.

처음 도서실에서 만났을 때처럼 어느 날 갑자기 다시 나타나 그의 모든 것을 쥐락펴락하고 있었다. 그에겐 너무나 신기하고도 특별한 여자였다.

✳   ✳   ✳

회사에 입사 후 눈 깜짝할 사이에 첫 주말이, 그것도 일요일이 성큼 다가와 있었다. 모처럼의 휴일에 연주는 외출 준비를 했다. 한창 준비를 하다가 흘끔 곁눈질을 하니 시계가 정확하게 7시 정각을 가리키고 있었다.

아무 일정이 없는 일요일이었다면 신나게 자고 있었겠지만 오늘은 그럴 수 없었다. 취업 준비생 시절부터 꾸준히 해 왔던 봉사 활동의 마침표를 찍는 날이었으니까.

사실 어제 안내 문자를 받기 전까지만 해도 봉사 활동에 대해 완전히 잊고 있었다. 평일엔 학원에 다니고, 아르바이트를 하고, 주말에는 봉사 활동을 하던 게 아주 먼 옛날 일처럼 느껴졌다. 그만큼 입사 후 보낸 첫 일주일이 길게 느껴졌다는 의미이기도 했다.

연주가 봉사 활동을 하는 곳은 몸이 불편한 아이들이 함께 생활하는 보호 시설로 그녀의 집에서 버스를 타고 한 시간 정도 가야 하는 거리에 있었다. 가깝지 않은 거리였으나 연주는 몇 년째 일요일을 이곳에 고스란히 반납하고 있었다. 오늘로 마지막이 되겠지만.

버스에서 내려 작은 골목길을 따라 몇 번 방향을 꺾자 오늘의 목적지가 나타났다.

주변에 있는 거대한 저택들 사이에 끼어 있는 집. 겉으로 보기엔 일반 주택과 다름없었으나 작은 간판에는 '천사의 집'이라는 글자가 적혀 있었다. 현관문에는 초인종을 누르지 말고 문을 두드리라는 안내문이 붙어 있었다. 몇 년간 능숙하게 이곳을 드나들었던 만큼 연주는 조심스레 현관문을 두드렸다.

"누구세…… 아, 연주 양. 어서 와요!"

중년의 여인이 문을 열고 나오더니 환한 얼굴로 연주를 반겨 주었다. 그녀는 이 시설을 운영하는 원장이었다.

"오늘도 어김없이 와 줬네요? 항상 고마워요."

"저도 좋아서 하는 건데요, 뭐."

간단한 안부 인사와 일상적인 몇 마디의 대화를 나눈 후 연주는 배정받은 2층으로 향하려 했다.

"참, 미안한데 오늘 회사에서 단체로 할 자원봉사 때문에 오셨다는 분이 있으니까 연주 양이 잘 좀 도와줘요. 마음 같아선 직접 설명해 드리고 싶긴 한데, 보다시피 일손이 좀 부족해서…….”

원장이 말을 마치기 무섭게 거실 쪽에서 우렁찬 울음소리가 들려왔다. 더불어 미칠 듯이 소리를 지르는 아이의 목소리도 들려왔다.

“그럼 부탁 좀 할게요.”

“아, 네.”

원장의 부탁을 얼떨결에 승낙한 연주는 서둘러 2층으로 올라갔다. 2층은 1층보다 큰 아이들이 지내는 곳이었기에 상대적으로 평화로웠다.

“아아아!”

상대적으로 말이다. 연주는 정신없이 뛰어다니며 소리를 지르는 아이들과 그들을 바쁘게 쫓아다니는 한 남자의 뒷모습을 목격했다. 아이들을 쫓아다니는 남자의 뒷모습이 낯설지 않았다.

“장 팀장님?”

혹시나 하는 마음으로 부르자 남자가 움직임을 멈추고 연주 쪽을 돌아보았다. 반가운 마음에 작게 웃은 그녀와 달리 시후의 표정에는 당황스러움과 놀라움, 민망함 등이 스쳐 지나갔다.

“서연주 씨가 여긴 왜……?”

“원래 제가 자원봉사하던 곳이거든요.”

그렇게 말하며 연주는 뛰어다니던 아이를 안고 놀아 주기 시작했다. 그와 동시에 소리를 지르며 바닥을 굴러다니던 아이를 달래 소파에 앉히고 그 옆에 앉았다. 능숙하게 두 아이를 돌보는 그녀의 모습에 시후는 조금 얼떨떨한 얼굴을 했다. 연주는 조금 난처하다는 듯 웃으며 말했다.

"죄송한데 제가 지금 애기들 보느라 여기서 못 움직일 것 같아서요. 팀장님이 청소기 좀 돌려 주시면 안 될까요?"

"아, 그러죠."

시후는 고개를 끄덕인 후 청소기로 바닥을 깨끗이 청소했다. 그 뒤로 식사 준비를 도와 달라는 원장의 말에 따라 1층으로 내려갔다. 그동안 2층의 아이들을 돌보는 것은 전부 연주의 몫이었다.

시후는 연주 혼자 괜찮을까 싶어 원장에게 물었다.

"서연주 씨 혼자 괜찮은 겁니까?"

"네, 괜찮아요. 여기서 연주 양보다 애들 잘 돌보는 사람 없어요. 나도 이젠 나이를 먹어서 몸이 예전 같지 않거든. 그에 비해 연주 양은 아직 어리고, 또 애들이랑 보낸 시간이 몇 년인데."

"몇 년이요?"

시후가 조금 놀란 얼굴을 했다. 자신처럼 잠깐 하고 가는 것도 아니고 몇 년씩이나 이곳에서 자원봉사를 했다는 사실이 꽤나 의외였던 것이다. 생각 외로 열심히 노력하며 살아온 모습을 알게 되니 기분이 이상했다.

"어휴, 그래서 더 아쉬워요. 오늘이 마지막이라니. 이제 취업해서 못 오는 게 당연하겠지만 연주 양만큼 능력 좋은 자원봉사자가 흔하질 않거든요."

"그렇군요."

오랫동안 해 왔다면 이쪽에 뜻이 있거나 정말 이 일을 좋아한다는 의미일 텐데 왜 그만두려는 걸까. 시후는 문득 궁금해졌다.

곧 연주가 다른 자원봉사자에게 아이들을 맡기고 식사를 하기 위해 내려왔다. 시후는 그녀 혼자 아이들을 보게 만든 것 같아 미안한 마음이 들어 식사 시간에 넌지시 물었다.

"안 힘들어요?"

"안 힘든 건 아닌데 할 만해요."

연주가 태연한 얼굴로 대꾸하며 마저 밥을 먹자 시후는 도저히 이해할 수 없다는 얼굴로 입을 열었다.

"자기 일도 아니면서 따로 봉사 활동을 하는 이유가 뭐예요?"

"일이 아니니까 재밌고, 재밌으니까 자연스럽게 하게 되는 거 아닐까요?"

연주는 차려진 식사를 맛있게 먹으며 망설임 없이 대답했다. 하지만 시후는 연주의 대답이 만족스럽지 않다는 듯 말을 이어 갔다.

"그럼 회사 일은 일이니까 재미없고, 재미없으니까 열심히 안 하게 된다. 이건가요?"

"아뇨. 그런 거 아니에요."

연주가 두 손을 열심히 내젓자 시후가 깔끔한 한마디를 덧붙였다.

"농담입니다."

연주의 표정이 애매하게 일그러졌다. 시후 역시 자신의 농담이 분위기를 이상하게 만들었다는 것을 눈치챈 듯 더 이상 아무 말도 하지 않고 조용히 자리에서 일어났다.

"벌써 다 드셨어요?"

"네."

"그것밖에 안 드시면 이따가 후회하실 텐데……."

연주의 경고에도 시후는 됐다며 단호하게 고개를 저었다.

하지만 그는 얼마 안 가 후회했다. 에너지가 넘쳐흐르다 못해 폭발할 것 같은 아이들을 돌보기 위해서는 그와 맞먹는 힘을 가지고 있어야 했다.

"아아악!"

거세게 몸부림치는 아이들이 대부분인 이곳에서 밥도 제대로 안 먹은 채 봉사 활동을 하기는 힘들었다. 계속 안은 채로 어르고 달래 주거나 뛰어다니는 아이를 쫓아다녀야 했으니까.

하지만 꾸준한 방문으로 인해 아이들의 성격이나 특징을

잘 파악하고 있는 연주 덕분에 시후는 간신히 봉사 활동을 끝마칠 수 있었다. 집에 갈 무렵에는 완전히 녹초가 되어 버렸지만 말이다. 원장과 마지막 인사를 나누는 연주를 기다리는데 배가 고프고, 손이 저렸다.

얼마간을 기다리자 인사를 마친 연주가 시후에게 다가왔다.

"죄송해요. 얘기가 조금 길어지는 바람에."

시후는 괜찮다며 의례적인 대답을 하고는 먼저 걷기 시작했다. 그러다가 보폭이 좁을 연주가 생각나 천천히 걷는 속도를 늦췄다. 평소 같았으면 하지 않았을 배려였으나 오늘만큼은 해야겠다는 생각이 들었다.

함께 걷던 두 사람이 버스 정류장 근처에 도달했을 무렵, 연주가 입을 열었다.

"배 많이 고프시죠?"

"괜찮습니다."

하지만 시후의 말을 배반하듯 그의 뱃속에서 꼬르륵 소리가 울려 대며 주인의 배고픔을 만천하에 알렸다.

"이, 이건……."

시후가 크게 당황하는 기색을 보이자 연주는 작게 웃으며 이 근처에 백반이 맛있는 집이 있으니 함께 가자는 제안을 했다. 그는 잠시 뭔가 다른 변명을 하려다가 이내 잠자코 고개를 끄덕였다.

도착한 식당은 화려하거나 고급스러운 분위기보단 따뜻하고 정이 가는 분위기를 풍겼다. 연주는 시후에게 불고기 백반이 맛있다며 추천했다. 두 사람 다 불고기 백반을 주문하고서 음식이 나오기를 기다리는 동안 시후가 물었다.

　"봉사 활동 좋아합니까?"

　"좋아하는 것까진 아닌데 싫어하진 않아서요. 근데 그건 갑자기 왜 물으세요?"

　"오늘이 마지막 날이라는 말을 들었으니까요."

　"아."

　연주의 표정이 조금 흐려졌다. 덕분에 시후의 마음 한구석도 조금 불편해졌으나 그는 질문을 멈추지 않았다.

　"힘들긴 하겠지만 회사를 다니면서도 할 수는 있잖아요. 굳이 아예 그만두려는 이유가 뭔지 궁금해서 묻는 겁니다."

　"둘 다 하려다 이도 저도 안 되면 양쪽 모두에게 실례니까요."

　단호하기 그지없는 대답과 함께 그녀가 말을 이었다.

　"나름 정이 많이 들었고 더 이상 못 온다고 생각하니까 섭섭하기도 하지만, 이젠 직장이 생겼으니 그곳에 올인해야죠."

　생긋 웃으며 말하는 연주의 모습이 순간적으로 달라 보였다면 그건 착각이었을까?

　"그게 맞는 거죠."

그 말을 끝으로 마침 음식이 나와 두 사람은 말없이 밥을 먹기 시작했다. 연주의 모습을 슬쩍슬쩍 바라보던 시후는 이 번에도 제대로 된 식사를 하지 못했다.

"내일 회사에서 뵐게요, 팀장님."

"그러죠. 잘 가요."

집까지 데려다주겠다는 말을 연주가 조심스레 거절해서 두 사람은 역 앞에서 헤어졌다. 연주는 버스를 타러 갔고, 그는 지하철을 타기 위해 역 안으로 들어왔다.

지하철을 타고 가는 내내 시후는 천천히 하루를 곱씹었다. 아니, 정확하게는 연주에 대한 자신의 생각을 천천히 되짚었다.

능숙하게 아이들을 돌보는 모습과 원장이 들려준 얘기로 인해 마냥 생각 없는 낙하산이 아닐지도 모른다는 생각이 들었다. 아니, 아닐 것이라고 저도 모르게 확신하고 있었다. 어쩌면 연주 역시 자신과 마찬가지로 열심히 살고, 열심히 노력해 온 평범한 사람일지도 모른다고.

그런 생각을 하자 연주의 행동 하나하나가 나쁘게 보이지 않았다. 오히려 배가 고픈 그를 생각해 밥을 먹으러 가자고 먼저 제안한 것도, 자신이 하고 싶은 일을 포기하면서까지 회사에 올인하겠다고, 그게 맞는 거라고 당차게 대꾸한 모습도 보기 좋았다.

그다지 특별한 일이 있었던 것도 아니었지만, 그럼에도 사소한 행동 하나하나가 연주를 보는 시후의 시선을 바꾸었다.

정신을 차려 보니 어느새 자꾸만 신경이 쓰이고, 눈길이 가는 사람이 되어 있었다.

자신도 모르는 사이에 그녀가 마음속으로 들어온 순간이었다.

7
위험한 출장

　포옹 사건을 기점으로 연주는 문득 주원을 의식하고 있는 자신을 발견했다. 그가 갑자기 말을 걸기만 해도 크게 놀라고, 우연히 손이라도 닿으면 심장이 덜컹거렸다. 벌써 2주가 넘게 지난 일임에도 증상은 잦아들지 않았다. 오히려 더 심해져만 갈 뿐.

　요즘 몸이 허약해져서 그런 게 분명하다고 말도 안 되는 합리화를 했으나 연주는 그 답을 알고 있었다. 그저 지금은 때가 아니니 묻어 둬야 한다며 모르는 척했다.

　내 주제에 연애는 무슨.

　연주는 한가한 사람이 아니었고, 한가해서도 안 됐다. 몇 년이나 해 왔던 봉사 활동까지 포기하고 업무에 집중하기로 결심했는데 시간을 낭비할 수는 없었다.

한참을 업무에 집중하다 연주는 갑작스러운 장 팀장의 부름 때문에 그의 자리로 갔다.

"출장이요?"

연주가 당황한 얼굴로 되물었다. 그러자 시후가 작게 고개를 끄덕이며 말했다.

"이번 프로젝트에 서연주 씨가 낸 아이디어가 선정되었다더군요. 입찰에 관한 일 때문에 1박 2일간 여수로 내려가게 되었어요."

나름 열정을 불태워 작성하기는 했으나 이렇게까지 될 줄은 몰랐다. 연주는 조금 얼떨떨한 얼굴로 한 박자 늦게 대답했다.

"아, 그렇군요."

문득 연주는 자신이 이런 일을 맡아본 적이 없다는 사실을 떠올렸다. 분명 중요한 일일 텐데 아직 초짜인 자신을 혼자 보내는 건 아니겠지 싶어 불안한 표정으로 시후에게 물었다.

"혹시 저 혼자 내려가나요?"

연주의 물음에 시후가 아주 잠깐 표정을 굳혔다가 이내 이를 감추며 말했다.

"구주원 씨가 함께 간다더군요. 이번 입찰 업체가 K기업인데 그쪽 기업과 일해 본 경험도 있고, 입찰 관련 업무도 처음이 아니라고 하니 많은 도움이 될 겁니다."

시후의 말을 몰래 듣고 있던 주원이 속으로 나이스를 외쳤다. 요즘 가뜩이나 이놈, 저놈 연주에게 달라붙지 못해 안달난 인간들 투성이었는데 마침 그녀를 지킬 수 있는 핑계가 생긴 셈이었으니까.

게다가 업무적으로도 자신이 있는 부분이었다. 경영 수업을 받으며 관련된 일도 많이 해 봤고, 입찰 건 역시 여러 번 맡았었다. 게다가 K기업이라면 구 회장의 오랜 지인이 경영하는 곳인 만큼 잘 알고 있을 수밖에 없었다.

주원이 속으로 승자의 노래를 흥얼거리는 동안 잠시 고민에 빠져 있던 시후가 입을 열었다.

"하지만 책임자의 역할을 할 만한 사람이 한 명 더 가는 게 좋을 것 같군요. 그러니 위쪽에 말씀드리도록 하겠습니다."

그 나머지 한 명은 시후가 될 예정이었다. 두 사람 모두 신입이고 자신의 팀원인 만큼 그가 직접 가는 게 여러 가지로 좋을 것이라고 말할 생각이었으니까.

시후의 말을 들은 주원의 기분이 순식간에 저조해졌다. 가까스로 얻게 된 연주와의 오붓한 시간을 방해하려는 시후의 수작이 뻔히 보였기 때문이다. 제삼자가 끼어드는 게 싫었고, 그게 시후라면 더욱 싫었다. 퇴짜나 맞아라. 주원은 시후의 의견이 묵살되기를 간절히 기도했다.

시후의 의견이 반려되기를 바라는 주원과 달리 연주는 간절하게 다른 이의 동행을 바라고 있었다. 가뜩이나 요즘 주원을 의식하고 있는데 단둘이 출장을 가라니. 그랬다간 일에 집중도 못 하고 여기저기 민폐만 끼치고 올지도 몰랐다. 제발 누구라도 좋으니 함께 가게 해 달라고 연주는 속으로 간절히 빌었다.

그녀의 간절한 기도가 통한 것인지 출장 당일 오전 시후가 모습을 드러냈다.

"팀장님도 함께 가시는 건가요?"

주원이 설마 하는 마음으로 묻자 시후가 짧게 답했다.

"네, 그렇게 결정이 났습니다."

시후의 말에 두 사람의 희비가 엇갈렸다. 연주는 안심된다는 얼굴이었고, 주원은 화가 나 죽을 것 같은 얼굴이었다. 설마설마했는데 여기까지 따라온 시후가 주원은 굉장히 거슬렸다. 반드시 1박 2일간 연주에게 손가락 하나 대지 못하도록 철저하게 고립시켜 주리라 다짐하며 시후의 뒷모습을 노려보았다.

하지만 주원의 다짐은 시작과 동시에 무너졌다. 연주가 은근히 자신을 피하는 것 같았기 때문이다. 자신이 말을 걸면 슬쩍 시후에게 말을 걸며 대화를 피하거나, 급한 일이 있다며 갑자기 자리를 뜨는 등 방법도 가지각색이었다.

더 화가 나는 건 시후에게는 살갑게 대한다는 사실이었다.

사람 차별하는 것도 아니고, 대체 왜 그러는 건지 이유라도 알고 싶었다. 주원의 저조한 기분은 시후의 짤막한 질문으로 인해 극에 달했다.

"두 분 싸우기라도 한 겁니까?"

잠깐 화장실에 들어온 사이 기습적으로 질문을 던지다니. 너무 비겁한 거 아니냐며 항의라도 하고 싶은 심정이었으나 달라지는 것은 없었다. 주원은 애써 아무렇지 않다는 태도로 입을 열었다.

"그런 거 아닙니다."

주원의 짤막한 대답을 들은 시후는 더욱 확신했다. 두 사람 사이에 무슨 일이 있었던 게 분명하다고 말이다.

시후는 봉사 활동을 다녀온 이후 자신의 마음을 깨닫고는 연주와 어떻게 가까워질까 고민했다. 그런데 마침 기회가 생긴 것이다. 주원과 연주가 친해 보여 조금 신경이 쓰였던 차에 연주가 주원을 어색해하는 모습이 눈에 들어왔다. 원래도 주원 혼자 좋아하는 것 같았는데 사이까지 어색해졌다면 더 이상 거리낄 것이 없었다. 시후의 표정이 지나치게 좋아졌다.

✳   ✳   ✳

각기 다른 마음으로 목적지에 도착한 세 사람은 숙소에 간단히 짐을 풀고 곧바로 각종 연수와 강의를 들었다. 내일 있을 입찰 건에 대한 내용들이었기에 꼼꼼히 듣고, 분석하느라 정신없이 시간을 보냈다.

강의가 끝날 때쯤 연주는 정신적으로 조금 지친 상태였다. 시후는 그런 연주를 위해 근처 카페에서 사 온 아이스 아메리카노를 내밀었다.

"내 거 사는 김에 한 잔 더 샀어요."

하지만 시후의 손에는 다른 커피가 들려 있지 않았다. 대놓고 언행불일치를 티 냈으나 연주는 신경 쓸 겨를이 없었다. 쓴 것을 마시지 못하는 탓에 어찌해야 하나 싶어 난감했다. 대놓고 거절하자니 서로 민망해질 것 같고, 커피를 받아서 버릴 수도 없으니 미칠 노릇이었다.

연주가 갈등을 하고 있는 찰나 두 사람 사이를 재빨리 비집고 들어온 주원이 시후의 손에 있던 아메리카노를 순식간에 낚아채 자신의 입안에 털어 넣었다. 짧고도 인상적인 원샷이었다.

"지금 뭐하는 겁니까?"

시후가 진심으로 짜증 난다는 얼굴로 묻자 주원은 뻔뻔하기 그지없는 얼굴로 태연하게 대꾸했다.

"아, 죄송합니다. 제가 지금 목이 너무 말라서 저도 모르게 실례를 했네요. 제가 다시 사다 드릴까요?"

"됐습니다."

주원은 역시 쿨하셔서 좋다는 말을 하며 입을 열었다.

"한 번 더 죄송한 말씀을 드리자면 제 가방이 팀장님의 짐에 섞여 들어간 것 같습니다. 이번 프레젠테이션에 대한 자료가 담긴 노트북이 있는 터라 모른 척할 수도 없고……."

자연스럽게 말끝을 흐리는 주원의 목적은 분명했다. 자신이 시후의 방을 함부로 뒤질 수 없으니 직접 가서 노트북을 가져와 달라는 의미였다.

이런 수작을 부리면서까지 자신을 연주와 떼어 놓기 위해 노력하는 주원의 모습이 시후는 참으로 대단하다고 생각했다.

"부탁드리겠습니다, 팀장님."

주원이 능청스럽게 웃자 시후는 하는 수 없이 노트북을 가져오기 위해 자리를 떠나야만 했다. 어차피 그리 오래 걸리지 않을 테니 무슨 일이 생길 리는 없었다.

한편 얼떨결에 주원과 단둘이 남게 된 연주는 크게 당황했다. 어찌해야 하나 싶어 눈동자를 데굴데굴 굴리며 눈치를 보는데 주원이 먼저 말을 걸어 왔다.

"저기."

"어, 어? 왜?"

갑작스럽게 들려온 주원의 목소리에 당황한 연주가 지나치게 부자연스러운 반응을 보였다. 척 보기에도 어색한 반응이었으나 주원은 개의치 않았다.

"받아."

"어?"

연주의 손 위에는 어느새 편의점 커피 우유가 놓여 있었다. 그것도 가장 즐겨 마시는 브랜드의 커피 우유가.

"아까 내가 마신 커피 대신이야."

그 커피 우유는 주원과의 인연에 첫 단추를 끼워 준 것이었다. 연주는 뭐라 말하기 힘든 감정 때문에 가슴이 답답해졌다.

그나마 다행인 것은 얼마 지나지 않아 시후가 돌아왔다는 사실이었다. 그는 빠른 걸음으로 노트북을 들고 두 사람에게 다가왔다.

"자료는 정리되어 있으니 오래 걸리지는 않을 겁니다."

순조롭게 보고서와 프레젠테이션 자료를 작성한 후 셋이서 저녁을 먹으러 가려던 순간 K기업 관계자로 추정되는 사람들이 시후에게 다가왔다.

"팀장님은 지금 긴급회의에 참석하셔야 할 것 같습니다."

그들의 말에 의하면 이번 입찰 방식에 불만을 가진 몇몇 업체들 때문에 문제가 생긴 듯했다. 따라서 각 회사의 책임자들과 타협점을 찾아야 한다는 것이었다.

시후는 하늘이 자신에게 무심한 건가 싶어 한숨을 내쉬었다. 연주와 함께 온 출장을 이런 식으로 방해받게 될 줄이야. 괜히 주원만 좋은 일 시키는 것 같아 여러모로 기분이 좋지 않았다. 하지만 가지 않을 수는 없었기에 떼어지지 않는 발걸음을 억지로 옮겼다. 시후는 관계자들과 함께 자리를 떠났고, 또다시 연주와 주원만 그 자리에 남게 되었다.

연주는 두 번째로 겪게 된 이 상황이 당황스러워 어찌할 바를 몰랐다. 두 사람 사이에 어색한 침묵이 내려앉았을 때 주원이 먼저 입을 열었다.

"저녁은 저쪽 푸드 코트에서 먹자."

"아냐, 난 별로 생각이 없어서 먼저 올라가 볼게. 저녁 맛있게 먹어."

연주는 재빨리 말하며 주원이 뭐라 대꾸를 하기도 전에 서둘러 자리를 피했다. 주원은 그녀의 뒷모습을 보며 한동안 그 자리에 우두커니 서 있었다.

✳   ✳   ✳

어쩌다 보니 저녁도 거르고 방에 틀어박히게 된 연주였다. 덕분에 혹시나 해서 가져온 노트북만 손가락에서 불이 날 정도로 두드려 댔다. 일이라도 하지 않으면 떠올리고 싶지 않은 생각들이 머릿속을 헤집어 놓기 때문이었다.

그것도 몇 시간이 지나자 한계에 도달했다. 아무리 일을 하고 있어도 주원에 대한 생각이 머릿속을 떠나지 않았다. 연주는 망연자실한 얼굴로 고민 끝에 결단을 내렸다.

당장 사과하자.

조금 뜬금없는 결론일 수도 있겠지만 지금 상황에서 가장 필요하다고 생각했다. 주원의 입장에서는 친하다고 생각한 동기가 자신을 일부러 피하는 당황스러운 상황일 테니 말이다.

무작정 해명하고 사과를 하는 건 부자연스러우니 간단히 먹을 것을 사 가는 게 좋겠다고 연주는 결론을 내렸다. 가뜩이나 자신 때문에 저녁도 못 먹었으니 이렇게나마 챙겨 주고, 사과하면 될 것 같았다.

지금 시간이면 아무래도 푸드 코트는 닫았겠지? 혹시나 하는 마음에 방 냉장고에 붙어있던 푸트 코드 이용 시간을 확인했으나 이미 훌쩍 지나 있었다.

1층에 있는 매점으로 가야겠다고 생각하며 방을 나선 연주의 눈앞에 인적 없는 복도가 펼쳐졌다.

마음만 먹는다면 충분히 걸어서 내려갈 수 있는 거리였지만 캄캄한 계단으로 내려가기가 무서워 엘리베이터를 타기로 했다. 스산한 분위기를 풍기는 복도에서 빨리 벗어나고 싶었던 연주는 엘리베이터가 도착하자마자 바로 탑승했다.

그런데 갑자기 엘리베이터가 위층으로 올라가기 시작했다. 급하게 탑승하느라 미처 확인하지 못한 모양이었다.

연주는 작게 한숨을 내쉬었다. 숙소로 지정된 건물이 조금 높았던 탓에 꼭대기까지 올라가면 내려오는데 시간이 꽤 걸릴 것 같았기 때문이다. 불행 중 다행인 것인지 엘리베이터가 가까운 10층에서 멈췄다.

문이 열리자 익숙한 얼굴이 시야에 들어왔다.

연주는 조금 당황스러웠다. 그녀를 마주한 주원 역시 놀란 얼굴로 입을 열었다.

"네가 여긴 웬일이야?"

"그냥 잠깐……."

주원은 조금 의외라는 표정을 하더니 엘리베이터에 탑승했다. 문이 닫히는 소리를 마지막으로 밀폐된 공간에는 정적이 흘렀다. 연주는 어색한 분위기를 조금이나마 바꿔 보고자 가벼운 주제로 말을 걸기 시작했다.

"뭐라도 먹으려고 나온 거야?"

"어, 아깐 생각 없었는데 지금은 좀 출출해서."

주원은 나름 성의껏 대답을 해 주었으나 그는 머릿속이 복잡한 상태였다. 분명 몇 시간 전까지만 해도 자신을 피하던 연주가 먼저 말을 걸어올 줄은 몰랐기 때문이다.

한편 연주는 주원을 은근슬쩍 곁눈질하며 언제 사과의 말을 꺼내야 할지 몰라 타이밍을 잡고 있었다. 마침내 사과의 말을 꺼내기 위해 입을 연 순간.

"저기, 아까는……."

엘리베이터의 불이 갑자기 꺼져 버렸다.

"어? 이게 왜……."

"불이 나간 건가?"

주변이 완전히 암흑천지라 두 사람 모두 당황하고 있는데 이어서 쿠쿵 하는 소리와 함께 엘리베이터가 덜컹거렸다.

"조심해!"

깜깜한 암흑 속에서 주원의 목소리가 들려왔다. 정신을 차려 보니 그에게 안겨 있던 연주였다. 그녀가 놀란 가슴을 진정시키고 주변을 돌아보니 엘리베이터가 완전히 움직임을 멈춘 것 같았다.

자신의 품에서 연주를 떨어트려 놓은 주원이 움직이지 말라고 당부한 후 몸을 일으켰다. 주원이 엘리베이터에 있는 비상 버튼을 눌러 보았으나 전기가 완전히 나간 탓인지 작동하지 않았다. 이대로 사람이 올 때까지 기다려야 하나 싶어 한숨을 내쉬는데 연주가 걱정 섞인 목소리로 그에게 물었다.

"잘 안 돼?"

주원은 어쩔 수 없이 고개를 끄덕였다. 몇 번 더 비상 버튼을 눌러 보던 그는 이내 포기하고 연주의 곁으로 돌아와 앉았다.

"아무래도 사람들이 올 때까지 기다려야 할 것 같아."

"그렇구나."

상황이 좋지 않음을 알고 있음에도 어쩐지 위기감이 들지 않는 연주였다. 너무 현실감 없는 상황 때문이 아닐까 막연하게 짐작하고 있었다.

하지만 현실감이 없다고 생각했던 상황과 달리 뼛속 깊이 전해지는 주변의 냉기가 그녀의 몸을 감쌌다.

옷이라도 따뜻하게 입고 나올걸. 잠깐 음식만 사서 올라올 생각이었던 터라 숙소에서 입는 얇은 티셔츠에 반바지, 그리고 겉에 얇은 후드만 걸치고 있었다.

아직 3월 초순이었고, 날씨는 그다지 따뜻하지 않았다. 온몸이 점점 싸늘하게 식어 가는 것이 느껴져 연주는 불안했다. 그때 갑자기 어깨 위에서 작은 무게감이 느껴졌다.

"덮고 있어. 난 별로 안 추우니까."

주원은 입고 있던 겉옷을 벗어 연주에게 덮어 주었다. 연주는 그의 배려에 고맙다는 생각보다 걱정이 먼저 들었다.

"넌 어쩌려고?"

"난 안 추워. 괜찮아."

주원은 웃으며 말했지만 그다지 설득력이 없었다. 겉옷을 연주에게 벗어 준 탓에 얇은 티셔츠와 바지만 입은 상태였기 때문이다. 얼마 안 가 체온이 떨어질 것이 분명했다.

"안 추워도 입고 있어."

연주는 주원이 덮어 준 겉옷을 도로 벗어 그에게 건넸지만 서로 받지 않겠다고 얼마간의 신경전이 벌어졌다. 결국 먼저 지친 주원이 입을 열었다.

"그럼 같이 덮을래?"

조금 파격적인 제안에 연주가 당황한 얼굴을 했다. 그리

크지 않은 겉옷을 같이 덮기 위해서는 바짝 붙어 있을 수밖에 없었다. 주원 역시 잘 알고 있었기에 일부러 꺼낸 말이었다. 연주가 더 이상 고집을 부리지 않고 자신의 겉옷을 입고 있기를 바랐으니까.

"그러니까 그냥 너 혼자 덮⋯⋯."

"그래, 같이 덮자."

하지만 곧이어 튀어나온 연주의 대답에 그는 크게 당황했다. 일이 이렇게 될 줄은 몰랐기 때문이다.

"진심으로 하는 말이야?"

연주가 고개를 끄덕이자 그는 여전히 당황한 얼굴로 재차 물었다.

"혹시 취했어?"

혹시나 하는 마음에 던진 질문이었지만 꽤 가능성이 있다는 생각이 들었다. 얼마 전까지 자신을 피하던 연주가 저런 제안에 응할 리 없었으니까. 하지만 그녀는 거세게 고개를 저으며 말했다.

"그런 거 아니야."

"진짜 같이 덮자는 말이야?"

"응. 안 그럼 나도 안 덮어."

단호한 연주의 말에 되레 할 말을 잃은 것은 주원이었다. 연주는 그의 손에 있던 겉옷을 빼앗으며 입을 열었다.

"가만히 있으면 더 추워질 거야. 체온 떨어지지 않게 같이 덮자."

결국 주원은 졌다는 얼굴로 자연스럽게 연주의 옆에 앉았
다.

"불편해도 난 모른다."

두 사람은 겉옷 하나를 함께 덮기 위해 상당히 가까이 붙
어 있게 되었다. 덕분에 서로의 작은 행동이나 숨소리까지
느껴졌다.

같이 덮자고 말한 것이 조금 후회될 정도로 긴장되고 떨리
는 연주였다. 주원 역시 옆에 연주가 있다는 사실에 바짝 마
음을 졸였다.

얼마간 두 사람 사이에 침묵이 이어졌다. 어색한 분위기
끝에 주원이 먼저 입을 열려는 찰나 덜덜 떨고 있는 연주의
모습이 눈에 들어왔다.

"서연주!"

깜짝 놀란 주원이 소리치자 연주는 괜찮다는 듯 웃으며 입
을 열었다.

"별거 아니야. 그냥 좀 으슬으슬해서."

연주의 상태가 더욱 나빠질 것 같아 주원은 함께 덮고 있
던 겉옷을 그녀에게 입히고 지퍼를 끝까지 채워 주었다.

하지만 연주는 여전히 떨고 있었다. 주원은 고민 끝에 그
녀에게 다가갔다.

"그…… 이건 진짜 어쩔 수 없어서 하는 건데, 싫으면 바

로 말해. 그만둘 테니까."

주원이 잠깐 머뭇거리는가 싶더니 연주를 꽉 끌어안았다. 사심이 전혀 담기지 않은 행동이라곤 할 수 없으나 지금은 연주의 체온을 유지해야 한다는 생각이 더 앞섰다.

연주 역시 자신의 체온을 올리기 위함임을 알았기에 딱히 거부하지 않았으나 가슴이 두근거리는 것은 어쩔 수 없었다. 불규칙한 심장 박동 소리가 제 귓가에 닿는 듯했다.

주원도 마찬가지였다. 연주를 위해서라는 명목으로 시작한 행동이었으나 미칠 듯이 뛰어 대는 제 심장 소리에 당황했다. 혹 연주가 그 소리를 듣는 건 아닌가 싶었다.

자신의 마음을 서로에게 들킬까 봐 불안해하면서도 절대 손을 놓지 않는 모순적인 행동을 하고 있을 무렵 바깥에서 다른 사람들의 목소리가 들려왔다.

"이거 고장난 거 아니야?"

"사람 불러야겠는데?"

밖에서 들리는 낯선 사람들의 목소리에 급 현실감이 밀려온 두 사람은 어정쩡한 태도로 거리를 벌렸다. 갑작스럽게 밀려온 민망한 정적을 깨뜨리기 위해 주원이 크게 소리쳤다.

"여기 사람 있어요!"

주원의 목소리에 밖에서 웅성거리는 소리가 들리기 시작했다.

"어머, 안에 누가 있나 봐."

"빨리 가서 사람 불러와!"

길지 않은 소란 끝에 주원과 연주는 무사히 엘리베이터 안에서 나올 수 있었다.

무려 두 시간이나 갇혀 있었다는 사실을 알고 나자 괜히 온몸이 쑤시는 것 같은 주원이었다. 그는 여전히 떨고 있는 연주를 방까지 데려다주고 푹 쉬라고 말한 뒤 자리를 떴다.

그 후 뒤늦게 엘리베이터 사고 소식을 알게 된 시후가 연주를 찾아왔다.

"괜찮은 겁니까? 다친 곳은?"

"전 괜찮아요. 아직 좀 춥긴 한데, 딱히 열은 없고."

연주가 살짝 웃어 보였지만 시후는 그 말을 귀담아듣지 않은 채 어서 쉬라며 그녀를 억지로 침대에 눕혔다.

"그래도 무리하지 말고 푹 쉬어요."

다정한 말투로 이불까지 덮어 주는 시후의 모습에 연주는 고개를 저으며 입을 열었다.

"곧 입찰이 있을 텐데 저만 속 편하게 누워 있을 순……."

"안 됩니다. 서연주 씨에게는 지금 휴식이 필요해요."

"하지만……."

"연주 씨가 걱정돼서 그러는 겁니다. 오늘 하루는 방에서 푹 쉬세요."

평소 냉정한 시후에게서 걱정된다는 말까지 들은 마당에 더 이상 고집을 부릴 수 없었다. 결국 연주는 시후의 말마따

나 얌전히 방 안에 누워만 있었다.

멀뚱멀뚱 천장만 보고 있는데 갑자기 노크 소리가 들리더니 주원이 들어왔다. 연주가 몸을 일으키려 했으나 재빨리 다가온 그가 그녀의 행동을 저지했다.

"그냥 누워 있어."

그렇게 말하며 연주에게 손수 이불까지 덮어 주었다.

"이제 몸은 괜찮아?"

"난 원래 멀쩡했어."

"입찰도 끝났으니까 고집 그만 부리고 그냥 쉬어."

"입찰은 어떻게 됐어?"

"어떻게 되긴. 당연히 우리가 따냈지."

당연하다는 듯 말하는 주원의 표정은 재수 없을 정도로 자신감이 넘쳤지만 지금 연주의 눈에는 엄청나게 예뻐 보였다.

"진짜 잘했어!"

신난 연주가 평소에는 보여 주지 않던 격한 리액션까지 해가며 그를 칭찬했다. 순간 그의 얼굴이 슬로우 모션처럼 가까이 다가왔다. 어제 그가 자신을 안고 있었던 상황이 떠올라 배로 긴장되었다. 주원의 얼굴이 바로 앞에 오자 연주는 얼떨결에 눈을 감았다.

주원은 천천히 손을 갖다 대더니 연주의 얼굴에 붙은 머리카락을 떼어 주었다. 그녀가 살며시 눈을 떴다. 주원은 연주에게 머리카락을 보여 주며 말했다.

"얼굴에 머리카락은 왜 붙이고 있어?"

대체 뭘 기대했던 건지. 연주는 괜히 작은 헛기침을 하며 화제를 다른 곳으로 돌렸다.

"나 좀 쉬고 싶은데……."

"그럼 푹 쉬고 있어. 이따 서울로 출발할 때 깨우러 올게."

주원이 금세 방을 나서자 그의 뒷모습을 눈으로 좇는 연주의 감정은 복잡하기만 했다. 엘리베이터에 갇히기 전까지만 해도 이 정도는 아니었는데. 새삼 한층 더 깊어진 자신의 감정을 부인했다. 아니라고, 아닐 거라고.

한참을 부정하던 연주가 이불을 머리끝까지 뒤집어썼다. 그럼에도 선명하게 그려지는 주원의 모습 때문에 연주는 더 큰 혼란을 겪었다. 결국 그녀는 인정할 수밖에 없었다. 자신이 그를 좋아하고 있다는 사실을.

✻　　　✻　　　✻

서울로 올라가는 길, 출장을 올 때와 달리 주원을 대하는 연주의 태도가 미묘하게 달라져 있었다. 대놓고 주원을 피하거나 불편해하는 기색이 없었다. 오히려 먼저 다가가 챙겨 주기도 했다.

주원은 연주의 변화를 기껍게 받아들였다. 비록 아주 미묘하고도 사소했지만 그 마저도 좋았다. 사실 엘리베이터에서 있었던 일 때문에 전보다 더 자신을 피하지 않을까 걱정했었다. 그러나 연주는 그를 피하지 않았다.

"커피 우유 마실래?"

"어, 고마워. 잘 마실게."

연주는 웃으며 주원이 사 준 커피 우유를 받았다. 주원은 통화하느라 잠깐 자리를 비운 시후에게 속으로 감사 인사를 했다. 덕분에 연주가 자신을 피하지 않는다는 사실을 다시 한 번 확인할 수 있었으니까.

그녀는 그가 건넨 커피 우유를 마시며 태연하게 말까지 걸어왔다.

"서울까지 얼마나 남았어?"

"막히지 않으면 두 시간 정도 걸릴걸?"

"그렇구나."

연주가 작게 고개를 끄덕였다. 주원을 좋아한다고 인정한 이상 굳이 그를 피하고 싶지 않았다. 오히려 한마디라도 더 붙여 보고 싶었다.

마음의 변화를 증명하듯 연주는 조금씩 주원을 챙기기 시작했다. 시후 역시 금방 연주의 변화를 눈치챘다.

연주가 주원을 피하지 않게 되자 시후는 불길한 느낌을 떨쳐 버릴 수 없었다. 연주 역시 그에게 관심을 보이는 것 같아 시후는 직접 행동에 나섰다.

"연주 씨, 이거 먹어 봐요."

대뜸 캔 커피를 건넸고 연주의 입장만 또 난처해졌다.

"이러지 않으셔도 되는데……."

연주는 커피를 마시지 못하기에 거절했지만 시후는 이를 눈치채지 못하고 또다시 권했다.

"사양 말고 마셔요. 그냥 내 성의니까."

"그렇게까지 말씀하신다면 어쩔 수 없죠. 잘 먹겠습니다, 장 팀장님."

하지만 갑자기 끼어든 주원은 언젠가 그랬던 것처럼 캔 커피를 원샷했다. 시후는 되풀이되는 것 같은 상황 때문에 짜증이 밀려왔으나 큰 소리를 내고 싶지 않았다. 그래서 주원을 따로 불러 이야기하려 했다.

"구주원 씨, 할 얘기가 있는데 따로 볼 수 있을까요?"

"죄송하지만 지금은 늦기 전에 서울에 도착해야 하니 나중에 불러 주셨으면 좋겠군요."

반박할 수 없던 시후는 더 이상 그를 불러내려 하지 않았다. 만약 시후가 포기하지 않고 주원을 불렀다고 해도 그가 순순히 나왔을지는 장담할 수 없었다. 무려 그룹의 후계자씩이나 되는 인물이었으니까.

시후는 확언할 수 없는 불길한 예감이 들었다.

8
엇갈린 마음

　도로가 그다지 혼잡하지 않았던 덕분에 돌아오는 길은 나름 편했고, 차는 어느덧 연주의 집 앞에 도착했다. 그녀는 차가 멈춤과 동시에 안전벨트를 풀며 두 사람에게 인사를 건넸다.

　"먼저 들어가 보겠습니다. 데려다주셔서 감사해요."

　"잘 들어가요."

　"늦었으니 바로 들어가……요."

　주원의 어색한 존댓말에 피식 웃던 연주는 차에서 내려 집으로 들어갔다.

　피곤한 몸을 이끌고 들어온 연주는 옷을 갈아입으려다 문득 떠오르는 주원에 대한 생각으로 인해 가슴이 답답해지는 것을 느꼈다.

스스로의 감정을 인정한 것까지는 좋았으나 눈앞에 있는 현실이 발목을 잡았다.

그는 주환그룹의 후계자였고, 연주는 평범한 사원에 불과했다. 그마저도 낙하산으로 입사했기에 자신이 내세울 수 있는 건 아무것도 없었다.

당장 고백할 용기도 없는 주제에 이런 생각을 하는 것 자체가 우스운 일이었지만 말이다.

그때 연주의 심란한 마음을 알아채기라도 한 듯 때맞춰 휴대폰이 요란하게 울렸다.

"여보세요?"

─나 오늘 좀 마시고 싶은데, 잠깐 나올래?

다짜고짜 불러내는 서정의 말을 평소 같았으면 단호하게 거절했겠지만 오늘만큼은 그녀 역시 답답한 마음을 털어놓고 싶었다.

"좋아. 어디로 갈까?"

내일 출근해야 한다는 사실은 연주의 머릿속 저 구석으로 밀려난 후였다. 어차피 과음할 생각도 없었고 말이다.

─우리 회사 쪽으로 올래? 곧 끝날 것 같은데.

"음, 그래. 전화하면 앞으로 나와."

─알았어. 이따 보자.

전화가 끊어지자마자 연주는 지갑과 휴대폰을 들고 서정

의 회사로 향했다.

서정의 회사는 시내 한복판에 있는 제법 높은 빌딩 사이에 위치하고 있었기에 사람들이 많아 시끌시끌했다. 자신의 도착을 알리기 위해 그녀가 휴대폰을 꺼냈을 때 갑자기 뒤쪽에서 나타난 서정이 연주의 어깨를 두드렸다.

"잘 찾아왔네?"

"몇 번 왔으니까 당연하지."

서정이 기특하다는 얼굴로 웃으며 말하자 연주는 별거 아니라는 듯 가볍게 대답했다.

두 사람은 근처에 있는 포장마차로 향했다. 자리에 앉아 자연스럽게 술과 안주를 주문한 후 어느새 조금 비장한 얼굴을 한 서정이 연주에게 물었다.

"너 무슨 일 있어? 웬일로 부르니까 칼 같이 나와?"

갑작스러운 서정의 물음에 연주는 더 이상 숨길 것도 없다고 생각했다. 주원에 대한 이야기를 꺼내려던 찰나, 서정이 먼저 입을 열었다.

"아니다. 널 먼저 부른 건 나니까 내가 먼저 말해야지."

그녀는 옆에 있던 술을 따라 잔을 채운 뒤 그대로 원샷했다.

"나 헤어졌어."

"뭐?"

서정의 폭탄선언에 연주는 눈을 동그랗게 떴다. 서정은 조금 씁쓸한 얼굴로 웃으며 말했다.

"그냥 조금 안 맞았어. 막 나쁘게 헤어진 건 아니니까 괜찮아."

연주는 서정이 남자 친구를 많이 좋아했다는 사실을 알고 있었기에 괜찮다는 그녀의 말이 진심처럼 느껴지지 않았다.

"이제 네 차례야. 넌 무슨 일인데?"

어떻게든 화제를 돌리고 싶어 하는 서정의 속이 훤히 들여다보였지만 이런 상황에서 주원의 이야기를 꺼낼 수는 없었다. 남자 친구와 헤어졌다는데 좋아하는 사람이 생겼다고 말하긴 뭐했으니까.

연주는 조금 전의 서정이 그랬던 것처럼 소주 한 잔을 입 안에 깔끔하게 털어 넣은 후 대충 둘러댔다.

"그냥 좀 힘들어서."

"오호, 남자 때문이지?"

"아니야. 남자는 무슨……."

"에이. 맞구먼, 뭘. 어디서 날 속이려 들어?"

적당히 둘러대려고 했는데 자꾸만 돗자리를 까는 서정 때문에 연주는 난감하기만 했다.

"너 진짜 없어?"

"없다니까. 입사한 지 얼마 되지도 않았는데."

"아냐, 너 남자 있어. 확실해."

서정은 끈질기기까지 했다. 이런 사람은 보통 술이 몇 잔 더 들어가면 몇 배로 감당하기 힘들어진다. 연주는 서정이 더 이상 술을 마시지 못하도록 말렸으나 그녀는 오히려 한술 더 떠 협박까지 해 왔다.

"내가 술 마시는 게 싫으면 당장 말해. 너 남자 생겼지?"

"아, 진짜…… 그래, 좋아하는 사람 생겼어. 됐냐?"

결국 실토한 연주가 불만스러운 얼굴로 서정을 노려보자 그녀는 승리의 미소를 지었다.

"자, 하나도 빠짐없이 죄다 말해 봐."

결국 연주는 주원과의 첫 만남부터 엘리베이터에서 있었던 일까지 빼놓지 않고 말했다. 모든 이야기가 끝났을 때 서정은 엄마 미소를 지으며 단호하게 말했다.

"걔도 너한테 관심 있네."

듣기만 해도 혹하는 말이었으나 이미 풀려 버린 서정의 눈 때문인지 그다지 신뢰가 가지 않았다.

연주는 슬슬 일어나야 할 때가 되었음을 직감했다. 자리에서 일어나 계산을 하려는데 낯익은 목소리가 들려왔다.

"아무리 그래도 그렇지. 오늘 출장에서 돌아온 사람을 불러내고 싶냐?"

"멋대로 남의 집에 쳐들어왔었던 주제에 말이 많다?"

막 포장마차에 들어선 두 명 모두 연주가 아는 사람이었다. 한 사람은 주원이었고, 그와 대화를 나누고 있던 이는 친구인 정우였다. 연주는 돈을 건네다 말고 그대로 굳었다.

"연주 씨?"

"서연주?"

연주를 발견한 두 사람은 조금 놀란 얼굴을 하고 있었다. 연주는 애써 민망함을 감추며 입을 열었다.

"아, 안녕하세요."

"여기서 다 뵙네요."

설마 이런 식으로 그와 조우하게 될 줄은 몰랐기에 연주는 애매한 표정으로 웃었다.

계산을 마저 하는 연주의 모습을 보며 정우가 슬쩍 주원에게 속삭였다.

"내 덕분이다."

은근히 생색내는 정우의 모습이 이번만큼은 조금도 밉지 않은 주원이었다. 마음 같아서는 억지로 끌고 와 줘서 고맙다고 절이라도 하고 싶은 심정이었다. 그만큼 이 갑작스러운 만남이 반갑다 못해 좋아 죽을 것 같았다.

"그럼 저희는 이만 가 볼게요."

연주가 그 말을 꺼내기 전까지는 말이다. 그녀는 친구로 보이는 여자와 함께 나갈 생각인 듯했다. 주원은 연주를 이대로 보내고 싶지 않았다. 잠깐의 대화라도 나누고 싶었다.

주원의 생각을 읽기라도 한 듯 정우가 입을 열었다.

"실례지만 옆에 계신 분은 누구시죠?"

"제 친구 민서정이에요."

조금 갑작스러운 물음에 연주가 의아한 얼굴로 대답해 주었다.

소개가 끝나기 무섭게 정우가 서정에게 눈짓을 했다. 적당히 빠져 주는 게 어떻겠냐는 의미를 담은 눈빛이었다.

서정은 이를 재빨리 캐치해 냈다. 약간의 취기가 오른 상태이기는 했으나 그 정도 눈치는 있었다. 대충 보니 옆에 있는 저 남자가 조금 전 연주가 말한 그 남자인 듯했다. 그렇다면 더욱 빠져 줘야겠지. 서정이 빠지려는 순간.

"실례가 안 된다면 같이 한잔하러 가실까요?"

정우가 선수를 쳤다. 서정은 그의 돌발적인 발언에 당황하지 않고 적당히 장단을 맞춰 주었다.

"그럼 저야 좋죠. 이대로 집에 가기엔 아쉬웠던 참인데."

서정의 대답에 당황한 연주가 옆구리를 찌르며 소곤거렸다.

"미쳤어? 여기서 더 마시겠다고?"

"민폐 안 끼치게 잘 조절할 테니까 걱정하지 마."

서정은 어느새 정우의 옆에 다가서며 말했다.

"연주는 출장 때문에 피곤해서 그만 집에 가고 싶다네요."

정우 또한 미소 띤 얼굴로 입을 열었다.

"주원이도 같은 이유로 피곤하다고 난리였었는데 잘됐네요."

정우가 옆에 있던 주원의 등을 떠밀었다.

"네가 연주 씨 집까지 모셔다드리면 되겠다."

서정과 정우는 자연스럽게 연주와 주원에게 인사를 건네
곤 재빨리 퇴장했다. 상당히 갑작스럽게 벌어진 일이었기에
연주는 매우 당황했다.

침착하자. 침착하자. 지금까지처럼만 하면 돼.

"왜 그래?"

주원의 한마디에 연주의 평정심은 순식간에 무너져 내렸
다. 특별할 것도 없는 한마디였으나 그를 좋아한다고 인정하
고 나니 모든 것이 다르게 보였다. 스스로도 참으로 중증이
라는 생각이 든 연주가 앞장서서 걷기 시작했다.

한편 주원은 아무 말도 하지 않고 걷기 시작한 연주를 보
며 자신이 뭐가 잘못이라도 한 건가 싶어 속으로 안절부절못
하고 있었다.

얼마간 짧은 대화조차 나누지 않고 걷던 주원은 무슨 말이
라도 하기 위해 연주를 불렀다.

"저기."

하지만 그의 부름을 듣지 못했는지 연주의 걸음은 멈추지
않았다. 당황한 주원은 그녀를 쫓아 걸었다. 그런데 그때 그
녀 쪽으로 자동차가 오고 있었다. 연주는 차가 오고 있다는
사실을 눈치채지 못하고 길을 건너려고 했다.

다급해진 주원은 서둘러 달려가 그녀의 팔을 잡아 끌어당
겼다. 그녀의 몸이 주원의 품속으로 빨려 들어가듯 안겼고

간발에 차이로 자동차를 피할 수 있었다.

상황 파악이 덜 된 연주는 그의 품에 안긴 채 얼굴이 빨갛게 달아오르는 것을 느꼈다. 하지만 주원은 매섭게 그녀를 품에서 떼어 내며 큰소리를 냈다.

"너 진짜 누구 심장 마비로 죽는 꼴 보고 싶어? 대체 왜 그래!"

주원의 고함에 놀란 연주가 움찔했다. 화가 난 주원의 모습에 고개를 푹 숙이며 작게 말했다.

"미안……."

주원은 더 이상 화를 낼 수 없었다. 다칠 뻔한 것도, 누구보다 놀랐을 사람도 그녀였다. 다정한 걱정의 말조차 건네지 못하는 자신의 모습에 더 화가 났다. 차마 더 이상 말을 잇지 못하고 앞장서서 걷기 시작했다. 연주는 안절부절못하며 그의 뒤를 따라 걸었다.

두 사람은 연주의 집 앞에서 헤어지는 순간까지 단 한마디도 하지 않았다. 보다 못한 연주가 들어가 보겠다며 한 말이 전부였다. 그는 연주의 인사에 작게 고개를 끄덕이기만 했다.

아직 화난 건가?

연주는 집에 들어오자마자 침대 위로 몸을 던지며 자신을 탓했다. 산 넘어 산이라더니 주원을 좋아한다는 사실을 인정하기 무섭게 그를 화나게 만들었다.

하지만 어느 부분에서 그렇게 화가 난 건지 알 수 없었다. 자신이 너무 생각 없고 무모하게 굴었다고 그렇게까지 화를 낼 문제인가 싶었다. 혹은 너무 걱정해서 화낸 거라면…….

아냐, 괜히 김칫국부터 마시지 말자.

진짜라면 좋겠지만 쉽게 단정 지을 수 없는 문제였다. 그보다 내일 회사에서 주원을 만나면 어떻게 해야 할지부터 고민했다.

한참을 고민하던 연주는 결국 뒤늦게 올라온 술기운 때문에 옷도 제대로 갈아입지 못한 채 그대로 잠들어 버렸다.

✳   ✳   ✳

연주가 눈을 뜬 것은 이른 아침 시간이었다. 눈을 뜨자마자 온몸이 쑤시는 고통과 숙취로 인한 갈증을 느꼈지만 출근 준비를 해야 했기에 억지로 몸을 일으켰다.

그리고 어제 하던 생각을 마저 이어서 정리했다. 일단 자신이 너무 생각 없이 굴었던 것은 사실이므로 최대한 납작 엎드리기로 결론을 내렸다.

굳은 다짐과 함께 출근한 연주는 자리에 놓여 있는 커피우유를 발견했다. 심지어 그녀가 좋아하는 브랜드였다. 연주는 혹시 주원이 놔둔 것은 아닐까 싶어 힐끔 옆자리를 살폈으나 그는 자리에 없었다.

그가 녹였을 확률이 높으므로 조금은 좋아해도 될 것 같았다. 먼저 화해의 제스처를 받은 것 같았으니 말이다.

기분 좋게 일을 시작하려고 했는데 비어 있는 옆자리가 신경 쓰였다. 자신이 원래 집중을 못 하는 스타일이었나 싶을 정도로 허전하고 눈길이 갔다. 아무래도 오늘은 주원이 오기 전까지 제대로 일할 수 없을 것 같은 불길한 예감이 들었다.

그녀의 예감은 정확하게 들어맞았다. 그가 나타나지 않자 하루 종일 제대로 업무를 볼 수 없었다. 아무래도 내일은 오늘 못 한 일까지 두 배로 해야겠다는 생각을 하며 거의 포기 지경에 이른 연주는 대놓고 주원을 기다렸다.

박 차장이 시킨 일 때문에 외근을 갔던 주원은 퇴근 시간에 임박해서야 사무실로 돌아왔다. 그는 사무실에 돌아오자마자 퇴근 준비를 했다. 연주는 드디어 돌아온 주원에게 말을 걸 타이밍을 재다가 적당한 때에 입을 뗐다.

"저……."

"오빠!"

하지만 한 여자에 의해 완전히 묻혀 버렸다.

그 여자는 연주의 말을 잘라먹은 것도 모자라 주원의 옆에 바짝 달라붙었다. 그녀와 잠시 눈이 마주쳤다. 아직 이름도 모르는 여자였지만 직감적으로 알 수 있었다. 그녀가 자신을 곱지 않게 보고 있다는 사실을 말이다. 그건 연주 역시 마찬가지였다.

달갑지 않은 낯선 여자의 등장은 사무실의 분위기를 단번에 바꿔 놓았다. 척 보기에도 예쁘장했고 스타일도 화려했기에 모든 직원들의 관심을 한 몸에 받았다. 본인 역시 그 사실을 잘 알고 있는 것 같았다. 시선을 즐기는 여유까지 보이며 당당히 주원에게 말을 걸었다.

"오빠, 나 오늘 맛있는 거 먹고 싶은데 사 주면 안 돼?"

지나치게 애교를 떨지도, 너무 딱딱하지도 않은 적당히 여성스러운 목소리였다. 대한민국 남자라면 누구나 좋아할 만한 예쁘고 여성스러운 여자였다. 퇴근 시간에 맞춰 주원을 찾아온 것을 보면 두 사람이 특별한 관계일지도 모른다는 생각이 들었다.

애인이 있을 거라는 생각은 해 본 적 없었는데. 애인이 없는 게 더 이상할지도 몰랐다. 주원은 충분히 매력적인 남자였으니까.

연주는 점점 밑으로 가라앉는 기분이 들어 빨리 이 자리를 벗어나고 싶었다.

두 사람이 함께 있는 모습을 더 이상 보고 싶지 않아 조용히 짐을 챙겨 사무실을 나섰다.

타이밍 좋게 도착한 엘리베이터에 탑승한 뒤 닫힘 버튼을 누르려는데 누군가가 다급하게 안으로 뛰어 들어왔다. 연주는 혹시나 싶은 마음에 기대를 품었지만 그녀의 바람과는 달리 주원이 아니라 시후였다.

연주는 조금이나마 주원이 자신을 붙잡을지도 모른다고 생각했던 게 바보처럼 느껴졌다. 그와 자신의 관계는 직장 동료나 친구, 그 이상은 아니었다. 연주가 속으로 자책을 하고 있을 때 시후가 입을 열었다.

"혹시 바쁘지 않으면 오늘 저랑 같이 식사할래요? 저번 출장 건 때문에 할 이야기도 있고."

"좋아요."

연주는 시후의 제안을 단숨에 수락했다. 여러 가지로 기분이 복잡해서 맛있는 음식을 먹으며 풀고 싶었기 때문이다.

두 사람은 조용한 레스토랑에서 출장과 일에 대한 이야기를 나누며 식사를 했다.

그래, 내 주제에 무슨 연애고 사랑이야. 그냥 일이나 하자.

간만에 맛있는 것도 먹으니 마음이 한결 편해졌다. 대화 주제가 일과 관련된 것이어서 막힘없이 술술 이어졌다. 식사를 마치고 후식을 기다릴 즈음 시후가 입을 열었다.

"연주 씨는 일이 그렇게 좋아요?"

"네? 뭐……."

연주는 조금 뜬금없는 시후의 질문에 말끝을 살짝 흐렸다. 갑자기 왜 이런 질문을 하는지 알 수 없었다.

"일 얘기만 나오면 즐거워 보여서요."

"그랬나요?"

연주가 멋쩍게 대꾸했다. 기분이 자꾸만 가라앉는 탓에 애써 지었던 웃음이 시후에겐 진짜로 비춰진 모양이었다.

"아니면 우리가 너무 일 얘기만 했나요?"

그의 말처럼 식당에서 나누었던 대화의 98% 이상이 일 얘기였다. 연주가 대충 웃어넘기자 시후가 말을 이었다.

"전 사적인 이야기하는 걸 별로 안 좋아해서 다른 대화에는 영 소질이 없어요."

연주는 별다른 대꾸 없이 조용히 경청했다. 어느 정도 공감하기도 했다.

"근데 이젠 노력해 보려고요."

연주는 그 말이 무슨 의미인지 궁금했으나 알아들은 척 애매한 웃음만 보였다.

적당히 지루하지 않은 대화가 이어지고 음식을 거의 다 먹었을 무렵 시후가 입을 열었다.

"이만 일어날까요?"

"네, 좋아요."

밖으로 나오니 밤이기는 했지만 시내라서 주변이 밝았다.

"조금 걷다가 들어갈까요?"

연주는 시후의 제안에 작게 고개를 끄덕였다. 두 사람은 자잘한 대화를 나누며 인파 속에 섞여 걷기 시작했다.

그런데 한 남자가 연주를 거의 어깨로 치다시피하면서 지나갔다. 반동으로 몸이 옆으로 휘청거리자 시후가 반사적으로 그녀를 잡았다. 부딪힌 남자는 사과하기는커녕 재수 없다는 한마디를 중얼거리곤 제 갈 길을 가기에 바빴다.

"도와주셔서 감사해요."

자신을 향한 그녀의 미소가 시후의 마음에 두근거림을 가져다주었다. 시후가 아무런 대답도 하지 않자 머쓱해진 연주는 다시 길을 걷기 시작했고, 시후도 이내 그녀의 뒤를 따랐다.

그날 밤은 시후에겐 새로운 두근거림을 알려 준 밤이었고, 연주에겐 이른 봄의 거리를 마음껏 걸을 수 있었던 밤이었다.

두 사람의 모습을 멀리서 지켜보는 시선이 있었다는 것도 모른 채.

✻   ✻   ✻

큰 덩치로 사람들을 마구 치면서 지나다니던 남자의 어깨가 누군가와 세게 부딪혔다.

"악!"

그 충돌로 인해 바닥으로 나자빠진 것은 마르고 힘없어 보이는 남자였다. 바닥을 뒹군 남자의 얼굴에는 공포감과 당혹스러움이 서려 있었다. 잘못 걸린 것 같다는 생각이 절로 들만큼 부딪힌 남자의 체격이 무시무시했기 때문이다.

마른 남자를 내려다보던 덩치 큰 남자는 우월감과 잔인한 미소를 담은 채 불량스러운 태도로 입을 열었다.

"이런 미친 새끼가. 똑바로 안 보고 다녀?"

험악한 말에 두려움을 느낀 남자는 아무런 말도 하지 못하고 시선을 피했다.

그 반응에 더욱 거만해진 덩치 큰 남자는 미간을 종이 구기듯 구기며 마른 남자의 멱살을 잡아 올렸다. 몇 마디 욕설을 더 하려던 순간, 갑자기 주원이 나타나 멱살을 잡고 있던 남자의 손을 발로 찼다. 덕분에 자유의 몸이 된 마른 남자는 쏜살같이 도망쳤다. 덩치 큰 남자는 자신을 방해한 주원에게 화가 나 입을 열었다.

"야, 넌 뭐하는 새끼야? 뭔데 갑자기 나타나서 까불어?"

"그쪽이야말로 길에서 행패 부리지 말고 집에 가서 곱게 잠이나 쳐 자."

"하, 이 새끼가 진짜 미쳤나!"

남자가 주원의 얼굴에 주먹을 휘둘렀지만 주원은 예상했다는 듯 가볍게 피했다.

"너 이 새끼, 지금 잔재주 부리는 거냐?"

주원은 코웃음을 치는 남자의 얼굴에 주먹을 내리꽂았다. 덩치 큰 남자가 그대로 바닥에 내팽개쳐지듯 주저앉았다.

한 대 맞고 나니 분한 마음이 들었는지 남자가 몸을 일으켜 반격을 하려 했지만, 무언가를 해 보기도 전에 주원이 남자를 무릎 꿇렸다. 그리고는 차가운 음성으로 그에게 말했다.

"덩치만 믿고 까불지 마. 특히 아무 여자한테나 부딪치지 말고. 알겠냐?"

주원은 '아무 여자'와 '알겠냐'라는 부분을 특히 강조하면서 말했다. 남자는 그에게서 벗어나려고 안간힘을 썼지만 주원은 남자의 손을 뒤로 꺾어 다시 한 번 완전히 제압하고는 싸늘한 목소리로 되물었다.

"알겠냐고."

한 자, 한 자를 마음에 새겨 주듯 정확하고 기계적인 발음이었다. 자신의 힘으로 어쩔 수 없다는 것을 뒤늦게 깨달은 남자는 저항 없이 고개를 끄덕였다. 주원이 제압했던 손을 놓아주자 남자는 재빨리 줄행랑을 쳤다.

주원 역시 발걸음을 돌려 천천히 걷기 시작했다. 꽤 오랜 시간을 허비한 탓에 두 사람을 쫓아가는 것은 무리일 거라고 생각했다.

사실 주원은 연주와 시후가 식사를 하고 레스토랑에서 나올 때부터 두 사람을 따라다니고 있었다.

다른 사람의 일에 큰 관심이 없던 자신이 남의 뒤를 밟는 날이 올 줄이야. 언론 매체에 종종 등장하는 스토커를 보면 소름 끼쳐 했었는데 지금 자신의 행동을 보면 그와 다를 게 없었다.

저녁도 제대로 못 먹고 두 사람을 쫓아다닌 끝에 그가 본 것은 연주가 다칠 뻔한 것을 시후가 도와주는 장면이었다. 그랬기에 더욱 화가 난 걸지도 몰랐다.

주원은 스스로가 비참하다는 생각이 들었다. 어쩌다 이 지경까지 오게 된 걸까? 한숨을 내쉬며 조금 전 사무실에서의 일을 회상했다.

❋   ❋   ❋

주원이 외근을 마치고 사무실에 돌아왔을 때 그는 내심 연주가 어떤 반응을 보일지 기대했다. 어제 연주를 너무 차갑게 대한 것은 아닌가 싶어 민망함까지 무릅쓰며 그녀의 책상에 올려 둔 커피 우유 때문이었다.

사무실로 돌아오자마자 연주를 슬쩍 쳐다보고 있는데, 갑작스럽게 서현이 등장했다. 그녀의 등장으로 인해 사무실의 모든 시선은 서현과 주원에게로 쏠렸다.

그는 서현의 등장이 그다지 달갑지 않았다. 어릴 적부터 알고 지내던 친한 동생이었는데 가끔씩 불쑥불쑥 찾아와 그를 곤란하게 했기 때문이다.

서현을 조금 딱딱한 표정으로 쳐다보는데 연주가 쏜살같이 사무실 밖으로 나가 버렸다. 당황한 주원이 그녀를 쫓으려고 했으나 괜한 소문으로 연주가 힘들어할까 봐 그럴 수도 없었다.

그때 연주와 같은 방향으로 뛰어가는 시후의 모습이 포착되었다. 그의 짐작대로라면 분명 시후는 그녀를 따라 나갔을 것이다.

당장 두 사람을 쫓아가고 싶었지만 이 상황에서 주원이 할 수 있는 일은 서현을 데리고 밖으로 나오는 것밖에 없었다.

밖으로 나온 주원은 회사에서 최대한 멀어지기 위해 말없이 운전에 집중했다. 꽤 멀리 왔다고 생각될 즈음 도로 옆에 차를 세웠다. 갑작스럽게 차를 세우자 서현은 조금 놀란 눈치였다.

"차는 갑자기 왜 세우는 거야?"

"내려."

"뭐?"

서현의 물음에 돌아온 것은 차 안의 온도를 영하까지 낮출 것 같은 주원의 차가운 한마디였다.

"무슨 소리야? 여기서 내려서 어떻게 가?"

"그럼 내가 내릴 테니까 넌 이 차 운전해서 가."

"오빠!"

서현의 애절한 외침에도 주원은 눈 하나 깜빡하지 않았다. 평소 연주에게 보여 주던 모습과는 전혀 달랐으며 그의 진짜 모습이기도 했다. 자신과 상관없는 남을 필요 이상으로 가까이 두지도, 쓸데없는 인연을 만들지도 않는 칼 같은 사람. 그게 주원이었다.

　"내가 분명히 아무 때나 불쑥불쑥 찾아오지 말라고 했던 것 같은데?"

　주원은 서현에게 조금의 눈길도 주지 않은 채 차갑게 정면만을 응시하고 있었다.

　"오빠를 알고 지낸 게 몇 년인데 맘대로 찾아오지도 못해? 내가 오빠한테 그것밖에 안 되는 존재야?"
　"윤서현, 착각하지 마. 넌 나한테 동생 그 이상도, 그 이하도 아니야."
　"그럼 그 여자는 뭔데?"

　서현의 말에 주원이 정면을 보고 있던 시선을 그녀에게로 돌렸다. 그런 주원의 반응에 더욱 참담함을 느끼는 서현이었다.
　아까 사무실에서부터 서현은 주원이 어떤 여자를 계속 신경 쓰고 있다는 사실을 눈치챘었다. 드러내고 싶어 하지 않는 것 같았지만 그녀에겐 어림없었다.

아주 어렸을 때부터 주원을 봐 왔고, 오래전부터 그를 좋아했다. 때문에 그의 눈빛만 봐도 무엇을 생각하는지 쉽게 알 수 있었다.

서현은 왠지 모를 비참함을 느꼈지만 애써 억누르며 말을 이어가기 시작했다.

"아까 사무실에서 오빠 옆에 앉아 있던 여자, 누구야?"
"네가 알 거 없어."

주원의 칼 같은 대답은 그녀의 짐작을 더욱 확실하게 만들어 주었다.

다른 사람에게 냉정할 정도로 관심을 갖지 않는 주원이 이렇게까지 말한다면 특별한 여자라는 의미일 테니까. 서현은 속에서 열불이 나고 이가 부득부득 갈렸지만 오늘은 일단 후퇴하고 다음을 기약하기로 했다.

주원은 서현을 보낸 뒤 다시 자신의 차에 올랐다. 그 후 집에 가던 길에 연주와 시후가 함께 걷는 모습을 발견했고 자신도 모르게 두 사람을 따라다니기 시작한 것이다.

❋   ❋   ❋

현재 주원의 상태는 완전히 꽝이었다. 아까 서현에게 냉정하게 굴었던 이유는 그녀의 등장 때문에 연주를 시후에게 빼앗겼다는 생각이 들어서일지도 몰랐다.

덩치 큰 남자에게 화풀이를 한 것 역시 그 때문에 두 사람이 가까워진 느낌을 받은 탓이었다.

자신이 점점 유치해져 가는 것 같다는 생각을 하며 집으로 돌아온 주원은 냉장고에 있던 캔 맥주를 꺼냈다. 심란한 마음을 달래기 위해 술의 힘을 빌리기로 했다. 이렇게라도 하지 않으면 밤새 단 한숨도 자지 못할 것 같았다.

동시에 연주에게 사과하고 싶었다. 맨 정신으로는 도저히 전화를 걸 용기가 없었기 때문이다. 횡설수설하더라도 술에 취해서 그런 것이려니 하고 넘어가면 그만이었다. 평소 주량만큼의 맥주 캔이 쌓였을 즈음 드디어 그가 휴대폰을 잡았다.

연주의 연락처를 찾아 통화 버튼을 누르려는데, 조금 전까지만 해도 흐릿했던 정신이 갑자기 또렷해졌다. 오늘은 도무지 취하지를 않았다. 아니, 정확하게는 분명 취했는데 전화만 걸려고 하면 마신 보람도 없이 정신이 번쩍 들었다.

주원은 연주의 번호를 열심히 입력하고, 또 지우기를 수십 번 반복하다 자신도 모르는 사이 잠이 들어 버렸다.

＊　　　　　＊　　　　　＊

　오랜만에 너무 걸었던 탓일까. 밤새 다리의 통증으로 인해 잠을 설치고 퀭한 모습으로 아침을 맞은 연주였다. 도대체 무슨 바람이 불어 그 먼 거리를 걸었는지 모르겠다. 평소 같았으면 바쁘다는 핑계로 서둘러 집에 돌아왔을 텐데 말이다.

　사실 그 이유는 연주 스스로가 제일 잘 알고 있었다. 어제 그를 만나러 왔다며 사무실에 등장했던 여자가 마음에 걸렸기 때문이다.

　예쁘장하고 화려하게 생긴 외모로 사람들의 시선을 한눈에 사로잡으며 주원의 옆에 찰싹 붙은 그녀를 보자, 순간적으로 저리 가라며 확 밀쳐 버리고 싶은 충동이 일었으나 실행할 용기가 없었던 탓에 도망치듯 나와 버렸다.

　두 사람이 꼭 애인 사이일 거라는 보장도 없는데 너무 오버한 것은 아닌가 싶었다. 친한 사이면 회사에 찾아올 수도 있는 거 아닌가? 친동생이나 사촌 동생일 수도 있는 일이었다.

　한결 가벼운 마음으로 회사에 출근하니 평소보다 한 시간이나 일찍 도착했다. 어제 끝내지 못한 일까지 해야 했기에 마음이 급했다.

　서둘러 사무실로 올라가기 위해 회사 로비를 가로질러 가는데 뒤에서 누군가가 연주를 불렀다.

"서연주 씨? 연주 씨 맞죠?"

뒤를 돌아보니 어제 갑작스러운 등장으로 연주를 혼란스럽게 했던 여자가 서 있었다. 연주는 왜 이 여자가 아침부터 이곳에 있는 건지 알 수 없었다. 자신의 이름은 또 어떻게 알고 있는 건지.

속에서 거부감이 일었지만 최대한 밝은 표정으로 답했다.

"네. 그런데요?"

"저 연주 씨한테 할 말이 있는데 잠깐 시간 되세요?"

"……잠깐은 괜찮을 것 같네요."

진짜 속내는 단 1초도 함께 있고 싶지 않았으나 대놓고 이를 드러낼 수는 없었다.

두 사람은 로비 구석에 위치한 커피숍으로 자리를 옮겼다. 주문을 한 뒤 마주 보고 앉아 있던 두 여자 사이에 묘한 긴장감이 흘렀다. 먼저 말문을 연 것은 다름 아닌 연주였다.

"무슨 용건으로 보자고 하신 거죠?"

"그건 천천히 말씀드릴게요. 일단 전 윤서현이라고 해요."

갑작스러운 그녀의 통성명에 연주는 새삼 궁금증이 생겼다.

"제 이름은 어떻게 아셨어요?"

"주원 오빠가 알려 줬어요."

연주는 심장이 땅으로 곤두박질치는 기분을 느꼈다. 애써 두 사람이 아무런 관계도 아닐 거라며 마음을 진정시켰건만 그녀의 불안감이 현실로 나타나는 듯했다.

연주의 속마음이 얼굴에 그대로 드러났다. 이에 서현은 아무것도 모른다는 얼굴로 태연하게 말을 이었다.

"오빠가 연주 씨를 좋은 친구로 생각한다고 하더라고요."

썩 듣기 좋은 말은 아니었다. 그 뒤에 이어진 서현의 말은 가뜩이나 심란한 연주의 마음을 더욱 헤집었다.

"제가 여기까지 찾아온 건 연주 씨한테 부탁하고 싶은 게 있어서예요."

"부탁이요?"

"네. 오빠랑 다른 회사를 다니다 보니 조금 불안해서요. 믿기는 하지만 연주 씨가 오빠랑 같이 있는 것도 신경 쓰이고."

연주는 서현의 부탁이 무엇인지 더 구체적으로 알기 위해 질문을 던졌다.

"두 사람, 무슨 사이인데요?"

"오빠가 말 안 했어요? 무슨 사이냐면……."

얄밉게 웃으며 뜸을 들이는 서현의 모습에 연주의 표정이 눈에 띄게 굳어졌다. 서현은 연주의 반응을 즐기듯 천천히 말을 이었다.

"서로 사랑하는 사이요."

심장이 쿵하고 떨어지는 기분이었다. 가슴이 철렁하고 정신이 하나도 없었다.

"그러니까 연주 씨가 저희 오빠랑 필요 이상으로 가까이 지내지 않으셨으면 좋겠어요."

웃으며 말하는 서현의 모습이 연주의 눈엔 더없이 잔인하게 비쳤다. 그렇지만 답은 해야 할 것 같았기에 애써 아무렇지 않은 척하며 말했다.

"걱정 마세요. 전 임자 있는 남자는 안 건드리니까요."

"그럼 다행이네요. 연주 씨 믿고 마음 편하게 먹을게요."

"네. 그럼 이제 전 이만 가 보겠습니다."

그 이후로 어떻게 사무실로 올라왔는지 기억이 나지 않았다. 다만 유일하게 생생한 것이 있다면 주원과 자신이 사랑하는 사이라고 했던 서현의 말이었다. 괜히 주원에게 화가 나고 배신감도 들었다. 자신과 주원이 아무 사이도 아니라는 것을 연주 스스로도 잘 알고 있었지만 이런 기분이 드는 것은 어쩔 수 없었다.

오늘은 미친 듯이 일만 해야 할 것 같다. 옆자리에 시선을 전혀 주지 않으려면 말이다. 그런데 과연 그럴 수 있을지 연주는 쉽게 장담하지 못했다. 그저 오늘이 어서 지나가기를 바랄 뿐이었다.

✳   ✳   ✳

회사로 오는 내내 속이 메스껍고 갈증이 났다. 역시 어제 너무 달린 모양이다. 바보같이 전화 한 번 걸겠다고 그 난리를 치다니. 어제의 자신이 새삼 원망스러웠다. 심지어 그 난리를 쳤음에도 결국 통화하는 데 실패했다. 하고 싶은 말은 곧바로 해야 직성이 풀리는데 어쩐지 점점 바보가 되어 가는 기분이었다.

심란한 마음으로 사무실에 올라오자 연주가 컴퓨터와 씨름하고 있는 것이 보였다. 그런데 일을 하고 있는 연주의 표정이 심상치 않아 보였다. 자연스럽게 자리에 짐을 놓고 그녀에게 다가가 물었다.

"대체 뭘 하길래 그렇게 심각해? 도와줄까?"

연주는 모두 너 때문이라고 답하고 싶었으나 애써 평정심을 유지하며 입을 열었다.

"괜찮아. 혼자 할 수 있어."

스스로가 생각하기에도 상당히 차갑고 딱딱한 거절이었다. 덕분에 연주는 괜스레 미안해져 모니터에 시선을 고정한 채 곁눈질로 주원의 반응을 살폈다. 주원은 아무렇지 않은 표정으로 말했다.

"알았어. 그럼 일해."

주원은 자신의 자리로 돌아와 컴퓨터를 켜고 일을 시작했지만 도무지 업무에 집중할 수 없었다. 연주의 태도가 평소와 미묘하게 다른 것이 신경 쓰였기 때문이다.

역시 제대로 된 사과를 하지 않아서 화가 난 것일까? 오늘 밤 다시 술의 힘을 빌려야 하나 고민했다.

반면 연주는 어떻게 하면 주원과 최대한 덜 마주칠 수 있을지에 대해 고민하고 있었다. 하필 옆자리였기에 사무실 내에서 계속 마주칠 수밖에 없었다.

연주는 열심히 머리를 굴린 끝에 외근을 나가기로 결심했다.

"여기 N상사랑 계약 관련된 일 때문에 급하게 서류를 전달해야 할 것 같은데 구주원 씨가 좀 해 주게."

"아, 제가 오늘은 사무실에서 급하게 처리할 업무가 있어서 안 될 것 같습니다."

또다시 박 차장에게 등 떠밀려 외근을 하게 생긴 주원이 준비해 둔 핑계를 꺼냈다. 오늘은 연주와의 화해를 위해서라도 사무실에 꼭 있어야 했다. 그런데 그의 옆에서 뜻밖의 목소리가 들려왔다.

"그럼 제가 가겠습니다."

연주가 자진해서 나선 것이다. 간만에 외근을 나가지 않고 사무실에 붙어 있을 수 있게 되었는데, 연주가 밖으로 나가다니. 조금 허무해졌다.

"오, 연주 씨가? 근데 운전은 잘해? 이거 급하게 전달해야 하는 거라서."

"네, 저 운전 잘합니다. 급한 거라면 더욱 서둘러야겠네요. 당장 출발하겠습니다."

"오늘은 엄청 의욕적이네? 자, 여기 주소 적혀 있으니까 얼른 갔다 와."

"다녀오겠습니다."

짧은 인사를 끝으로 연주는 서류를 들고 서둘러 사무실을 나섰다.

결국 주원은 그날 하루 종일 연주를 볼 수 없었다. 그는 퇴근 시간이 다가올 때까지 일을 하며 연주가 돌아오기를 마냥 기다렸다. 열심히 모니터를 쳐다보던 주원에게 드디어 반가운 소리가 들려왔다.

"연주 씨, 이제 온 거야? 계약은 잘 성사됐어?"

"네. 잘 성사됐습니다."

박 차장이 막 들어온 연주를 붙잡고 폭풍 질문을 했기에 그녀는 얼마간 그 자리에 그대로 서 있어야 했다. 겨우 박 차장에게서 벗어나 자리로 돌아오자 긴장이 풀리며 온몸에 피로가 몰려왔다.

오늘은 일찍 들어가서 푹 쉬어야겠다고 생각하며 서둘러 짐을 챙기는데 주원이 자리에서 일어났다. 그 역시 짐을 정리하는 모습을 보이자 당황한 연주가 초인적인 스피드를 발휘해 남은 물건을 전부 가방에 쓸어 담고 사무실을 나섰다.

지금까지는 그에게 애인이 있는 줄 몰랐지만 이제는 아니었다. 아무리 친구일지라도 애인이 있는 남자와 스스럼없이 집에 같이 갈 수는 없었다. 게다가 자신은 그 남자에게 이

성적으로 호감을 느끼고 있었다. 그랬기에 더욱 함께 있는 것을 자제해야 했다.

연주는 사무실을 나서자마자 서둘러 엘리베이터에 탑승했다. 혹시 주원이 타지 않을까 하는 불안감에 빠르게 닫힘 버튼을 눌렀지만 문이 닫히기 직전, 주원이 등장했다.

엘리베이터 안에 그와 자신뿐이라는 사실이 그녀를 더욱 당황스럽게 만들었다. 만약 다른 사람들이 함께 탔다면 이 어색함이 조금은 덜했을 텐데.

그녀는 엘리베이터가 어서 1층에 도착하기를 바라며 문을 뚫어져라 응시했다. 문이 열리면 바로 달려 나가기 위해서였다.

드디어 엘리베이터가 멈추고 문이 열린 순간 연주는 바로 튀어 나갔다. 아니, 그러려고 했지만 몸이 무언가에 걸린 것처럼 앞으로 나가지 못했다. 무슨 일인가 싶어 뒤를 돌아보자 자신의 겉옷을 잡고 있는 주원의 모습이 보였다. 그녀가 어이없다는 표정으로 그에게 말했다.

"뭐하는 거야? 이거 놔."

하지만 주원은 아랑곳하지 않고 계속 그녀의 옷을 잡고 있었다. 이해할 수 없는 행동에 조금 짜증이 난 연주가 그에게 말했다.

"나 빨리 가 봐야 돼. 오늘 급한 일이 있단 말이야."

"여기 3층인데?"

"뭐?"

연주는 그제서야 엘리베이터 바깥쪽을 쳐다보았다. 그녀의 시야에 들어온 것은 익숙한 로비의 모습이 아니라 조용한 분위기의 복도였다. 몇 층인지 나타내는 숫자판에는 3이 적혀 있었다.

민망한 마음에 그녀의 얼굴이 화끈 달아올랐다. 연주는 말없이 조용히 다시 엘리베이터에 탑승했다.

얼마 지나지 않아 다시 문이 열렸다. 이번에는 확실히 1층에 도착한 것을 확인한 뒤 쏜살같이 뛰어나가 곧바로 택시를 잡아타고 집으로 향했다.

하지만 그녀의 귀가는 전혀 완벽하지 못했다. 주원이 방금 엘리베이터 안에서 주운 한 자루의 펜이 그 사실을 증명해 주고 있었다. 딱 보기에도 비싸 보이는 것으로 연주가 몇 번 사용하는 것을 본 적이 있었다. 1층에서 내리자마자 뛰어가느라 흘리고 간 모양이었다.

마음 같아서는 당장 돌려주러 가고 싶었으나 하루 종일 자신을 피하는 것처럼 보였던 연주의 모습이 떠오르자 차마 그럴 용기가 나질 않았다. 잘 보관해 뒀다가 내일 회사에서 돌려주는 것이 나을 것 같았다.

✳   ✳   ✳

집에 돌아와 열심히 가방을 뒤적이던 연주는 결국 가방을 거꾸로 들고 안에 있는 내용물을 전부 바닥에 쏟아 냈다. 물건들 사이를 이리저리 뒤적이며 살펴보기를 수차례 반복했지만 아무리 찾아도 그녀가 찾는 물건은 나오지 않았다.

"아, 이 멍청이! 서연주!"

연주는 스스로를 자책하며 머리를 쥐어뜯었다. 그녀가 애타게 찾고 있는 것은 남동생이 처음 알바를 해서 생일 선물로 사 준 꽤 비싼 펜이었다. 마냥 철없고 바보 같다고 생각했던 동생이 처음으로 스스로 돈을 벌어 사 준 생일 선물이었기에 항상 가지고 다니며 사용했었다.

아무래도 회사에서 떨어트렸을 가능성도 있으니 일단 내일 찾아보기로 하고 감기지 않는 눈꺼풀을 억지로 감은 채 잠을 청했다.

자리에 누운 지 약 30분 정도가 흘렀을 즈음 갑자기 그녀의 휴대폰이 울리기 시작했다. 벌떡 일어나 발신자를 확인하니 서정이었다. 연주는 통화 버튼을 누르고 휴대폰을 귀에 갖다 댔다.

"여보세요?"

─아직 안 자? 너 원래 이 시간이면 자고 있잖아?

그걸 아는 애가 이 늦은 시간에 전화를 해야 하나 싶었으나 연주는 굳이 지적하지 않았다.

"그냥 좀 심란한 일이 있어서."

하나도 아니고 무려 둘씩이나 말이다. 생각해 보니 오늘은 정말 더럽게 재수 없는 날이었다.

─왜? 설마 차였냐?

"차였다기보다는…… 아니, 비슷하긴 하지."

다른 점이 있다면 고백 한 번 제대로 못 했다는 점이었다. 차라리 고백이라도 했다면 후회는 덜할 텐데.

─차였으면 차인 거지, 비슷한 건 또 뭐야?

"그런 게 있어. 설명하자면 기니까 나중에 만나서 얘기해 줄게."

─그래. 만나서 듣지, 뭐. 나 토요일에 소개팅 있어서 옷 사야 되는데 같이 가자.

조금 갑작스러운 서정의 말에 고민하던 연주가 그녀에게 물었다.

"언제 갈 건데?"

─음, 내일 저녁은 어때?

연주는 흔쾌히 그러겠노라 대답했다. 회사에 특별히 일이 있는 것도 아니었으니 늦지 않게 퇴근할 수 있었다.

"그럼 내가 내일 너희 회사 쪽으로 갈게. 그 주변이 쇼핑하기 좋으니까."

─알았어. 저번에도 와 봤으니까 잘 찾아올 수 있지? 내일 보자.

통화를 마친 연주는 다시 자리에 누웠다. 그러나 마음이 계속 심란했던 탓인지 한참을 뒤척이다가 가까스로 잠이 들었다.

✳   ✳   ✳

비슷한 시각, 집에 돌아와 샤워를 끝낸 주원은 뭔가에 홀린 듯 탁자로 향했다. 그곳에는 아까 연주가 흘리고 간 펜이 얌전히 놓여 있었다. 펜의 주인이기 때문인지, 아니면 그냥 그가 떠올리고 싶은 것인지는 모르겠지만 보고 있는 것만으로도 연주가 생각났다.

주원은 내일 회사에서 펜을 돌려주는 핑계로 연주에게 말을 걸 생각이었다. 그러면 자연스럽게 대화를 시작할 수 있을 것 같아 괜히 설레고 기분이 좋아졌다. 그의 모습은 마치 소풍 전날 잠을 자지 못하는 어린아이 같았다. 주원은 연주와 이야기할 생각을 하며 기분 좋게 잠이 들었다.

그가 눈을 뜬 것은 평소보다 한 시간 빠른 시각이었다. 주원은 이왕 일찍 일어난 김에 평소보다 빨리 출근해서 연주를 기다리기로 마음먹었다. 바로 출근 준비를 하고 있는데 휴대폰이 울렸다. 주원은 출근 준비를 하느라 발신자를 확인하지도 않고 바로 전화를 받았다.

"여보세요."

─오빠!

휴대폰 너머로 평소보다 한 톤 더 높은 서현의 목소리가 들려왔다. 주원은 바로 표정을 굳히며 차갑게 말했다.

"아침부터 무슨 일이야?"

—오빠가 회사 올 때는 전화하고 오라며? 그래서 오늘 간다고 전화한 거야.

"무슨 일인데?"

—일단 만나서 얘기할게. 그럼 이따가 봐!

서현은 막무가내로 전화를 끊었다. 주원은 전처럼 연락 없이 불쑥 찾아오는 것이 아니었기에 그나마 다행이라고 생각했다. 별일 아닐 거라 여기며 금세 준비를 마치고 회사로 향했다.

그가 회사 로비를 지나갈 즈음 서현에게서 거의 다 왔다는 내용의 문자가 도착했다. 주원은 알았다며 짤막하게 답장을 하고 휴대폰을 주머니에 넣었다.

고개를 들자 멀리서 연주가 걸어오고 있는 것이 보였다. 그는 어제 생각해 둔 멘트를 차분히 되새기며 그녀가 있는 곳으로 걸어갔다.

순간 연주와 두 눈이 마주쳤으나 그녀가 그의 시선을 대놓고 피하는 것이 보였다. 그를 보지 못한 사람처럼 주원이 오고 있는 방향과 반대로 휙 걸어갔다. 주원은 이게 무슨 일인가 싶어 잠시 멍하니 그 자리에 서 있었다. 하지만 이내 정신을 차리고는 연주를 쫓아갔다.

한편 주원을 본 연주는 완전히 멘붕 상태였다. 게다가 너무 노골적으로 피해 버린 자신을 자책하고 있었다. 주원을 만나면 자연스럽게 행동하겠다고 다짐했는데, 이건 대놓고 그를 피하는 상황이었다.

열심히 도망치던 연주의 손목을 누군가가 뒤에서 붙잡았다. 그 반동으로 인해 연주는 강제로 걸음을 멈추었다. 자신을 붙잡은 사람이 누구인지 충분히 짐작할 수 있었기에 뒤를 돌아볼 용기가 나지 않았다.

연주가 머뭇거리며 돌아보지 않자 주원은 그녀를 잡아당겨 자신과 마주 보게 만들었다. 둘의 눈이 마주쳤지만 연주는 다른 곳으로 시선을 옮겼다.

"왜 나 피해?"

"내, 내가 뭘?"

"너 방금 나랑 눈 마주치더니 열심히 도망갔잖아."

"그런 거 아니야."

연주는 주원의 말을 열심히 부정했다. 물론 본인도 억지라는 것을 잘 알고 있었다. 하지만 사실대로 그를 피하고 있다고 말할 수도 없는 노릇이었다.

"진짜 나 피하는 거 아니야?"

주원의 말에 잠깐 뭐라고 대답해야 할지 고민하던 연주가 입을 떼려던 순간.

"오빠!"

불청객인 서현의 목소리에 연주와 주원의 시선이 그녀 쪽으로 쏠렸다. 아니, 두 사람이 연인 사이인 이상 그 사이에 끼어 있는 자신이야말로 불청객일 것이다.

자연스럽게 뒤를 돌아 사무실로 올라가려는데, 주원이 연주의 손목을 잡곤 단호하게 말했다.

"가지 마. 내 말 아직 안 끝났어."

돌발적인 주원의 행동에 당황한 연주의 눈이 커졌다. 놀란 것은 연주뿐만이 아니었다. 서현 역시 처음 보는 주원의 모습에 놀라고 있었다. 주원은 두 사람의 반응에도 아랑곳하지 않고 연주에게 다시 물었다.

"너, 왜 나 피해?"

9
고백

연주는 이렇게까지 자신을 붙잡는 주원을 이해할 수 없었다. 대놓고 그를 피한 것은 맞지만 중요한 건 그게 아니었다. 주원의 뒤에서 자신과 그를 보며 서 있는 서현의 표정이 좋지 않았다.

연주는 서현의 반응 역시 이해가 되지 않았다. 얌전하고 소심한 스타일이라면 모를까, 따로 찾아와서 자신의 남자 친구와 가까이 지내지 말라는 부탁까지 했던 그녀가 이렇게 가만히 있다니. 차라리 질투하고 화를 내는 쪽이 훨씬 자연스러웠다. 뭔가 이상하다고 생각한 연주가 주원에게 사실을 확인하려 했다.

"저기, 혹시……."

"아, 맞다! 오빠 바쁠 텐데 내가 너무 오래 잡아 두고 있었지? 얼른 하려던 이야기 끝내고 사무실 올라가."

하지만 연주의 말은 서현에 의해 가로막혔다. 서현이 주원을 거의 잡아끌다시피 하며 둘을 떼어 놓으려 하자 주원은 짜증 가득한 얼굴로 손을 뿌리치며 말했다.

"놔. 얘기하는 중이잖아."

연주의 의심이 더욱 증폭되었다. 그에게 재차 물어보기 위해 입을 열었으나 그들 쪽으로 다가오는 시후를 발견하곤 마음을 접었다. 관계없는 시후에게까지 자세한 사정을 설명하고 싶지 않았기 때문이다.

세 사람을 본 시후는 조금 딱딱하고 사무적인 미소를 지으며 말했다.

"왜 여기서 이러고 계시는 거죠?"

"제가 주원 오빠와 할 이야기가 있어서 왔는데, 마침 연주 씨를 만나서요."

서현의 대답이 조금 거슬리기는 했지만 아무렇지 않은 척 가만히 있었다. 그러자 시후가 자연스럽게 연주의 팔을 잡아 끌어 자신의 옆에 서게 하려고 했다.

하지만 주원이 연주를 잡고 있는 손을 놔주지 않았기에 연주는 두 사람 사이에서 어정쩡하게 멈추고 말았다. 시후는 순간적으로 싸늘한 표정을 보였으나 이내 이를 감추고는 주원에게 말했다.

226

"두 분이서 대화 잘 나누시기 바랍니다. 저와 서연주 씨는 이만 먼저 가 보겠습니다."

하지만 주원은 시후에 말에도 불구하고 연주의 손을 놓지 않았다.

"죄송하지만 서연주 씨는 저와 대화 중이었습니다. 그러니까 그 손 놓으시죠."

주원의 대답에 서현의 얼굴에는 당혹감이 번졌고, 시후의 표정은 차갑게 식었다. 이 상황에서 침착한 것은 연주 한 사람뿐이었다. 연주가 제대로 된 결정을 내리기도 전에 시후 역시 주원을 피하지 않고 되받아쳤다.

"싫습니다. 주원 씨야말로 저 여자분과 함께 가시죠. 물론 그 손은 놓고 말입니다."

연주는 주원과 시후의 모습을 번갈아 보다 두 사람에게 한 쪽씩 잡혀 있는 자신의 팔을 보곤 이게 뭐하는 짓인가 싶은 생각이 들었다. 세 사람 사이에 끼어 있는 서현의 표정 또한 난감해 보였다.

"제가 먼저 대화 중이었습니다."

"서연주 씨는 딱히 그런 눈치가 아닌 것 같습니다만?"

보이지 않는 스파크가 두 사람의 사이에서 강하게 튀고 있는 것 같았다. 기 싸움이 한동안 지속되자 지겨워진 연주가 결국 먼저 입을 열었다.

"그만하세요. 대체 이게 뭐하는 짓이에요?"

연주는 진절머리가 난다는 표정이었다. 두 남자 모두 이성적인 인물인지라 금세 그만둘 거라 생각하고 있었는데, 이제 보니 그냥 두면 밤새 싸울 기세였다. 연주가 두 사람을 향해 깔끔한 한마디를 던졌다.

"이거 놓으세요."

두 사람의 손을 가볍게 뿌리치곤 재빨리 엘리베이터 쪽으로 걸어갔다. 주원과 시후가 그녀의 뒤를 따라오려 하자 연주가 몸을 돌려 가까이 오지 말라는 듯 손바닥을 펼쳐 보였다.

"두 사람 다 가까이 오지 마세요. 저 혼자 올라갈 거니까."

"같이 가죠."

"우리 하던 얘기 아직 안 끝난 것 같은데요?"

연주가 두 사람에게 말했다.

"일단 주원 씨는 서현 씨랑 못다 한 대화 잘 나누시고요. 아까 하던 얘기는 나중에 따로 하죠. 출근을 안 할 수는 없으니까요."

주원은 연주의 결정이 썩 내키지는 않지만 받아들인 듯 고개를 끄덕였다. 반면 연주의 말을 고분고분하게 잘 듣는 주원의 모습에 서현은 놀랐다. 그가 순순히 남의 말을 듣는 모습은 한 번도 본 적이 없었기 때문이다.

게다가 그 상대가 여자라니. 자존심이 상하기도 했다. 자신이 주원을 좋아해 온 세월이 얼마인데 이제 와서 다른 여자에게 빼앗길 수는 없었다.

"오빠, 얼른 가자."

연주가 보는 앞에서 서현이 주원에게 팔짱을 꼈다. 주원이 마지못해 서현을 따라가자 연주의 기분은 썩 좋지 못했다.

두 사람이 시야에서 사라지자 계속 연주를 응시하던 시후가 다가왔다. 연주는 아까처럼 손을 펼치며 그를 저지했다.

"죄송하지만 혼자 있고 싶어서요. 먼저 올라갈게요."

이내 재빨리 달려가 버리는 연주. 시후는 연주의 뒷모습을 그저 눈으로만 좇았다.

그 자리를 벗어난 연주는 혼자 있고 싶다는 생각에 비상계단으로 향했다. 무의식적으로 향한 곳이기는 했지만 오가는 사람들이 적어 나름 혼자 있기에 안성맞춤인 곳이었다.

연주는 계단 구석에 자리를 잡고 앉았다. 조용한 환경이 조성되자 일부러 떠올리지 않아도 이곳저곳에 주원의 얼굴이 오버랩 되기 시작했다. 지금 가장 보고 싶은 사람인데, 또 가장 보고 싶지 않은 사람이기도 했다. 자신의 생각임에도 참으로 아이러니했다.

"하아."

잠깐 떠올리기만 했을 뿐인데 한숨이 절로 나왔다. 주원을 생각하니 앞으로 어떻게 해야 할지 고민이 됐기 때문이다. 정말로 두 사람이 사귀는 거라면? 조금 전의 상황으로 봤을 때 아닐 가능성도 있었지만 사실을 확인하기 전까지는 알 수 없는 일이었다.

서현이 자신의 입으로 두 사람의 관계에 대해 이야기한 만큼 사실일 가능성이 높았다. 아닐 거라고 믿고 싶었지만 두 사람이 정말로 사귄다면 거기서 끝이었다. 지금까지 했던 것처럼 마음을 접어야 했다.

만약 사귀고 있는 게 아니라면? 조금 전 상황을 봤을 때, 전혀 가능성이 없는 이야기는 아니었다. 서현은 몰라도 주원은 상대를 연인으로 대하는 것 같지 않았으니까. 오히려 서현의 존재에 대해 크게 관심이 없어 보였다.

두 사람이 사귀는 게 아니라면 자신은 뭘 해야 할까. 당장 좋아한다고 고백이라도 해야 하는 걸까? 고백이라는 단어를 떠올리자 머릿속이 더 복잡해지기 시작했다.

아무리 생각해도 답은 나오지 않았다. 연주는 고민을 뒤로 한 채 일이나 하기로 마음먹었다.

마침 그와 동시에 비상계단의 문이 열렸다. 열린 문 쪽을 바라보니 놀랍게도 주원이 서 있었다. 그의 등장에 놀란 연주는 조금 당황하며 물었다.

"여긴 어쩐 일이야?"

"그냥 네가 여기 있을 것 같아서."

가볍게 웃으며 대답한 주원은 순식간에 그녀의 앞으로 다가와 얼굴을 빤히 쳐다보았다. 어떻게 해야 할지 결정조차 제대로 내리지 못했는데 갑자기 마주하니 연주는 어찌할 바를 몰랐다.

연주가 결국 도망치기 위해 주원에게 등을 보인 순간 그가 그녀의 손목을 잡았다.

"또 도망가려고? 아까 하던 얘기 계속해야지."

아까 주원과 나누었던 대화가 뭐였는지조차 잊어버릴 만큼 정신이 없는 그녀였지만 상황을 알 리가 없는 주원이 말을 이었다.

"먼저 올라간다더니, 왜 여기서 이러고 있어?"

"아, 그……."

뭔가 변명을 하기 위해 입을 뗐으나 딱히 둘러댈 말이 생각나지 않았다. 주원은 여전히 그녀의 얼굴을 빤히 쳐다보았다. 덕분에 머릿속이 하얘진 것 같은 기분이 든 연주가 다시 도망치기 위해 안간힘을 썼다.

"일단 이거 놓고 얘기해."

"두 번이나 그냥 보낼 생각은 없어. 재미없으니까 장난 그만해."

주원은 연주가 있는 계단에 올라섰다. 덕분에 두 사람은 같은 높이의 계단에 나란히 서게 되었다.

"왜 나 피해?"

단도직입적인 주원의 질문에 연주는 아까 했던 대화가 생각났다. 분명 자신이 대놓고 그를 피한 것에 대한 물음이었다. 이 질문의 답은 그와 서현이 연인이라고 생각해서였다.

　그 대답을 과연 주원에게 할 수 있을까. 대답을 들은 주원이 그 사실을 부정하지 않는다면 너무 힘들어질 것 같았다. 망설이는 그녀의 모습을 본 주원의 표정이 점점 굳어지더니 곧 입을 열었다.

　"너 혹시……."

　주원의 딱딱한 태도에 연주 역시 덩달아 긴장하기 시작했다. 주원이 자신의 마음을 눈치챈 것은 아닌지 조마조마했기 때문이다.

　"장 팀장님 좋아해?"

　"어?"

　하지만 걱정과는 달리 주원은 완전히 헛다리를 짚고 있었고, 덕분에 연주는 속으로 크게 안심했다. 그리고는 간단명료하게 대답했다.

　"아니."

　조금 전까지 심각했던 주원의 표정이 거짓말처럼 풀어졌다. 그가 무언가를 더 물어보려던 찰나, 드디어 결심이 선 연주가 그에게 물었다.

　"너 서현 씨 좋아해?"

　연주는 최대한 아무렇지 않은 척하기 위해 노력하며 주원의 눈을 똑바로 바라보았다. 하지만 속은 미칠 듯이 떨리고 있었다. 더불어 주원이 아니라고 대답하기를 간절히 빌었다.

잠깐, 아주 잠깐의 침묵 끝에 주원의 입이 열렸다. 연주는 그 찰나의 순간이 그렇게 긴장될 수가 없었다. 본인도 모르는 사이에 숨까지 참고 있었으니 말이다.

　"아니."

　연주가 참았던 숨을 뱉어 냈다. 조금은 안심한 눈빛으로 그를 바라보는데 곧이어 주원의 입이 열렸다.

　"그건 왜 물어?"

　연주는 잠깐 고민을 하는가 싶더니 곧 대답했다.

　"서현 씨가 너랑 서로 사랑하는 사이라고 말하길래."

　뭔가 고자질을 하는 것 같다는 생각이 들긴 했지만, 뭐 어때라. 먼저 거짓말을 한 것은 서현이었고 그것 때문에 주원과 멀어질 뻔했다는 생각을 하면 이 정도는 해야 기분이 풀릴 것 같았다.

　반면 주원은 서현이 연주에게 그런 말을 했다는 사실이 어이가 없었다. 그가 강하게 부정했다.

　"그런 거 아니야."

　"아까 보니까 아닌 것 같았어."

　연주가 바로 수긍하는 태도를 보이자 주원은 오늘따라 빠른 그녀의 감정 변화에 적응하지 못하는 눈치였다. 게다가 현재 대화의 주도권을 가지고 있는 것 역시 그녀였다. 주원은 연주의 모습이 더욱 낯설게 느껴졌다. 하지만 연주는 다시 거침없는 질문을 이어 갔다.

"그럼 너 서현 씨랑 사귀는 거 아닌 거지?"

"어, 사귀는 거 아니야."

"그럼……."

연주가 그에게 무언가를 더 물어보려던 찰나, 주원이 한 손을 가볍게 펴며 잠깐 멈추라는 제스처를 취했다. 목구멍 바로 아래까지 차올랐던 질문이 쏙 들어갔다.

주원은 연주가 입을 다물자 가뜩이나 가까운 거리를 더 좁히며 그녀에게 다가오기 시작했다. 연주는 자신도 모르게 천천히 뒷걸음질을 쳤다. 그와 동시에 주원의 입이 열렸다.

"이제 내가 질문할 차례야."

연주는 점점 가까워지는 그와의 거리에 머릿속이 하얗게 변하는 것을 느꼈다. 얼굴도 붉게 달아오르기 시작했다. 하지만 주원은 아랑곳하지 않고 그녀를 구석으로 몰았다.

조금씩 뒷걸음질을 치다 보니 연주는 금세 차가운 벽과 등이 맞닿게 되었다. 그녀가 완전히 벽에 몰리자 주원은 기다렸다는 듯 자연스럽게 왼손을 그녀의 뒤에 있는 벽에 짚었다. 이젠 도망칠 곳도, 방법도 없게 되었다.

연주는 긴장되고 떨려서 죽을 것 같을 만큼 가까운 그와의 거리를 벌려 보고자 머리를 굴리기 시작했다.

"조금 떨어져서 얘기해도 되지 않을까?"

"왜? 또 도망가게?"

"아, 아니 그게 아니라……."

속셈을 딱 걸린 탓에 조금 당황한 연주가 말을 더듬자 주원이 더욱 짓궂게 그녀를 몰아붙였다.

"그게 아니면 뭐?"

주원이 오른손마저 연주의 뒤에 있는 벽을 짚자 이로써 그녀는 완전히 그의 품에 갇히고 말았다.

"왜 계속 피해?"

연주는 오늘 이 질문을 수차례 받았지만 단 한 번도 대답하지 못했다. 그러려면 자신이 주원에게 느낀 감정들을 전부 솔직하게 말해야 했기 때문에 침묵할 수밖에 없었다.

"또 대답 안 해?"

주원의 독촉에도 연주는 입을 굳게 다물었다. 결국 주원은 얼굴에 사악한 미소를 띠며 말했다.

"그렇게 나오겠다 이거지? 나중에 후회하지 마."

연주가 불안함을 느끼기 무섭게 그의 얼굴이 천천히 다가오기 시작했다.

"뭐, 뭐하는 거야!"

주원의 돌발 행동에 당황한 연주가 얼굴을 붉히며 소리쳤다. 주원은 아주 천연덕스러운 얼굴로 연주에게 말했다.

"후회하지 말랬잖아. 이제부터 계속 대답 안 하면 이렇게 조금씩 다가갈 거야."

"미쳤어? 그게 무슨 억지야?"

연주가 어이없다는 표정을 짓자 주원은 자신도 할 말이 많다는 듯 그녀에게 말했다.

"네가 입을 안 열잖아."

"아무리 그래도 이건 좀……."

"싫으면 대답을 해."

주원의 단호함에 할 말을 잃은 연주는 어떻게 해야 하나 고민했다. 이대로 침묵을 지켜야 할지, 아니면 자신의 마음을 그에게 고백해야 할지. 그사이 주원의 카운트다운이 시작되었다.

"30cm."

연주의 마음이 초조해졌다. 고백할 용기는 없는데 그가 왜 갑자기 이런 행동을 하는 건지 알 길도 없으니 미칠 노릇이었다.

"20cm."

연주는 시선을 어디에 둬야 할지 알 수 없었다. 주원의 얼굴이 너무도 가까운 곳에 있었기 때문이다. 서로의 숨결까지 느낄 수 있었다. 혼란스러운 와중 들려온 주원의 말에 연주는 순간적으로 심장이 멎어 버린 것 같은 착각이 들었다.

"10cm."

그녀는 본능적으로 두 눈을 꽉 감고 조금씩 느껴지는 숨결로 그와 자신의 거리를 가늠했다. 지금 주원과는 아주 조금만 움직여도 바로 입술이 닿을 만큼 가까운 거리일 것이다.

눈을 더욱 꽉 감으며 몸을 최대한 벽에 밀착해 조금이라도 멀어지기 위해 애를 썼다. 하지만 더 이상 피할 곳은 없었다.

자신의 움직임과 호흡 하나하나에 긴장하고, 반응하는 연주의 모습을 가만히 지켜보던 주원이 천천히 입을 뗐다.

"이래도 대답 안 할 거야?"

둘 사이가 너무 가까웠던 탓일까? 주원의 목소리와 숨결이 연주에게 그대로 전해져 왔다. 연주는 더욱 정신을 차릴 수가 없었다.

이럴 때일수록 평정심을 유지해야 하는데 연주는 여전히 두 눈을 꽉 감은 채 딱딱하게 굳어 있었다. 게다가 심장은 또 어찌나 빠르게 뛰는지, 방금 100m 달리기를 하고 온 사람 같았다.

만약 이대로 입술이 닿는다면 심장이 펑 터져 버릴 것 같다는 생각이 들었다.

긴장감을 여과 없이 드러내며, 속눈썹 하나까지 떨고 있는 연주의 모습에 주원이 작게 웃으며 말했다.

"진짜 고집불통이네."

주원은 연주의 머리카락을 귀 뒤로 부드럽게 쓸어 넘기며 이마에 가볍게 입을 맞추었다. 연주는 감았던 눈을 천천히 뜨고 주원을 바라보았다. 지금 그녀의 심장은 주체할 수 없을 만큼 강하게 뛰고 있었다. 주원은 연주를 보며 천천히 입을 뗐다.

"끝까지 대답 안 해 주네."

"저, 그게⋯⋯."

주원이 섭섭하다는 얼굴로 말하자 연주가 뭐라 변명을 하려 했다. 하지만 제대로 끝을 맺지 못한 채 주원의 말에 가로막혔다.

"됐어, 변명 안 해도 돼. 대신 대답은 오늘 안에 해 줘."

연주는 아무런 대답도 하지 않았지만 그녀가 자신의 제안을 받아들였다고 여긴 주원이 말을 이어 갔다.

"넌 기억 못 하겠지만, 난 네 생각보다 오래전부터 널 알고 있었어."

주원의 말에 연주는 꽤나 놀란 얼굴을 했다. 그가 자신을 오래전부터 알고 있었다니 전혀 생각지 못한 일이었기 때문이다. 당연히 편의점에서 처음 만났다고 생각했는데.

"근데 그건 중요하지 않아."

주원의 눈동자가 조금씩 일렁이기 시작했다. 연주는 조금 전까지 엄청나게 당당한 모습을 보이던 주원이 무엇 때문에 저렇게까지 긴장하는 것인지 궁금해졌다. 곧이어 주원의 입이 천천히 열렸다.

"중요한 건⋯⋯."

주원의 첫마디에 연주는 그와 눈을 맞추었고, 그는 충동적으로 그녀를 끌어안았다. 그리고는 천천히 하려던 말을 끝맺었다.

"내가 널 좋아한다는 거야."

＊　　　＊　　　＊

주원은 품에 안겨 있던 연주의 양쪽 어깨를 부드럽게 잡은 뒤 느릿하게 자신에게서 떼어 냈다. 그리고는 연주와 눈을 맞춘 후 천천히 입을 열었다.

"넌 어때?"

연주는 머릿속이 복잡해졌다. 대답하는 것이 어려워서가 아니라 어떤 말부터 꺼내야 할지 알 수 없었기 때문이다. 주원은 연주의 마음도 모르고 천천히 말을 이어 갔다.

"만약 내가 싫다면 지금까지 했던 내 행동들 전부 성추행으로 고소해도 좋아. 각오하고 저지른 일이니까."

연주의 머릿속에는 주원의 말이 하나도 들어오지 않았다.

"대신 만약 내가 좋다고 대답하면…… 다음번엔 이마가 아니라 여기다 할 거야."

주원이 연주의 입술을 가리키자 그녀는 얼굴이 또 한 번 붉게 달아오르는 것을 느꼈다.

"너무 오래 기다리게는 하지 마."

마지막 한마디를 내뱉은 그가 멍하니 서 있는 연주를 혼자 남겨 둔 채, 비상계단을 올라 순식간에 그녀의 눈앞에서 사라졌다.

주원이 시야에서 사라지자마자 연주는 그 자리에 스르륵

주저앉았다. 다리에 힘이 풀려서 제대로 서 있을 수도 없었다.

연주는 머리가 멍해지고 두근거리는 가슴으로 인해 현실감이 없어지는 현상을 경험했다. 자신이 잘못 들은 것은 아닌가 싶은 생각도 들었다.

나 지금 고백받은 거지?

그런 생각을 하자 도무지 정신을 차릴 수 없었다. 덕분에 연주는 비상계단에서 한참 동안 마음을 추스르고는 사무실로 향했다.

휴대폰을 열어 시간을 확인하니 아직 출근 시간 10분 전이었다. 평소보다 일찍 출발했으니 망정이지 아니었으면 지각할 뻔했다.

이제부터는 진짜 정신 차려야했다. 사적인 일 때문에 회사에 폐를 끼치는 직원이 될 수는 없었다. 그러다 문득 주원이 했던 말들이 생각났다. 그의 고백에 대답해 줘야 한다는 사실도 함께 말이다.

바로 대답해 주고 싶었는데 너무 좋고 설레서 정신이 없었던 탓에 주원을 잡을 겨를이 없었다. 그가 너무 순식간에 계단을 올라 사라져 버린 탓도 있었다.

연주는 휴대폰에서 시선을 거두고는 정면을 보았다. 그러자 때마침 복도를 지나가던 주원과 눈이 마주쳤다.

순간 머리가 멍해지는 느낌이 들었다. 연주가 잠시 멍하니 바라보고 있자 그는 그녀의 반응에 크게 신경 쓰지 않은 채 평소와 같은 태연한 모습으로 지나쳐 갔다. 분명 자신이 먼저 붙어 다니지 말자는 식으로 말하긴 했지만 어쩐지 섭섭한 마음이 들었다.

고백을 받기까지 했는데 그가 이런 식으로 나오니 조금 혼란스럽기도 했다. 방금 있었던 일이 혹시 꿈이었던 것은 아닐까 하는 생각마저 들었다. 그만큼 주원의 행동이 평소와 너무도 똑같았다.

연주가 혼란스러워하고 있을 즈음, 아무렇지 않은 표정으로 그녀를 지나친 주원 역시 속으로 안절부절못하고 있었다. 겉으로는 아무렇지 않은 척, 아무 일도 없었던 척하고는 있었지만 속마음은 전혀 그렇지 못했다.

아까 계단에서 연주에게 했던 행동을 떠올리면 아직도 심장이 빠르게 뛰는 것 같았다. 아까 거기서 멈추지 않고 그대로 연주의 입술과 마주했다면 심장 마비라도 걸려 쓰러졌을지도 모른다는 생각이 들었다.

자신이 다가가자 긴장해서 움츠러드는 연주의 모습이 너무도 사랑스러웠다. 모든 게 다 예뻤다. 그랬기에 자신도 모르게 준비되지 않은 고백을 서툴게 내뱉었다.

하지만 막상 저지르고 나니 연주의 대답을 듣기가 두려웠고 결국 도망치듯 계단을 올라와 버렸다. 게다가 연주가 자신을 이성으로 보고 있다는 확신도 부족했다. 평소 자신을 대하는 그녀의 태도가 너무도 무덤덤했기 때문이다.

그나마 긍정적인 부분이라면 연주가 자신의 스킨십을 크게 거부하지 않는 것 같았다는 점과 서현을 좋아하냐고 물어봤다는 점이었다. 이 모든 것은 순전히 그의 느낌에 불과했지만 가능성이 있다고 생각했기에 고백한 것이었다.

혹시나 자신의 예감이 틀렸다면 지금까지 친구라는 이름으로 유지해 온 관계마저 망가져 버릴 것이 뻔했다. 조금 전 복도에서 마주친 것처럼 서로 인사조차 제대로 나누지 않는 사이가 되어 버릴지도 몰랐다. 연주는 자신과 회사 안에서 붙어 다니는 것을 좋아하지 않았으니 말이다.

그렇게 그녀와의 사이가 멀어지면 장시후 팀장에게 그녀를 빼앗겨 버릴지도 몰랐다. 장 팀장은 주원이 경계해야 할 대상 1호였다.

지난번 연주와 함께 단둘이 밥을 먹은 것만 생각하면 천재지변이라도 일어난 것처럼 속이 뒤틀렸다. 사무실에서는 혼자 냉정하고, 시크한 척하더니 연주 앞에서는 아주 흐물흐물 녹아내리는 게 아이스크림이 따로 없었다. 사르르 녹아서 금방 사라져 버릴 아이스크림. 주원은 연주에게 시후가 딱 그런 존재이길 바랐다.

✵   ✵   ✵

벌써 오후 6시를 넘긴 시간이었다. 주원은 오늘도 사무실에 있지 못하고 외근을 나가는 자신의 모습을 한탄했다. 이렇게 부려 먹을 거면 승진이라도 시켜 주든가. 그럴 것도 아니면서 신입 사원 한 번 참 알뜰하게도 부려 먹는 회사였다.

그가 맡은 일들은 신입 사원에게 맡길 만한 일도 아니었다. 모두 부장의 자리에 있을 때 맡았던 것과 비슷한 업무들이었다. 결국 그는 직책이랑 계열사만 달라진 채 전에 하던 일들을 계속하고 있는 셈이었다. 아마 부서에 있는 직원들 중 한 명이 구 회장의 스파이로서 주원을 감시하고, 그가 전에 했던 일을 맡기고 있는 모양이었다.

주원은 스파이가 박 차장일 것이라 짐작했다. 매번 자신을 밖으로 돌리는 것도 그렇고, 그가 시키는 일들이 전에 하던 것과 비슷했기 때문이다.

그런 것들은 크게 상관없었다. 어차피 놀기 위해 이곳에 온 것도 아니었으니까. 하지만 이따금 자신을 밖으로 돌려 연주와 떨어트려 놓으려 한다는 점이 제일 힘들었다.

그는 연주와 떨어져 있는 것이 싫었다. 자신이 없는 동안 연주에게 신나게 들이댈 남자 직원들이 싫었고, 거절하지 못해 어쩔 줄 몰라 할 그녀의 모습도 싫었다. 그랬기에 외근을 하게 되면 가능한 한 빨리 사무실로 복귀하는 주원이었다. 오늘 역시 예외는 없었다.

차가 막혀 시간이 걸린 탓에 평소의 몇 배에 달하는 피로를 몸에 싣고 사무실에 도착한 주원은 피로감 따위는 싹 날려 버린 얼굴로 연주를 찾아다녔다. 오로지 감에 의존했지만 금방 찾아낼 수 있었다.

연주 역시 자신을 향해 다가오는 주원을 보며 심호흡을 했다. 드디어 하루 종일 기다렸던 순간이 다가온 것이었으니까. 그는 연주의 바로 옆까지 다가온 후 작게 속삭였다.

"잠깐 나가서 얘기 좀 하자."

주원의 제안에 연주가 고개를 끄덕였다.

사무실을 나선 두 사람은 서로 약속이라도 한 것처럼 자연스럽게 비상계단으로 향했고, 앞서가던 주원이 문을 열었다.

비상계단에 도착하자 주원은 최대한 아무렇지 않은 척 평정심을 유지하기 위해 노력하며 연주를 바라보았다. 그러자 연주는 긴장한 탓인지 그와 제대로 눈도 마주치지 못하고 있었다. 조금 전까지만 해도 분명 아무렇지 않았었는데 왜 이러는 걸까.

혼자 속으로 안절부절못하고 있던 연주에게 주원이 한걸음 가까이 다가왔다. 그러자 그녀가 반사적으로 한걸음 뒤로 물러섰다. 아침에 있었던 상황이 재현되기 시작했다. 주원은 조금씩 다가가고, 연주는 조금씩 물러나고를 몇 번 반복하자 연주의 등이 금세 차가운 벽과 맞닿게 되었다.

두 번째인 만큼 적응이 될 법도 한데 아직도 연주는 생전 처음 겪어 보는 상황인 것처럼 이 자세가 부담스럽고 긴장됐다. 반면 주원의 덤덤한 얼굴을 보고 있자니 긴장하는 자신이 바보같이 느껴졌다.

그러나 연주의 고민은 부질없는 것이었다. 주원 역시 연주 못지않게 아니, 그녀보다 훨씬 더 긴장하고, 떨고 있는 상황이었으니까. 게다가 그는 지금 연주에게 어떤 식으로 고백에 대한 대답을 물어야 할지 고민하고 있었다.

주원은 화려한 외모에 비해 의외로 연애 경험이 거의 없었다. 친구인 정우는 학창 시절부터 나름 꾸준히 여자를 사귀었던 반면 이래저래 아버지와 부딪히고, 학업에 치여 살던 주원에게 연애를 할 여유 따위는 없었다. 그저 여자 쪽에서 한 고백을 몇 번 받아 준 정도가 전부였다.

누군가에게 먼저 고백을 해 본 적도, 자신이 적극적으로 스킨십을 한 적도 없었다. 전부 처음이었다. 티를 내지 않기 위해 애써 태연한 척했는데, 연주에게 어떤 식으로 말을 꺼내야 할지 전혀 감을 잡지 못하고 있었다.

이럴 줄 알았으면 정우에게 뭐라도 열심히 배워 두는 건데. 후회를 하던 주원이 결심한 듯 천천히 입을 뗐다.

"대답해 줄래?"

뭔가 조금 더 멋진 말을 생각해 내기 위해 열심히 노력했건만 주원의 입에서 나온 것은 짤막한 한마디뿐이었다.

하지만 짧았던 한마디에도 불구하고 그의 마음이 전해진 것인지 연주는 확신을 얻었다. 주원이 자신에게 한 고백이 절대 그저 스쳐 지나가는 감정이 아니라는 확신. 어쩌면 태연하기 그지없는 저 행동이 긴장한 모습을 감추기 위한 가면일지도 모른다는 느낌.

그렇게 생각하자 마음이 한결 편안해져 주원을 놀려 주고 싶다는 생각이 들었다.

"그 전에……."

갑작스러운 연주의 말에 주원이 재빨리 그녀에게 집중했으나 이어진 말은 그가 원한 대답이 아니었다.

"좋아한다는 말, 다시 해 줘."

다소 갑작스러운 요구에 주원의 머리가 멍해졌다. 연주가 원래 이렇게 적극적인 여자였나 싶은 생각도 들었다.

"또 듣고 싶어."

마술과도 같은 한마디. 연주의 한마디에 자연스럽게 주원의 입에서 그 말이 흘러나왔다.

"좋아해."

짧지만 강한 한마디. 이어진 주원의 말 역시 연주의 마음을 녹이기에는 충분했다.

"내가 널. 아주 많이."

그 말을 마친 주원이 대답을 기다리듯 가만히 그녀를 바라보았다. 연주도 주원의 시선을 피하지 않은 채 그의 눈을 응시했다.

아주 찰나의 순간이었지만 두 사람 모두에게 시간이 천천히 흐르는 착각이 들게 했다. 이윽고 용기를 낸 그녀가 행동으로 대답을 대신했다. 까치발을 들어 주원의 입술에 자신의 입술을 가볍게 맞췄다가 뗀 것이다. 주원은 그녀의 대담한 행동에 놀란 듯 두 눈을 크게 떴다. 연주는 자신이 한 행동이 조금 부끄러워 얼굴을 붉히며 말했다.

"이게 내 대답이야."

주원은 작게 웃고 말았다. 연주는 그의 시선이 자신에게로 향하자 얼굴부터 귀까지 빨갛게 달아오르는 것을 느끼며 벗어나기 위해 발버둥을 쳤다.

이미 주원의 품에 갇혀 있는 거나 다름없는 상태에서 연주가 도망칠 방법은 없었다. 주원은 아무 말도 하지 않고 양손으로 그녀의 머리를 부드럽게 감싸 안았다.

그의 얼굴이 천천히 다가오자 연주는 본능적으로 두 눈을 꽉 감았다. 얼마 지나지 않아 부드럽고 따스한 촉감을 가진 주원의 입술이 연주의 입술을 조용히 감싸 안았다. 연주는 그의 입술이 닿는 순간 몸이 나른해지며 심장이 빠르게 뛰는 경험을 했다. 두 사람의 입맞춤이 길어질수록 연주의 정신은 더욱 아득해져만 갔다.

❋   ❋   ❋

어느새 퇴근 시간이 지나 두 사람은 차 안에 앉아 있었다.

그들 사이에 흐르는 기류는 어색하기만 했다.

만약 이 상황이 드라마였다면 아까 그 장면에서 타이밍 좋게 딱 끝났을 텐데. 그리고 아무렇지 않게 다음날로 넘어갔을 것이다. 현실도 그렇게 휙 넘어가면 좀 좋을까.

부득이하게도 이것은 현실이었다. 집까지 같이 가야 하는데 둘 사이의 어색한 분위기가 가뜩이나 먼 거리를 더욱 멀게 만들었다. 얼마간 아무 말도 하지 않던 두 사람 사이의 정적은 연주의 주머니 속에 들어있던 휴대폰이 울리며 깨졌다. 연주는 이 어색함을 잠시나마 잠재울 기회라고 생각하며 서둘러 전화를 받았다.

"여보세요?"

—야! 너 오늘 만나기로 했잖아. 왜 전화 안 받아!

상당히 차분한 목소리로 전화를 받았건만, 돌아오는 것은 금방이라도 고막을 찢을 듯한 외침이었다.

오늘 서정이와 만나기로 했었지. 너무 정신이 없었던 탓에 까맣게 잊고 있었다. 그녀는 서둘러 자신의 손목에 있는 시계를 내려다보았다. 아직 늦은 시간은 아니니 지금 서정의 회사 쪽으로 가면 될 것 같았다.

휴대폰을 잠시 옆으로 치우고는 주원에게 말했다.

"나 오늘 친구랑 약속이 있어서 그러는데 중간에 내려 줄 수 있어?"

연주가 정말 미안하다는 얼굴로 말하자 차마 안 된다는 말은 할 수 없는 주원이었다. 결국 허락의 뜻으로 간단하게 대답했다.

"알았어. 어디서 내려 주면 돼?"

조금이나마 대화를 나눈 덕분인지 분위기는 언제 그랬냐는 듯 급속도로 부드러워졌다. 어색했던 분위기를 바꾸는데 단단히 한몫한 서정은 감감무소식인 연주를 향해 다시 소리를 지르기 시작했다.

—그래서 오늘 만날 거야, 안 만날 거야?

스피커 모드는 아니었지만 운전하던 주원 역시 다 들을 수 있을 만큼 큰 목소리였다. 주원은 조금 놀란 눈치를 보이더니 이내 작게 고개를 저었다.

연주는 서정이 더 폭주하기 전에 휴대폰을 귀에 갖다 댔다. 아니, 정확히는 대려고 했지만 그전에 서정의 목소리가 터져 나와 접근을 막았다.

—너 자꾸 이럴 거야? 네가 나 대신 소개팅 나갈 거냐고!

웃음기가 가시지 않던 주원의 표정이 순식간에 굳었다. 동시에 연주는 주원의 따끔한 시선을 온몸으로 받아내야 했다. 서정의 시끄러운 잔소리는 덤이었다.

—아, 차라리 잘됐네. 이번 기회에 소개팅이나 해 봐. 이런 것도 해 봐야지, 안 그래?

어, 안 그래 라고 말하고 싶은 마음이 정말 굴뚝같았지만, 옆에 앉아 있는 주원의 시선이 너무도 따가웠기에 제대로 대답도 하지 못하고 서정이 하는 말에 몇 마디 맞장구만 치고 있는 연주였다.

한참 동안 통화를 계속하는 연주의 모습을 보고 있자니 속에서 용암이 들끓기 시작하는 주원이었다. 소개팅이라고 하면 누군가의 주선으로 남녀가 만나 차도 마시고, 밥도 먹고, 마지막엔 다음을 기약하는 그런 만남이 아니던가?

차는 물론이고, 밥은 더욱 안 된다. 이제 연주는 엄연히 자신의 애인이었으니까 자신과 못 해 본 것들을 다른 남자와 하게 놔둘 수는 없었다.

타이밍 좋게 고백하기를 잘했다는 생각이 들었다. 그렇지 않았다면 그녀가 소개팅에 나가서 다른 남자와 하하 호호하는 꼴을 봐야 했을지도 모르니 말이다.

어느새 연주가 말한 약속 장소에 도착했다. 일할 때는 그렇게도 안 가더니 꼭 이럴 때만 빠르게 흘러가는 시간이 참 더럽고 치사했다.

최대한 아무렇지 않은 척하며 연주를 내려 주려고 했는데 어느새 안전벨트까지 다 푼 상태로 내릴 준비를 하는 그녀의 모습을 보니 속이 뒤집어지는 것 같았다. 직접 안전벨트를 풀어 주고 싶었는데 자신의 옆에 앉아 있는 이 여자에겐 안중에도 없는 일 같았다. 그저 친구에게 달려갈 생각만 하는 그녀를 보니 한숨이 나왔다.

그래도 어쩌겠는가? 원래 먼저 좋아하고, 더 좋아하는 사

람이 항상 아쉬운 법인 거지. 주원은 천천히 차를 세워 그녀
가 차에서 내리기를 기다렸다.

차가 멈춤과 동시에 시야에서 사라질 것이라 생각했던 연
주는 예상보다 오랫동안 그의 시야를 채우고 있었다. 주원은
연주가 자신에게 무슨 할 말이라도 있는 건가 싶어 조용히
그녀를 쳐다보았다. 연주는 조금 머뭇거리는가 싶더니 그를
꼭 끌어안았다.

주원은 전혀 예기치 못한 행동에 당황해 얼굴부터 귀까지
새빨갛게 물들어 있었다. 연주 역시 비슷했다. 그녀는 붉게
물든 얼굴을 애써 감추려 노력하며 그의 품에서 떨어져 나왔
다. 조금 떨리는 목소리로 말을 이어 갔다.

"오늘은 진짜 미안해. 그리고 소개팅 얘기는 신경 쓰지
마. 친구가 장난친 거니까."

그 말을 마친 연주는 순식간에 차 문을 열고는 밖으로 뛰
쳐나가다시피 했다.

주원은 아직 진정되지 않는 자신의 빨간 얼굴과 빠르게 뛰
고 있는 심장 박동 소리를 들으며 오늘 잠은 다 잔 것 같다는
생각을 했다.

❇   ❇   ❇

서정을 만난 연주는 그녀에게 이끌려 카페 안으로 들어와

주문한 음료수를 가지고 자리에 앉았다. 서정은 그녀를 향해 끊임없는 의심의 눈길을 보냈고, 결국 참다못한 연주가 선수를 쳤다.

"나 남자 친구 생겼어."

순간 커피를 마시던 서정은 사레가 들려 쿨럭거렸다. 연주는 다소 격한 서정의 반응을 보며 그녀의 등을 두드려 주었고, 상태가 어느 정도 진정되자 다시 대화가 이어졌다.

"네가 남자가 생겼다고?"

"응. 그러니까 장난으로라도 소개팅 얘기 꺼내지 마."

연주가 단호한 얼굴을 하자 서정은 당연하다며 소개팅의 '소' 자도 꺼내지 않을 것을 약속했다. 연주는 한결 누그러진 얼굴로 서정이 궁금해할 것들을 말해 주었다.

이야기에 얌전히 귀를 기울이는가 싶던 서정이 서현의 이야기를 듣는 대목에서 크게 화를 냈다.

"와, 그 기집애 진짜 어이없다. 사귀지도 않으면서 뭐 그런 거짓말을 해? 약간 미친 거 아냐?"

"일단 얘기부터 끝까지 들어. 계속 그러면 얘기 안 해 준다?"

연주 역시 서정의 의견에 어느 정도 동의했기에 서현을 감싸 줄 생각은 없었다. 그녀 때문에 여러 가지로 마음이 상했던 것은 사실이니까.

하지만 주원에게 고백받은 특별한 날을 서현의 험담이나

하며 보내고 싶지는 않았다. 연주가 가까스로 모든 설명을
마친 후 입을 열었다.

"그러니까 소개팅은 네가 나가. 앞으로 그런 얘긴 꺼내지
도 말고."

"어차피 농담이었어. 나중에 네 애인 소개시켜 주는 거 잊
지 마. 어떤 사람인지 궁금하니까. 저번에 포장마차에서 봤
던 거 같긴 한데, 취해서 그런지 기억은 잘 안 나더라."

"알았어. 나중에 소개해 줄게."

"우리 이제 나가 봐야 하는 거 아냐?"

"그래, 슬슬 나가자."

휴대폰 시계를 본 서정이 자리에서 일어나더니 자연스럽
게 연주에게 팔짱을 꼈다. 그리고는 커피숍을 나왔다. 그런
두 사람이 있던 자리를 한참 동안 바라보는 이가 있었으니.

"하, 그래서 결국 둘이 사귄다 이거야?"

바로 서현이었다. 커피 한 잔 마시러 왔다가 욕을 얻어먹
고, 거기에 좋아하던 남자까지 빼앗겼다는 소식을 들었다.

이대로 주원을 빼앗길 수는 없다는 생각이 서현의 머릿속
을 맴돌았다.

어떻게 하면 그를 자신의 것으로 만들 수 있을까? 한참 고
민하던 서현은 이윽고 입가에 차가운 미소를 그리며 어디론
가 전화를 걸었다.

"여보세요? 안녕하세요, 회장님. 저 서현이에요."

조금 전 그 짜증과 분노 섞인 표정을 한 사람은 이 세상에 없다는 듯 착하고, 예의 바른 여자 연기에 돌입하는 서현이었다.

"전 항상 잘 지내죠."

필살 애교까지 섞어 가며 전화하는 그녀의 모습은 언뜻 다른 사람들이 보기에는 애인과 통화하는 것 같았다.

"저도 회장님 뵙고 싶은데 내일 찾아봬도 될까요? 저번에 하신 말씀에 대해서 대답도 드리고 싶고요."

서현의 입가에 천천히 미소가 번졌다. 모든 일이 자신의 뜻대로 되어 가고 있었기 때문이다.

"네, 그럼 내일 뵐게요. 들어가세요."

마지막까지 긴장의 끈을 놓지 않던 서현은 상대방이 전화를 끊은 것을 확인하고 휴대폰을 내려놓았다. 그리고는 차가운 목소리로 작게 중얼거렸다.

"그래. 마지막에 누가 웃게 될지 두고 보자고."

10
폭풍 전야

토요일이기는 하지만 아직 이른 시간이어서 도로는 한산했다. 그러나 운전대를 잡고 있는 주원의 속은 꽉꽉 막힌 것만 같았다.

이번 주 내내 회사에 갇혀 있었던 걸로도 모자라 지금 새로운 감옥으로 가야 했기 때문이다.

시간이 어떻게 흘러가는지도 모를 만큼 바쁜 한 주였다. 이렇게 바빠도 되는 건가 싶을 정도로 일만 하며 보냈다. 어떻게 같은 사무실, 그것도 바로 옆에 있는 사람의 얼굴조차 제대로 보지 못할 만큼 바쁠 수가 있느냐 말이다.

명색이 사내 커플인데 주원은 연주와 사귀기 시작한 후로도 끊임없는 외근에 시달려야 했다.

온종일 밖으로 굴릴 거였다면 사무실에 자신의 자리는 왜 만들어 준 건가 싶을 정도로 말이다. 만일 그 자리가 연주의 옆자리가 아니었다면 주원은 진작 사무실에 대한 미련을 버리고도 남았을 것이다.

그만큼 힘들었고, 또 그만큼 바빴다. 그런 일주일을 보낸 만큼 사귀기 시작한 후로 처음 맞는 주말이기도 해서 정말 의미 있게 보내겠다고 다짐했었다.

"주말에 본가로 오거라."

그런데 잘나신 회장님의 한마디에 모두 물거품이 되었다. 이번 주말에는 본가에 가야 할 것 같다고 연주에게 말하자, 그녀는 애써 괜찮다고 대답했다. 그 모습에 더 미안해졌다.

마음 같아서는 한 번도 쓰지 않았던 휴가를 내서라도 연주와 어딘가로 놀러 가고 싶었다. 그러나 그럴 수 없다는 것을 누구보다 잘 알고 있는 주원이었다. 신입 사원으로 좌천된 이후로 한 번도 찾지 않으시더니 이번엔 또 무슨 일로 부르는 걸까?

그 보수적인 회장님께서 한가하게 칭찬이나 하려고 부르실 리는 없고, 보나 마나 또 뭐가 마음에 안 든다고 꼬투리를 잡으려는 게 분명했다.

그렇게 생각하니 입에서 한숨이 절로 나왔다. 인정 같은 건 바라지도 않으니 자신을 가만히 내버려 뒀으면 좋겠다.

어렸을 때야 뭣도 모르고 인정받겠다며 난리를 쳤었지만 지금은 다르다. 그가 아무리 노력하고, 좋은 결과를 가져와도 구 회장의 입에선 칭찬 한마디 나온 적이 없었다.

주원은 늦게나마 깨달을 수 있었다. 구 회장은 그를 인정할 마음이 없다는 사실을 말이다. 자신의 가치를 봐 줄 생각이 없는 사람한테 인정받겠다고 스트레스 받으며 사는 것보다 차라리 자신이 할 수 있는 일을 하는 게 훨씬 생산적이고 옳은 일이라 판단했다.

이제는 현재에 충실하고, 당장 자신이 할 수 있는 일을 할 뿐이었다.

생각에 잠겨 있던 주원의 앞에 호화로운 저택의 모습이 보였다. 저택은 웅장하고 고급스러운 외관을 자랑했지만 주원에게는 감옥이나 다름없었다.

주원은 경직된 표정을 풀기 위해 노력하며 차에서 내려 저택 안으로 향했다.

✳   ✳   ✳

비슷한 시각. 연주는 기분 전환 겸 일을 하기 위해 시내에 있는 카페에 나와 있었다.

원래는 주원과 데이트를 할 예정이었으나 그가 급히 본가에 가는 바람에 계획이 틀어지고 말았다. 마음 같아서는 서정이라도 부르고 싶었으나 소개팅 하느라 정신이 없을 게 분명했고, 결국 혼자 나올 수밖에 없었다.

일이나 하자 싶어 음료수를 시킨 후 챙겨 온 노트북을 꺼내려는데, 갑자기 그녀를 부르는 목소리가 들려왔다.

"연주 씨 아니에요?"

"……서현 씨?"

서현은 뭐가 그리도 반가운지 연주를 보자마자 밝게 웃으며 알은체를 했다.

"이런 곳에서 다 만나네요?"

연주는 타이밍이 참 뭣 같다는 생각을 하며 적당히 단답형으로 대꾸했다.

"그러게요."

하지만 연주의 딱딱한 대답에도 서현은 아무렇지 않게 대화를 이어 나갔다.

"약속한 것도 아닌데 자꾸 마주치는 걸 보면 우리 인연인가 봐요."

악연이겠지. 그 한마디를 간신히 삼킨 연주가 시큰둥하게 대꾸했다.

"글쎄요."

남자한테 작업이라도 거는 것 같은 서현의 사근사근한 말투가 연주의 마음을 더욱 불편하게 만들었다. 서현이 했던

258

거짓말 때문일까? 주원의 곁을 맴도는 것도 그렇고, 여러 가지로 그녀가 마음에 들지 않았다.

서현은 그런 연주의 마음을 모르는 건지, 아니면 알면서도 모르는 척하는 건지 계속 그녀에게 말을 걸어왔다.

"주원 오빠 기다리는 중이에요?"

"아뇨, 다른 일이 있어서요."

서현의 입에서 주원의 이름이 나오자 급속도로 불쾌해지는 연주였다. 다른 여자의 입에서 주원의 이야기가 나오는 게 싫었다.

연주의 생각을 눈치챈 서현은 일부러 들으란 듯이 주원의 이야기를 시작했다.

"아, 맞다! 주원 오빠라면 지금 본가에 있을 거예요."

연주는 순간적으로 멈칫했다. 그녀가 주원의 스케줄까지 알고 있을 줄은 몰랐기 때문이다. 하지만 이내 평정심을 되찾고는 담담하게 대답했다.

"알고 있어요."

"그래요? 그럼 왜 갔는지도 아시겠네요? 본가에서 저녁에 같이 밥 먹기로 했거든요. 물론 회장님도 오실 거고요."

겨우 평정심을 찾았건만, 자신이 모르는 주원의 일정까지 술술 말하는 서현을 보니 조금 비참한 기분이 들었다.

"연주 씨는 오빠랑 사귄다면서 그런 말까지는 못 들었나 보네요?"

서현은 연주의 마음에 비수를 꽂지 못해 안달 난 사람처럼 굴기 시작했다.

"하긴, 회장님은 연주 씨의 존재도 모르실 테니 부를 수도 없었겠네요."

"서현 씨."

연주의 짤막한 부름에 서현이 웃으며 입을 열었다.

"왜 그러세요? 설마 기분 상하신 건 아니죠?"

"아뇨. 지금 기분이 상당히 별로네요."

연주가 순순히 긍정하자, 서현은 비웃음 섞인 얼굴로 말을 이어 갔다.

"설마 방금 제가 한 말 때문에 기분 상하신 거예요?"

"왜 아니겠어요. 전 자기 앞가림도 못 하면서 남 일에 관심 많은 사람은 질색이라서요."

서현이 조금 당황한 얼굴을 했다. 연주가 남에게 직접적으로 싫은 소리를 할 타입은 아니라고 판단했기 때문이다.

그런데 대놓고 독설을 할 줄이야. 서현이 당황스러워하는 사이 대화의 주도권은 연주에게 넘어갔다.

"저희가 사귀는 건 어떻게 아셨어요? 제 입으로 말씀드린 기억은 없는데."

"오빠가 말해 줬어요."

서현은 눈 하나 깜짝하지 않고 거짓말을 했다. 당당하게 대답하면 보통은 의심조차 하지 못하는 법이니까. 하지만 그런 서현의 예상과 달리 연주는 그녀의 말을 믿지 않았다.

"죄송하지만 제가 이미 속은 적이 있어서 별로 신뢰는 가지 않네요."

속은 전적이 있는 것은 둘째 치고, 애당초 주원은 그렇게 한가하지 않았다. 이번 주만 해도 일하느라 바빴고, 지금도 본가에 가서 정신이 없을 텐데 무슨 수로 교제 사실을 이야기하고 다닌단 말인가. 조금만 생각해 보면 들을 필요도 없는 말이었다.

연주는 심상치 않은 표정을 한 서현에게서 시선을 거둔 채 자리에서 일어날 생각으로 가방을 잡았다. 그 모습을 노려보던 서현이 연주 앞에 놓여 있던 음료를 실수를 가장해서 엎질렀다. 연주가 입은 하얀 블라우스가 얼룩으로 엉망이 되고 말았다.

"어머, 죄송해요."

연주는 울먹거리는 표정으로 서둘러 휴지를 꺼내는 서현의 가식적인 모습이 어이없었다. 차라리 드라마에서 시원하게 물을 뿌리는 악녀들이 얘보단 양반이라는 생각을 하며 가만히 서현의 행동을 주시했다.

아니나 다를까. 서현은 미안해 죽을 것 같다는 표정을 유지한 채 연주만 들을 수 있을 정도로 작게 말했다.

"마지막에 누가 웃게 될지 기대되네요."

그녀의 표정과 전혀 어울리지 않는 차가운 목소리였다. 연주 역시 지지 않고 대답했다.

"기대를 하든 말든 마음대로 하세요. 어차피 처음부터 끝까지 웃는 사람은 제가 될 테니까요."

착각은 자유라고 하지 않았던가. 연주는 서현의 말에 큰 의미를 두지 않았다. 앞으로 그녀 때문에 주원과 틀어질 일 따위는 없을 테니까. 연주는 짐을 챙기며 자리에서 일어나 서현에게 말했다.

"전 바빠서 이만."

연주는 말을 마치기 무섭게 카페를 나섰다. 나름 괜찮은 일터를 빼앗긴 것은 아쉬웠으나 별수 없는 일이었다.

연주는 약간의 방황 끝에 다시 한 카페에 자리를 잡았다. 회사 근처에 있어서 몇 번 와 본 적이 있는 익숙한 곳이었다. 설마 여기서 또 마주치는 건 아니겠지, 라고 생각하면서 조용히 노트북을 켜는 연주였다.

*　　　*　　　*

그 시각, 주원은 자신의 방에 틀어박혀 일을 하고 있었다. 일주일 내내 일만 했기에 눈이 피곤하고, 머리가 핑 돌 것 같았지만 이 답답한 곳에서 아무것도 하지 않는 것보다는 훨씬 낫다고 생각했다. 그 사실을 구 회장 역시 잘 알고 있기에 자신의 책상에 서류를 잔뜩 놔둔 것이리라.

정신없이 일을 하던 주원은 문득 시간이 얼마나 지났나 싶어 벽에 걸린 시계에 시선을 주었다. 꽤 오랜 시간이 흘렀다고 생각했는데 아직 두 시간이 채 지나지 않았다.

참 신기하게도 본가에만 오면 시간이 더디게 흘러갔다. 마치 이곳만 시간이 멈춘 게 아닌가 하는 의심이 들 정도로 말이다. 주원은 잠시나마 외출이라도 할까 했지만 곧 관두었다. 구 회장은 그가 본가에 있는 동안 외출을 하면 항상 고용인들을 통해 그를 감시하고 통제했기 때문이다.

회사에서도, 평소에도 크게 다르지는 않지만 대놓고 감시당하는 건 불편했다. 그랬기에 본가에 오면 항상 방에만 틀어박혀 있는 주원이었다.

주원이 한참 일에 몰두해 있을 즈음 그의 휴대폰이 울렸다. 전화는 아니고 문자 메시지인 것 같았다. 혹시 회사 일 때문인가 싶어 주원은 서둘러 메시지를 열어 보았다.

〈뭐하고 있어?〉

연주가 보낸 메시지였다. 주원은 자신도 모르게 벌떡 일어났다가 다시 자리에 앉았다. 간신히 휴대폰 액정 위에 두 엄지손가락을 대기시켰다. 그의 표정은 다소 비장하기까지 했다.

그의 손가락은 글자를 누르려다 멈칫, 잘못 누른 글자를

지우고 다시 쓰기 바빴다. 이게 뭐하는 짓인가 싶을 정도로
답답했지만 표정은 자못 신중했다. 그렇게 수십 분을 휴대폰
과 씨름한 끝에 간신히 두 글자를 입력했다.

〈일해.〉

막상 입력해 놓고 보니 너무 딱딱해 보여 바로 지우고는
다시 메시지를 입력했다.

〈일하는 중이야. 넌?〉

몇 번을 더 살펴보던 주원이 흡족한 표정으로 전송 버튼을
눌렀다. 그리고는 연주가 언제 답장을 해 줄까 열심히 휴대
폰만 들여다보았다.
답장을 너무 늦게 한 탓인지 좀처럼 연주에게서 답장이 오
지 않았다. 주원은 이게 무슨 짓인가 싶어 일에 집중하기로
마음먹었다.
그때였다. 경쾌한 소리와 함께 문자 알림음이 들려왔다.
재빠르게 휴대폰 패턴을 해제하고는 문자 메시지를 열었
다. 하지만 연주의 문자가 아니라, 대출 광고 문자였다. 주원
은 메시지를 보낸 사람에게 당장 전화해서 내 신용이면 얼마
나 빌릴 수 있냐고 물으며, 이 대출 회사의 자본금을 통째로

털어 버릴까 진지하게 고민했다.

잔뜩 실망한 주원이 책상에 휴대폰을 내려놓기가 무섭게 다시 문자 알림음이 들려왔다.

주원은 이번에도 광고 문자라면 그 회사가 어디든 지구 끝까지 쫓아가서 다 털어 버리겠다고 다짐했다. 다행히도 이번에는 연주에게서 온 답장이었다.

〈회사 앞에 있는 카페에 앉아 있어.〉
〈보고 싶어.〉

연이어 온 두 통의 메시지에 주원의 입꼬리가 절로 올라갔다.

✻   ✻   ✻

"어? 아악! 지금 이거 전송된 거야?"

하던 일을 잠시 멈추고 문자를 보내던 연주가 양손으로 머리를 쥐어뜯으며 소리쳤다. 그리고는 서둘러 방금 메시지 창에 입력했던 글자를 봤다. 다시 봐도 분명 전송된 것이었다.

연주는 조금 전 주원이 늦게나마 답장한 문자에 대해 뭐라고 보내야 할지 고민하던 중이었다. 몇 번을 지웠다 쓰기를 반복하던 와중에 하필 보고 싶다고 입력한 메시지를 그대로 전송하고 만 것이다.

원래 오글거리는 말이나 표현을 잘하지 못했기에 민망함과 창피함이 몰려와 죽을 것 같았다. 문자를 보았을 주원의 반응 역시 신경 쓰였다. 오글거린다며 비웃을까? 아니면 뭐 잘못 먹은 거 아니냐며 정색할까?

연주의 걱정이 무색하게도 주원에게서 답장은 오지 않았다. 신경 쓰지 않으려 했지만 한참을 기다려도 오지 않아 슬슬 짜증이 나려고 했다. 귀찮아서 일부러 답장을 하지 않는 것일까?

기다리는 시간이 길어질수록 연주의 머릿속에서는 온갖 상상의 나래가 펼쳐지기 시작했다. 그에게 문자를 보낸 지 20분 남짓한 시간이 경과하자 기다리다 지친 연주는 집에 가기로 마음먹었다. 더 이상 카페에서 혼자 쓸쓸히 앉아 있고 싶은 생각은 없었으니 말이다.

아직 다 마시지 않은 음료를 들고 자리에서 일어나려던 순간, 연주의 휴대폰 알림음이 들려왔다. 그녀가 잔뜩 기대에 부풀어 휴대폰을 확인하자 그 안에는 오매불망 기다리던 주원의 답장이 와 있었다.

〈나도.〉

연주는 답장을 읽은 순간 마음이 간질간질하면서 기분이

좋아졌다.

이 맛에 연애하는 거구나. 남들이 애정 행각을 벌이면 저게 나이 먹고 뭐 하는 짓이냐며 비웃기도 하고 유치하다고 생각했는데, 막상 해 보니 가슴이 간질거리는 느낌이 싫지 않았다. 설렘에 빠져 있는 연주에게 한 통의 전화가 걸려 왔다. 발신자는 주원이었다.

연주는 갑자기 무슨 일로 전화를 한 것인가 싶어 통화 버튼을 누르려다 방금한 문자 내용들이 떠올라 조금 쑥스러워졌다. 하지만 이내 통화 버튼을 눌러 전화를 받았다.

"여보세요?"

—여보세요.

전화기 너머로 주원의 목소리가 울렸다. 분명 어제도 봤는데 목소리를 들으니까 또 보고 싶어졌다. 주원도 같은 마음인 건지 전화를 받자마자 연주에게 말했다.

—지금 만날래?

"어?"

연주는 순간적으로 잘못 들었나 싶었다. 분명 본가에서 주말을 보내야 한다고 했었고, 서현의 말로는 회장님도 오신다고 했으니 빠져나오기 난감한 상황일 것이다. 그런데 자신을 보러 와도 되는 것일까? 주원이 보고 싶은 것은 사실이었지만 괜히 그에게 민폐가 되고 싶지는 않았다. 방해가 될 바에야 그냥 참는 게 더 나았기에 연주가 조심스럽게 주원에게 물었다.

"중요한 일하러 간 거 아니야? 나 보러 와도 돼?"

—중요한 일이긴 한데…….

중요한 일을 내팽개치고 오라고 할 수는 없었다. 통화로 만족하기로 결심했지만 주원의 말은 거기서 끝나지 않았다.

—네가 더 중요해.

설마 남자에게 이런 말을 듣는 날이 올 줄이야. 마치 드라마 속의 여자 주인공이 된 것 같은 기분이 들었다.

새삼 자신이 지금 연애 중이라는 사실을 실감할 수 있었다.

연주가 아무런 대답도 하지 않자 주원이 천천히 말을 이어 갔다.

"내가 거기로 갈게."

—아니. 오지 마.

주원은 너무도 완강한 연주의 말에 잠시 침묵했다. 이내 그녀는 단호함의 끝을 보이는 한마디를 던졌다.

—내가 갈 거야.

너무도 당연한 얘기라는 듯 말하는 연주 때문에 주원은 순간적으로 자신의 귀를 의심했다.

"뭐?"

되묻는 동시에 주원은 가볍게 실소를 터트렸다. 꽤나 진지

한 분위기를 잡으며 거절하기에 다른 이유라도 있는 것인가 싶어 걱정했기 때문이다.

사실 주원은 연주에게 전화를 걸기 전부터 준비를 끝내고 차에 오른 상태였다. 그녀가 너무 보고 싶어서 미칠 것 같았다. 구 회장에게는 급한 일이 생겨서 잠시 나갔다 오겠다고 말해 두었다. 다행스럽게도 구 회장은 의심 없이 주원을 보내주었고, 감시를 붙이는 일도 하지 않을 모양이었다. 덕분에 주원은 안심하고 연주를 만나러 갈 수 있었다.

이미 연주에게 달려가고 있는 주원이었건만 그녀는 자신이 오겠다고 주장했다. 주원이 일을 제치고 달려오겠다는 것도 마다하더니 이젠 본인이 직접 오겠다고 말하고 있었다. 정말이지 좋아하지 않을 수가 없었다. 그녀의 생각 하나하나가 사랑스러웠다.

하지만 연주가 저택으로 오는 것은 결사반대였다. 하루 종일 타인의 감시를 받아야 하는 불편한 공간에 그녀를 들이고 싶은 생각은 조금도 없었다. 나중에 그녀를 데려다주기도 난처하기 때문에 그가 핑계를 대고 나와 연주가 있는 곳으로 가는 게 더 나았다.

주원의 귓가에 고집스러운 그녀의 목소리가 들려왔다.

─그냥 내가 간다니까.

의견을 굽힐 생각이 없다는 듯 연주의 목소리는 꽤나 단호했다. 주원 역시 쉽게 포기할 생각은 없었다.

"여기 꽤 멀어. 오늘은 데려다주기 힘드니까 내가 거기로 갈게."

아주 먼 거리는 아니었지만 나중에 연주를 혼자 보내야 하는 주원의 입장에선 열두 시간은 족히 넘는 것처럼 느껴졌다. 그런 그의 마음을 모르는 연주는 쉽게 타협할 생각이 없어 보였다.

—택시 타고 가면 돼.

연주가 택시라는 단어를 꺼낸 순간 주원의 머릿속에는 최근 인터넷에서 본 택시 관련 범죄 기사 제목들이 스쳐 지나갔다.

〈택시 관련 범죄 증가.〉
〈귀갓길 여성을 노린 택시 범죄.〉

주원은 강하게 고개를 내저으며 전화기 너머 연주에게 절대 안 된다는 의사를 표시했다.

"안 돼. 너무 위험해."

그렇게 위험한 교통수단이 또 어디 있다고. 자신의 눈에 흙이 아니라 돌이 들어가는 일이 있더라도 두고 볼 수 없었다.

—뭐가 위험해? 그냥 타고 내리면 끝인데.

"그래도 안 돼. 그냥 내가 갈게."

―아냐, 내가 갈래. 너 바쁘잖아.

이대로는 끝이 나지 않을 것 같다는 생각이 든 주원이 먼저 타협점을 제시했다.

"그럼 이번에만 내가 갈게. 다음에는 네가 오는 걸로 하자."

―그래도…….

"이번 한 번만이야."

연주가 자신의 말에 설득당하지 않더라도 주원이 제 위치를 알려 주지 않으면 그만이었다. 어차피 도로를 달리는 중이었기에 알려 주기도 애매한 상황이었다. 그와 달리 연주는 이미 회사 근처 카페에 있다고 말한 후였다.

―알았어. 대신 다음에는 꼭 내가 갈 거야.

결국 연주에게 긍정의 답을 얻어 낸 주원이 뿌듯한 미소를 지으며 대답했다.

"그래, 조금만 기다려. 바로 갈게."

이미 근방에 도착한 주원이었지만 연주를 깜짝 놀라게 해 주고 싶은 마음에 서둘러 전화를 끊었다.

한편 연주는 주원과의 통화를 끝낸 후 멍하니 앞에 놓인 음료를 바라보았다. 워낙 오랫동안 통화를 한 탓에 음료 안에 있던 얼음이 전부 녹아 버렸다.

한 모금 마셔보았지만 역시 맛은 맹맹했다. 조금 아깝다는 생각을 하며 컵을 내려놓고 게임이나 할까 싶어 휴대폰을 손에 쥐었다.

그때였다. 한 남자가 그녀에게 다가와 말을 걸었다.

"연주 누나?"

✳   ✳   ✳

주원은 연주의 목소리를 들은 지 10분이 채 지나지도 않았는데 벌써 그녀의 목소리가 듣고 싶었다. 스스로 생각해도 이 정도면 중증이다 싶었지만 한편으론 행복했다. 또 자신이 이렇게까지 좋아할 수 있는 여자가 세상에 존재한다는 사실이 놀라웠다.

어느덧 연주가 있다는 카페의 주차장에 도착했다. 오늘따라 능숙한 자신의 주차 실력이 한없이 고마운 주원이었다.

주원은 서둘러 차를 주차하고 연주가 있는 카페 안으로 들어섰다. 창가 자리에 앉아 있던 연주를 발견한 순간, 그는 자신의 두 눈을 의심했다.

"근데 진짜 너무 살찐 거 아냐? 그래도 명색이 여잔데 신경 좀 써라."

"와, 너 진짜. 오랜만에 만나가지고 할 얘기가 그것밖에 없냐?"

웬 새까만 머리의 낯선 남자와 연주가 함께 하하 호호 웃으며 담소를 나누고 있었기 때문이다. 남자는 그녀에게 살이 쩠다는 막말까지 내뱉었다. 주원이 보기에는 아니, 지나가는 그 누가 보더라도 그녀가 살을 빼야 한다는 말에는 공감할 수 없으리라.

저 녀석은 뭔데 연주에게 저런 말을 지껄이는 걸까. 주원은 그가 영 마음에 들지 않았다. 주원이 서둘러 그들에게 다가가자 그를 먼저 발견한 연주가 활짝 웃어 보이며 말했다.

"벌써 왔어? 진짜 빨리 왔다."

주원은 연주의 한마디에 금세 기분이 풀어져 곁에 선 남자에게 거만한 승리의 미소를 지어 보였다. 그러자 남자는 어이가 없다는 듯 비웃으며 보란 듯이 연주의 양쪽 볼을 꼬집었다.

"뭐하는 어냐? 우을래?"

"왜? 오랜만에 만나서 반가워서 그러는 건데."

저, 저 자식이! 지금 감히 누구 앞에서 저런 앙큼한 수작질을 벌인단 말인가. 주원의 분노는 그 길로 한계를 찍었다.

아직 자신도 손대지 못한 볼을 공략하다니. 저 길 가다 벼락 맞아 죽을 자식!

그가 속으로 수백 번 아니, 수천 번도 넘게 살인 충동을 느끼며 살기를 뿜어내고 있음에도 눈앞의 남자는 연주의 볼을 놔줄 생각이 없는 모양이었다.

참을 인을 300개쯤 새긴 주원이 남자의 손을 연주에게서 떼어 냈다. 남자의 얼굴을 쳐다보던 주원이 차가운 얼굴로 입을 열었다.

"싫어하는 것 같은데 그만하지? 이성이 싫어하는 행동을 계속하는 건 성추행이라는 걸 모를 나이는 아닐 텐데?"

순식간에 상대를 성범죄자로 만든 주원이 입가에 시니컬한 미소를 그렸다. 넌 내 상대가 아니야. 그렇게 말하고 있는 것 같아 남자의 얼굴에 어이없는 웃음이 떠올랐다.

"틀린 말은 아니지만, 예외가 없는 건 아니죠."

예외라. 어디 그 잘난 예외가 뭔지 들어나 보자 싶은 주원이 어디 계속해 보라는 듯 남자의 뒷말을 기다렸다.

"사랑하는 사이라거나."

뭐라고? 남자의 입에서 나온 첫마디에 주원의 얼굴이 사정없이 구겨졌다. 그러니까 네가 지금 연주를 마음에 두고 있단 개소리를 지껄이는 것이렷다?

"가족이 될 사이라거나."

가, 가족? 남자의 헛된 망상에 주원은 어처구니가 없어졌다. 그 미래, 곱게 넣어 둬.

"아님 이미 가족이라거나?"

이 정도면 정우에게 전화해 정신 병원으로 보내야 하는 건 아닌가 싶은 생각을 하고 있는 주원에게 남자가 결정타를 던졌다.

"우리 제법 잘 어울리죠?"

"아니."

주원이 숨 쉬는 것도 잊은 채 대답했다. 그야말로 빛의 속도를 추월하는 재빠른 대답이었다. 어울리긴 개뿔. 지나가던 개가 웃겠다.

주원이 다시 남자를 노려볼 무렵, 가만히 있던 연주가 나섰다.

"저기, 내 동생이야."

"……뭐?"

그제야 두 사람을 천천히 뜯어보니 눈치채지 못했던 것이 이상하게 느껴질 정도로 비슷한 외향이 주원의 눈에 들어왔다.

한 번 보고, 두 번 보고, 몇 번을 봐도 판박이다. 연주의 남자 버전이라고 해도 믿을 만큼 닮은 외향에 주원은 어처구니가 없었다. 남매였다니. 그야말로 혼란스러움의 연속이었다.

"연주 누나의 남동생, 서우주입니다."

혼란에 빠진 주원의 정신을 돌아오게 한 것은 우주의 한마디였다. 남동생이라는 단어를 유독 강조하는 그의 모습에 주원은 당황스러움을 감추고 정중하게 인사를 했다.

"처음 뵙겠습니다. 구주원입니다."

180도 바뀐 태도를 선보이는 주원의 모습에 연주는 난감한 얼굴을, 우주는 어이가 없다는 얼굴을 했다.

태도뿐만이 아니라 주원의 머릿속은 미래의 처남이 될 우주를 어떻게 공략해야 할지에 대한 고민으로 가득 차 있었다.

"누나 남자 친구 참 특이하다."

주원을 지켜보던 우주가 무심코 내뱉었다. 연주는 우주의 말에 꽤나 진지한 얼굴로 입을 열었다.

"그래서 더 좋아."

짧지만 강한 연주의 한마디에 주원이 만족스러운 얼굴을 했고, 우주는 못 볼 것이라도 본 사람처럼 질린 얼굴로 푸념을 했다.

"와, 누나 진심 실망이다. 솔로인 동생 앞에서 이게 무슨 막말이야? 나 지금 소름 돋았어."

너스레를 떠는 우주의 모습에 연주는 가볍게 웃으며 입을 열었다.

"억울하면 너도 빨리 애인 만들던가."

차분한 어조로 쐐기를 박는 연주의 말에 우주는 할 말을 잃은 듯했다. 두 사람의 모습을 지켜보던 주원은 미래의 처남이 만족할 만한 소개팅 자리를 주선해야겠다고 다짐했다.

때마침 주원에게 갑작스러운 전화가 걸려 왔다. 발신자가 구 회장인 것을 확인한 주원은 잠시 실례하겠다고 말한 뒤 카페를 빠져나왔다.

구 회장에게 먼저 전화가 오는 일은 아주 드물었기에 주원은 무슨 큰일이라도 생긴 건가 싶었다.

"여보세요."

—대체 어딜 싸돌아다니고 있는 거냐.

전화기 너머로 구 회장의 싸늘한 목소리가 들려왔다. 잠시 외출을 하겠다고 말씀드리고 나왔는데 뭐 때문에 이리도 차갑게 구는 것일까. 주원이 무심하게 대꾸했다.

"개인적인 일입니다."

—내겐 알릴 가치도 없다는 거냐?

관심도 없으면서 오늘따라 뭘 이리도 세세히 묻는 것일까. 주원은 속으로 한숨을 삼켰다.

"회장님의 그 귀한 시간을 제가 감히 어떻게 빼앗겠습니까? 그냥 사사로운 일이니 말씀드릴 필요가 없다고 판단한 겁니다."

언뜻 듣기에도 차가움이 묻어나는 주원의 목소리에 구 회장은 심기가 불편해졌다. 그럼에도 평소처럼 화를 내지 않은 것은 모두 나중을 위해서였다. 오늘은 절대 틀어지면 안 되는 중요한 자리가 있으니까.

—저녁에 중요한 식사 자리가 있으니 신경 좀 쓰거라.

그럼 그렇지. 다른 사람도 아니고 주환그룹의 구 회장이 자신의 안부 따윌 물으려고 전화를 했을 리가 없다. 다 아는 사실이었지만 썩 유쾌하지 못한 기분이 들었다. 그는 가라앉은 기분을 애써 감추며 태연하게 대꾸했다.

"약속 장소는 문자로 보내 주시면 되겠군요."

더 이상 통화를 이어 가고 싶지 않아 꺼낸 말이었다. 어차피 구 회장 역시 자신과 길게 통화를 하고 싶은 생각은 없으리라.

―당장 집으로 오거라.

짤막한 구 회장의 대답에 주원은 순간적으로 자신의 귀를 의심했다. 집이라니. 평소 구 회장은 자신의 집에 타인이 출입하는 것을 극도로 싫어했다. 그런 구 회장이 집에 데려올 정도라면 그만큼 중요한 사람일 것이다.

"알겠습니다."

어차피 주원에게는 선택권이 없었다. 자신이 가지 않는다면 경호원들을 총동원해서라도 그를 데려올 구 회장이었다. 연주 앞에서 차마 그런 모습을 보일 수 없었던 주원은 이만 본가로 돌아가기로 마음먹었다.

카페로 돌아온 주원을 반기는 사람은 연주가 아닌 우주였다. 주원이 주위를 둘러보며 연주를 찾자 우주는 그럴 줄 알았다는 듯 심드렁하게 말했다.

"누나 잠깐 화장실 갔어요."

타이밍이 잘 안 맞은 모양이었다. 아직 시간이 있으니 연주에게 인사만 하고 갈 생각으로 주원이 우주의 맞은편에 앉았다.

"드디어 둘만 있게 됐네요."

그 한마디를 입 밖으로 꺼낸 우주는 연주가 밖으로 나간 후부터 계속 쥐고 있었던 한 장의 사진을 테이블 위에 올려 놓았다.

"주환그룹의 하나뿐인 후계자, 구주원 씨."

그 사진에는 어린 시절의 주원과 그의 옆에서 차가운 얼굴로 정면을 응시하는 구 회장의 모습이 담겨 있었다.

이런 사진은 대체 어디서 구한 것일까. 한가한 생각을 하는 주원과 달리 우주의 표정은 꽤나 어두웠다. 주원은 우주의 얼굴을 빤히 보다가 입을 열었다.

"다 알고 있었던 건가?"

"네."

그의 대답에 주원은 꽤나 흥미롭다는 반응을 보였다. 반면 우주는 여유로운 주원의 태도와 달리 다소 경직되어 있었다.

"어디까지 알고 있지?"

"그쪽의 간단한 프로필부터 최근의 행보까지. 이를테면 원래는 다른 계열사, 다른 부서의 부장으로 일했는데 얼마 전부터 누나와 같이 신입 사원으로 근무하고 있다는 것 정도?"

거기까지 알고 있었다면 처음부터 의도적으로 두 사람의 만남에 끼어들었다는 말이 된다.

주원은 우주가 이렇게까지 해서 뭘 얻고 싶은 건지 짐작이 가지 않았다. 단순히 누나의 애인에 대한 관심 정도로 치부하기엔 지나친 뒷조사였다.

"이렇게까지 해서 서우주 씨가 얻는 게 뭔지, 솔직히 난 잘 모르겠는데."

주원의 무심한 대답에 우주는 잠깐 생각을 정리하는가 싶더니 입을 열었다.

"확실히 누나의 애인에 대한 궁금증이라기엔 조금 과한 감이 있죠."

주원은 우주의 말에 별다른 반응을 보이지 않으며 그가 뒷말을 이어 가기를 기다리고 있었다.

"처음엔 누나의 애인이라는 남자에 대한 작은 관심 정도로 시작했지만, 그 정도로 끝내기엔 당신은 너무 위험한 인물이더군요."

우주는 품 안에서 조금 전 주원에게 내밀었던 사진 외에 또 다른 사진들을 꺼내 보였다. 주로 주원이 구 회장과 함께 비공식적인 자리에서 시간을 보내는 모습이 담긴 사진들이었다.

"주환의 하나뿐인 후계자이지만, 아직은 공식적으로 모습을 드러낸 적이 없어 온 재계와 정계의 주목을 받는 인물."

우주의 말처럼 주원은 어리다고 생각할 수 없는 나이임에도 주환의 후계자로서 공식적으로 모습을 보인 적이 없었다. 물론 재계나 정계에서 좀 알아준다 싶은 사람들이야 모두 그가 누구인지 알고 있었지만 말이다.

"왜 정체까지 숨기면서 우리 누나를 만나는 거죠?"

우주의 의문은 어찌 보면 당연한 것이었다. 상식적으로 생각해 봤을 때 정체까지 숨겨 가며 평범한 여자와 연애하는 대기업 후계자의 이야기는 말도 안 되는 것이었으니까.

그러나 서연주는 일반적인 상식 따위가 통하지 않는 여자였다.

"네 누나한테 빠졌으니까."

아주 헤어 나올 수 없을 만큼 깊이 말이지.

"겨우 그런 이유로……."

우주는 여전히 납득할 수 없다는 얼굴이었다. 주원은 아직 어려서 사랑을 모르는 처남에게 한 수 가르쳐 줘야겠다고 다짐했다.

"이봐, 처남."

"제가 왜 구주원 씨 처남입니까?"

단호하게 선을 긋는 우주의 태도에 주원은 약간 씁쓸해졌다. 아무래도 그에게 점수를 따려면 갈 길이 먼 것 같았다.

"상식적으로 생각하면 말이 안 되겠지."

드라마도 아닌 현실에서 여자한테 미쳐 신입 사원이 된 재벌 따위 누가 상상이나 할 수 있을까.

"근데 이런 날 상식 없는 놈으로 만들 정도로 그쪽 누나는 대단한 사람이야."

주원의 말에 무언가를 더 말하려던 우주의 입이 굳게 닫혔다. 지금 주원이 하고 있는 말이 결코 입에 발린 말 따위가 아님을 알았기 때문이다.

"날 믿으라는 말은 안 해."

"믿으라고 해도 믿을 생각 없어요."

여전히 단호한 우주의 말에 주원은 가볍게 웃었다.

"누나를 믿어."

우주는 주원의 말에 꽤나 어리둥절한 얼굴을 했다.

"나 같은 남자가 미친 짓을 하게 만들 정도로 그쪽 누나는 매력적인 사람이라고."

우주는 잠시 침묵했다. 표정을 보니 밀려오는 생각을 정리하느라 정신이 없는 모양이었다. 주원은 조용히 입을 다문 채 우주가 생각을 정리하기를 기다려 주었다.

"우리 누나가 그렇게 좋아요?"

잠깐의 침묵 끝에 우주의 입에서 나온 물음이었다. 주원은 조금의 망설임도 없이 대답했다.

"그래."

확신에 찬 대답이었다. 우주는 예상했다는 듯 가볍게 웃으며 다시 질문을 던졌다.

"그런 오글거리는 대사를 눈 하나 깜짝 안 하고 할 정도로요?"

"전부 진심이었는데?"

주원의 태연한 긍정에 우주는 할 말을 잃고 말았다. 주원은 그의 반응을 크게 신경 쓰지 않으며 말했다.

"난 진심으로 연주가 좋아."

"아, 진짜! 알았으니까 그만해요! 커플 사이에 끼어 있는 기분, 생각보다 더럽다고요! 지금 내 몸에 닭살 돋은 거 안 보여요?"

우주가 소름이 돋는다며 옷소매를 걷어 자신의 팔을 보여 주었다. 주원이 우주의 행동을 보며 작게 웃고 있을 때 화장실에 갔던 연주가 자리로 돌아왔다.

"무슨 얘기들 하고 있어?"

주원이 바로 자리에서 일어나 연주를 자신이 앉았던 자리로 이끌었다. 그 후 의자까지 빼 주며 연주를 자리에 앉힌 다음 입을 열었다.

"미안. 급한 일이 생겨서 바로 들어가 봐야 해. 너한테 인사만 하고 가려고 기다렸어."

"난 괜찮은데 그냥 가지……."

연주가 난처한 표정을 짓자 주원은 빙긋 웃으며 연주의 머리카락을 부드럽게 흐트러뜨렸다.

"내가 안 괜찮아서 그런 거야. 신경 쓰지 마."

"알겠어. 바쁠 텐데 어서 가 봐."

안절부절못하는 연주의 모습이 마치 귀여운 강아지를 떠올리게 했다. 주원은 동물을 좋아하는 편이 아니었지만 이런 강아지가 세상에 존재한다면 평생을 바쳐서라도 모실 준비가 되어 있었다.

그런 생각을 하던 주원의 표정이 곧 서글프게 바뀌었다. 평생을 바쳐서라도 모시고 싶은 강아지님과 떨어져야 한다는 사실이 너무도 비극적으로 느껴졌으니까.

"오늘은 정말 미안해."

진심으로 미안해하는 주원의 모습에 연주는 두 손을 강하게 내저었다.

"아냐. 너 바쁜 거 알고도 부른 건 난데, 내가 미안하지."

옆에서 두 사람의 모습을 지켜보던 우주의 표정이 점차 어두워졌다.

아, 망할 커플들. 우주가 차마 입 밖으로 내뱉지 못할 커플에 대한 101가지 욕을 다 끝마쳤을 즈음 주원이 연주에게 마지막 인사를 건넸다.

"그럼 진짜 갈게. 처남, 난 처남만 믿고 간다."

"그만하고 빨리 가시죠?"

짜증 섞인 우주의 말에 가벼운 웃음으로 답한 주원은 몸을 돌려 카페를 나섰다. 숨 막히는 저택으로 돌아가야 할 시간이었다.

그러나 오늘만큼은 저택에서의 압박도 조금 전의 행복을 위안 삼아 그럭저럭 버틸 수 있을 것만 같았다.

주말임에도 본가로 돌아가는 길은 별로 막히지 않았고, 구 회장은 주원에게 아무것도 묻지 않았다. 어디를 갔었는지 추

궁이라도 당하는 건 아닐까 조마조마했던 주원에게는 참으로 다행스러운 일이었다.

주원이 저택으로 돌아와 구 회장과 나눈 대화는 단순했다.

"6시까지 준비하고 식당으로 내려와라."

"알겠습니다."

대화라기보다는 일방적인 통보에 가까웠으나 이상하게 여기지 않았다. 늘 있는 일이었으니까.

주원은 구 회장의 말대로 신경 써서 옷을 차려입은 후 약속 시간에 맞춰 식당으로 내려왔다. 식당에 입장한 주원을 맞이한 것은 상석에 무표정한 얼굴로 앉아있는 구 회장의 모습이었다.

그리고 그 뒤를 이어 주원의 시야에 들어온 것은.

"오랜만이야, 오빠."

그녀의 말처럼 오랜만에 보는 서현의 모습이었다. 서현은 평소 즐겨 입는 스타일보다 훨씬 얌전한 느낌이 드는 크림색 원피스에 검은색 재킷을 입고 있었다.

서현의 모습을 무심하게 쳐다본 주원이 자연스레 그녀의 맞은편에 앉았다.

다정한 인사는 바라지도 않았건만 대놓고 자신을 투명 인간 취급하자 서현은 애가 탔다. 그러나 그녀에게는 세상에서 가장 든든한 아군이 있었다.

"기본도 안 된 놈 같으니. 상대가 인사를 했으면 당연히 받아 주는 게 예의라는 것도 모르는 게냐?"

얼굴까지 붉혀 가며 호통을 치는 구 회장의 말에도 주원은 여전히 무심한 얼굴을 하고 있었다.

"하실 말씀은 그게 전부입니까?"

지극히 평온한 어조로 주원이 묻자 구 회장은 분노가 가득 담긴 눈으로 그를 쳐다보았다. 아직도 말귀를 알아듣지 못했냐는 눈빛이었다.

주원은 분노에 찬 구 회장의 눈빛에도 아랑곳하지 않았다. 오히려 여전히 태연한 얼굴로 입을 열었다.

"입맛도 없으니 전 먼저 일어나 보겠습니다."

말을 마친 주원은 정말 그대로 자리에서 일어났다. 분위기는 순식간에 얼어붙었고 주원과 구 회장의 팽팽한 기 싸움이 시작됐다.

"다시 앉아라."

"더는 하실 말씀이 없으신 줄 알았는데요."

주원이 능청스럽게 대꾸했다. 구 회장은 그를 보며 잠깐 화를 삭이는가 싶더니 곧 무언가를 떠올린 듯 의미심장한 미소를 지었다.

"딱 한 번, 군말 없이 내 말에 따르겠다고 했었지?"

구 회장의 태도는 상당히 여유로웠고 반대로 주원의 표정은 어두웠다. 불길한 예감이 스멀스멀 올라오기 시작했다.

"서현이랑 결혼해라."

불길한 예감은 적중했다.

주원은 자신을 옭아매기 위해 기회를 엿보고 있었던 구 회장의 덫에 꼼짝없이 걸려들고만 것이다.

11
가시밭길

무슨 생각으로 식사를 했었는지 기억이 나질 않았다. 밥이 어디로 들어가는지 모르겠다는 말이 딱 맞을 정도로 주원은 식사에 집중하지 못했다.

당연한 일이었다. 본인도 모르는 사이에 추진 중인 결혼식에 대한 이야기가 오가고 있었으니까. 듣고 싶지도 않고, 알고 싶지도 않았다. 주원의 머릿속에 남아 있는 건 오로지 연주에 대한 생각뿐이었다. 그녀가 보고 싶었다.

숨이 막힐 것만 같은 저녁 식사가 끝나고 방으로 돌아온 주원은 그대로 침대에 몸을 던졌다. 머릿속이 복잡했다. 연주가 아닌 다른 사람과의 결혼 같은 건 생각해 본 적도 없고, 생각할 이유도 없었다. 그의 의사가 조금도 반영되지 않은 결혼 따위 할 생각이 없었다.

그가 이대로 순순히 결혼할 거라고 생각한다면 그건 구 회장의 착각이었다. 아무리 자신이 먼저 한 약속이라고는 하지만 이대로 연주를 포기할 생각은 없었다.

주원이 상체를 일으켜 앉음과 동시에 방문을 두드리는 소리가 들렸다. 구 회장이 그의 방문을 두드릴 리 없었다. 다른 고용인들 역시 주원이 방 안에 있을 때 들어오려고 한 적은 없었다.

그렇다면 그의 방문을 두드릴 사람은 단 한 명뿐이었다.

"무슨 일이야?"

주원이 방문을 열며 차갑게 물었다. 노크 소리의 주인이 누구인지 짐작하고 있었기에 보일 수 있었던 빠른 반응이었다.

"오빠랑 얘기 좀 하고 싶어서."

서현이 밝게 미소를 지으며 말했다.

"할 말이 뭔데?"

주원이 여전히 냉정한 얼굴로 차갑게 물었다. 서현은 조금 서러웠지만 꾹 참았다. 곧 내 남자가 될 사람인데 이깟 일쯤은 견뎌 낼 수 있다. 나중에 자신에게 빠졌을 때 전부 보상받으면 된다. 그렇게 생각한 서현이 천천히 입을 열었다.

"들어가서 얘기하면 안 될까? 여기서 말하기는 좀……."

"그럼 다음에 해. 잘 가고."

말을 마친 주원은 망설임 없이 방문을 닫았다. 당황한 서현이 다시 방문을 두드려 보았지만 그 뒤로 문이 열리는 일은 없었다. 결국 문을 두드리다 지친 서현은 그대로 집으로 돌아갔다.

　서현이 돌아간 것을 창문을 통해 확인한 주원은 그제야 안심하고 방 밖으로 나올 수 있었다.

※　　　　　※　　　　　※

　오랜만에 밤새도록 놀자며 자취방까지 따라온 우주 때문에 연주는 아껴 두었던 과일 소주를 꺼냈다. 집에 있던 짭짤한 과자들을 안주 삼아 먹으며 TV를 보던 두 사람은 마침 드라마에 나오는 재벌 3세들의 결혼식 장면을 보게 되었다.

　"누나는 남자 친구가 갑자기 자긴 재벌 3세라서 정략결혼을 해야 한다고 하면 뭐라고 할 거야?"

　주원을 겨냥한 우주의 질문에 연주는 과자를 향해 뻗었던 손을 멈췄다.

　얘가 지금 다 알고 떠보는 건가?

　연주의 짐작처럼 우주는 주원의 정체를 알고 있었다. 하지만 연주가 주원의 정체를 알고 있다는 사실까지는 모르고 있었다.

　연주는 슬쩍 우주의 눈치를 살핀 후 아무것도 모르는 척 적당히 대답했다.

"글쎄. 한 번도 생각해 본 적이 없어서 모르겠는데?"

"그럼 지금 생각하면 되겠네. 빨리 생각해 봐."

"아니, 갑자기 막 생각이 날 리가 없잖아."

"그러니까 지금부터 천천히 잘 생각해 보라니까. 얼른!"

연주의 대답에 만족하지 못한 우주는 끈질기게 다른 답을 요구했다. 요리조리 대답을 피하던 연주는 결국 지쳐서 입을 열었다.

"정말 사랑하면 드라마처럼 어떻게든 이겨 내겠지."

"드라마는 무슨 얼어 죽을. 누난 참 세상 편하게 살아서 좋겠다."

우주의 말에는 진심으로 연주를 걱정하는 마음이 담겨 있었다. 현실은 드라마처럼 녹록하지 않을 것이라는 걱정이 말이다.

연주 역시 이를 걱정하지 않는 것은 아니었다.

그러나 아직 다가오지 않은 일에 대한 걱정으로 하루하루를 보내기엔 주원과 함께할 수 있는 지금이 너무도 소중했다. 그랬기에 알고 있으면서도 애써 아무것도 모르는 척 연기를 했다.

"그래도 다행이네. 정략결혼이니 뭐니 하는 건 우리랑은 다른 세계 사람들의 얘기잖아."

그런 갈등을 겪을 일은 없을 거란 의미로 연주가 말했다.

하지만 이를 지켜보는 우주의 마음은 편치 못했다.

우주의 갑작스러운 방문으로 인해 폭풍 같은 주말을 보낸 연주는 월요일임에도 그다지 나쁘지 않은 컨디션으로 출근을 했다. 최근에 큰 프로젝트가 끝나 야근을 하지 않아도 된다는 점만 빼면 평소와 같은 하루였다.

"오랜만이에요, 연주 씨. 잘 지내셨어요?"

퇴근할 준비를 하던 타이밍에 서현이 사무실로 찾아오기 전까지는 말이다. 잘 지냈냐는 서현의 물음이 참으로 가증스럽게 들려왔으나, 동료들이 있는 앞에서 불쾌한 감정을 드러내고 싶지 않았다. 애써 차분함을 가장한 연주가 서현에게 물었다.

"여긴 어쩐 일이세요?"

"연주 씨와 단둘이 나누고 싶은 이야기가 있어서요. 시간 좀 내주실 수 있을까요?"

참으로 짜증 나는 상황이었지만 연주는 자신의 감정을 겉으로 드러내지 않았다. 그저 상냥하게 웃으며 입을 열 뿐이었다.

"장소는 제가 정해도 될까요?"

"네, 좋아요."

서현의 상냥한 미소를 기점으로 시작된 두 사람의 미묘한 신경전은 카페에 도착해 주문한 음료를 들고 자리에 앉는 순간까지도 계속되었다.

연주는 딸기 스무디를 빨대로 한 모금 넘긴 후 입을 열었다.

"우리가 서로 얼굴 보면서 다정하게 차 마실 사이는 아니잖아요. 용건만 간단하게 해 주세요."

연주의 말을 잠자코 듣던 서현은 아메리카노에 댔던 입술을 살며시 떼며 말했다.

"어머, 저랑 같은 생각이시라니 반갑네요. 저도 서연주 씨랑 오래 얘기할 마음 없었거든요."

사무실에서와는 확연히 다른 두 사람의 태도에 분위기는 순식간에 바뀌었다. 조금 전까지만 해도 살얼음판을 걷는 듯 위태로웠던 분위기가 얼음판이 부서져 물에 빠진 것처럼 냉랭해졌다.

"주원 오빠랑 그만 만나라는 말씀드리려고 왔어요."

서현은 연주를 향해 도도한 웃음을 날렸다. 마치 모든 것이 제 발아래에 있다는 듯 거만한 웃음이었다. 그러나 연주에게는 먹히지 않았다.

"죄송하지만 싫어요."

연주는 조금의 망설임도 없이 답했다. 서현은 조금 당황했다. 좋게 받아들일 거라고는 생각하지 않았지만 정면으로 딱 잘라 거절할 줄은 몰랐기 때문이다.

하지만 상관없었다. 자신에게는 누구보다 든든한 아군이

있었고 그가 자신을 지지하는 이상 주원은 제 것이 될 수밖에 없는 운명이었으니까. 그는 반드시 자신과 함께 결혼식장으로 들어가게 될 것이다. 서현은 그렇게 생각하는 것만으로도 기분이 좋아지는 것을 느끼며 입을 열었다.

"저 주원 오빠랑 결혼해요."

네가 아무리 그 남자를 만나고 있다고 해도 그는 결국 내게 오게 될 거야.

"네, 그러시겠죠."

그러나 예상외로 연주의 반응은 시큰둥했다. 서현은 당황했지만 곧 여유를 되찾았다. 연주가 자신의 말을 믿지 않아 보인 반응이라는 사실을 눈치챘기 때문이다.

서현의 짐작대로 연주는 그 말을 전혀 믿지 않고 있었다. 그저 자신과 주원의 사이를 이간질하려는 속셈이라고 생각했다. 한 번 속은 경험이 있으니 의심은 확신으로 바뀌었다.

"못 믿는 눈치네요."

서현의 얼굴에는 비웃음이 서려 있었다.

"서현 씨한테 당한 일이 아직도 꿈에 나올 지경이라서요."

두 눈을 곱게 접어 웃는 연주를 보며 서현이 입을 열었다.

"제 말을 못 믿으시겠다면 오빠한테 직접 확인하시는 것도 나쁘지 않겠네요."

상당히 자신만만한 태도를 보이는 서현의 모습에도 연주는 신뢰하기 힘들었다. 그러나 주원에게 확인을 해 보라는 말까지 하는 것을 보면 완전한 거짓말은 아닌 모양이었다.

그럼 정말로 주원이 서현과 결혼이라도 한다는 것일까? 연주의 가슴은 계속 아닐 거라며 애써 현실을 부정했고, 머리는 냉정하게 현실을 직시하라며 그녀를 괴롭혔다.

여러 생각들로 혼란스러워하는 연주를 조용히 지켜보던 서현은 갑작스럽게 뭔가를 떠올린 듯 비웃음을 지으며 말했다.

"지난번에 보니까 연주 씨는 오빠가 어떤 사람인지도 모르는 것 같던데. 맞죠?"

다소 뜬금없는 서현의 말에 연주가 고개를 들어 그녀를 쳐다보았다.

"그게 무슨 뜻이죠?"

연주의 표정은 썩 좋지 않았다. 서현이 또 이상한 거짓말로 자신을 바보 취급하려는 게 아닌가 싶었기 때문이다. 연주의 의심 어린 눈빛에도 서현은 말을 이었다.

"물론 이것도 오빠한테 직접 확인하는 게 좋겠네요. 제 말은 못 믿으실 테니까. 아, 인터넷에만 쳐도 다 나오니까 굳이 그럴 필요까진 없나?"

"그 비밀이라는 게 주원이가 주환그룹의 후계자라는 사실을 말하는 건 아니겠죠?"

"……"

연주의 말에 서현이 할 말을 잃은 사람처럼 굳어 버렸다.

아무래도 연주의 짐작이 맞는 모양이었다. 연주는 기가 막힌 다는 얼굴로 서현을 쳐다보았고, 그녀는 분하다는 듯 격양된 얼굴로 입을 열었다.

"주원 오빠가 어떤 사람인지 알면서도 만났다는 거예요? 주제도 모르고?"

"네. 제가 좀 주제를 모르는 편이에요. 그러니까 그만 좀 방해하셨으면 좋겠네요."

서현이 어이가 없단 얼굴로 코웃음을 치며 입을 열었다.

"그럼 오빠 덕분에 낙하산으로 입사한 것도 다 알고 있으 면서 뻔뻔하게 고개 들고 다닌 거예요?"

"뭐, 뭐라고요?"

웬만한 모욕 정도는 받아칠 준비가 되어 있는 연주였으나 지금 서현이 입에 담은 말만큼은 그럴 수 없었다. 거짓일 가 능성도 있었지만 이번만큼은 진실일 것 같다는 느낌이 들었 다.

"왜요? 이건 좀 분한가 보죠? 주제도 모르는 편이라면서 요. 근데 뭘 새삼……."

"아니, 지금 주원이가 저를 회사에 꽂았다는 거예요?"

"하, 뭐야. 그건 또 몰랐어요?"

어처구니없다는 얼굴로 되묻는 서현 덕분에 연주의 기분 은 순식간에 가라앉았다. 반대로 서현은 어두워진 연주의 얼 굴을 보며 만족스러운 미소를 지었다. 승리에 도취된 인간만이 보일 수 있는 오만한 미소였다.

"개인적인 바람으로는 한시라도 빨리 오빠를 만나서 해결 보셨으면 좋겠어요. 해결이라는 건 당연히 두 분의 영원한 이별이고요."

자신은 볼일을 모두 마쳤다는 듯 자리에서 일어난 서현이 그대로 카페를 나섰다. 홀로 남은 연주는 멋대로 튀어나오는 부정적인 생각들을 애써 잠재우려 노력하며 휴대폰에서 주원의 번호를 찾았다.

몇 번이고 통화 버튼을 누르려다가 실패한 연주는 결국 용기를 내어 전화를 걸었다. 익숙한 통화 연결음이 들리더니 이내 주원이 전화를 받았다.

―여보세요.

"……지금 만날 수 있어?"

스스로가 듣기에도 분명 심상치 않은 목소리였고 주원 역시 이를 눈치챘을 것이다. 그러나 그는 굳이 무언가를 묻지 않고 연주가 있는 카페로 오겠다는 말만 남긴 채 전화를 끊었다.

전화를 끝내고 혼자만의 시간이 찾아오자 더욱 많은 생각이 연주를 뒤덮었다. 낙하산이라는 걸 가장 들키고 싶지 않았던 사람이 자신을 입사시킨 장본인이었다니. 참으로 어이없는 상황이었다.

더불어 주원을 원망할 자격이 없다는 사실을 깨달았다. 낙하산으로 입사했다는 사실을 알고 난 후에도 이 길을 택한 것은 자신이었으니까. 그럼에도 기분은 좋지 않았다. 감추고 싶었던 치부를 가장 소중한 사람에게 들킨 상황이었으니.

한참을 복잡한 감정 속에서 헤매고 있는데 걱정스러운 얼굴로 제게 달려오는 주원의 모습이 보였다.

"얼굴이 왜 이렇게 창백해? 너 혹시 어디 아파? 병원 갈래?"

연이은 말에도 연주가 아무런 대답도 하지 않자 주원은 크게 당황하며 카운터를 보고 있던 아르바이트생에게 담요와 따뜻한 우유를 주문했다. 그리고 서둘러 연주에게 담요를 덮어 준 후 우유를 건넸다.

마치 불이라도 난 것처럼 안절부절못하는 주원의 모습을 보며 연주는 작게 웃었다.

주원은 걱정이 가득한 얼굴로 연주의 이마에 손을 갖다 대며 열이 있는 건 아닌지 확인했다. 다른 한 손으로는 연주의 머리카락을 다정하게 귀 뒤로 넘겨 주며 입을 열었다.

"몸이 많이 안 좋아? 진짜 병원 갈까?"

주원의 말에 연주가 작게 고개를 저으며 말했다.

"좀 갑작스러운 얘기를 들어서 그래. 이젠 괜찮아."

아프다는 말을 꺼낸 적도 없는데 먼저 나서서 걱정하고 챙겨 주는 주원을 원망할 수는 없었다. 비록 그에게 자신의 치부를 보인 것이 씁쓸하긴 했으나 어쩔 수 없는 일이었다.

연주가 자신의 마음을 확고하게 정리했을 때, 그녀의 머리카락을 장난스럽게 헤집던 주원이 입을 열었다.

"윤서현, 만난 거지?"

정곡을 찌르는 물음에 연주는 순순히 고개를 끄덕였다. 모르는 척 넘어가는 것보다 솔직한 마음을 털어놓는 게 차라리 나을지도 몰랐다. 그렇게 결론을 내린 연주가 시선을 올려 주원의 얼굴을 바라보았다. 그의 표정이 좋지 못했다.

주원의 얼굴을 말없이 바라보던 연주가 한 손을 조심스럽게 그의 얼굴에 갖다 댔다. 그가 조금 놀라더니 이내 그녀와 눈을 맞췄다. 그녀는 주원의 얼굴을 보며 살짝 웃고는 천천히 입을 뗐다.

"나 사실 네가 주환그룹 후계자인 거 알고 있었어."

"뭐?"

갑작스러운 연주의 고백에 주원의 얼굴이 당혹감으로 물들었다. 닮은 사람이라고 계속 착각하는 줄 알았는데 설마 눈치챘을 줄이야.

"근데 네가 날 우리 회사에 꽂아 준 건 몰랐어."

"……미안."

"아냐. 그걸 이용하기로 한 건 나니까."

단호하기 그지없는 연주의 말에도 불구하고 주원은 좀처럼 고개를 들 수 없었다. 연주는 그런 주원의 모습을 보며 말했다.

"네가 미안해할 필요 없으니까, 나한테 지금까지 숨겼던 거 전부 말해 줘. 다른 사람 말고 너한테 직접 듣고 싶어."

"알았어."

주원이 작게 고개를 끄덕이자 연주는 그거면 됐다는 얼굴로 밝게 웃어 보였다.

❋　　　❋　　　❋

연주를 집에 데려다주는 길. 조수석에서 곤히 잠든 연주의 모습이 자꾸만 주원의 눈에 밟혔다. 오늘 하루 많은 일을 겪었던 탓에 꽤나 피곤했던 모양이다. 의식하지 않으려 했지만 자꾸 눈길이 가서 결국 그는 도로의 가장자리에 차를 세웠다.

세상모르고 잠든 연주의 모습에 주원은 마음이 아팠다. 자신이야 늘 겪어 왔던 일이었지만 연주는 아니었으니까. 앞으로 두 사람이 만남을 이어 가기 위해선 부딪칠 수밖에 없는 인물이 바로 구 회장이었다.

그런 구 회장과의 싸움을 연주가 견딜 수 있을까 싶어 걱정되기도 하고 한편으론 자꾸 미안해졌다. 세상에서 가장 좋은 것만 주고 싶고, 예쁜 것만 보게 하고 싶은데 오히려 진흙탕 속으로 끌어들인 셈이 됐으니까.

주원은 자신이 모든 것을 해결할 테니 아무 걱정 말고 옆에만 있어 달라고 말했다. 그러나 연주의 대답은 그의 예상 범위를 벗어난 것이었다.

"내가 회장님 한 번 찾아뵐까?"

혼자 도망가는 일 따위 절대 하지 않겠다는 의미였다. 참으로 연주다운 대답이구나 싶으면서도 한편으로는 마음이 쓰라렸다. 아무 잘못도 없는 그녀를 끌어들이고 싶지 않았는데 결국 이렇게 되어 버린 건가 싶었다. 그러나 이대로 아무것도 하지 않은 채 헤어질 수는 없었다.

자기밖에 모른다며 이기적이라고 말해도 좋고, 나쁜 놈이라며 욕을 먹어도 좋았다. 연주가 있다면, 연주만 있다면.

연주가 힘들어하는 일이 없도록 최대한 할 수 있는 모든 것을 해 볼 생각이었다. 마음을 다잡은 주원이 다시 차를 출발시켰다. 연주가 깨지 않도록 조심스럽게 차를 운전하며 부디 오늘만이라도 그녀가 평안하기를 바랐다.

다음날, 평소와 같이 회사에 출근하며 평범하게 시작됐던 연주의 하루는 순식간에 폭풍에 휩싸였다.

"회장님께서 서연주 씨를 뵙고 싶어 하십니다."

로비에서 마주친 깔끔한 검은색 정장을 입은 남자가 자신을 구 회장의 비서라고 소개한 뒤 전한 말이었다. 폭풍 전야를 느낄 틈도 없이 이런 일을 겪게 될 줄은 몰랐다. 마음의 준비를 할 시간 정도는 필요했는데.

매도 먼저 맞는 게 낫다지만 그래도 이건 너무 심했다. 최소한 매를 맞는구나 하고 인지할 시간은 줘야 하는 게 아닌가. 한숨이 절로 나오는 연주였다. 자포자기하고 싶은 심정이었으나 이를 드러내지 않으려 노력하며 입을 열었다.

"언제쯤 뵈러 가는 게 좋을까요?"

"사무실에는 적당히 얘기해 두겠습니다. 그러니 지금 따라오시죠."

"……지금이요?"

연주는 의미 없는 일이라는 것을 알면서도 얼떨결에 되묻고 말았다. 그만큼 어처구니가 없고 황당했다. 당장 만나자니. 정말 어지간히도 준비할 시간을 안 주는구나 싶은 생각이 들었다. 결국 연주는 특별한 대책을 고민해 보기도 전에 회장실로 향했다.

비서를 따라 들어오게 된 회장실은 상대를 압도하는 분위기가 어마어마한 곳이었다. 그 가운데에서 구 회장은 이곳의 주인이 자신이라는 것을 온몸으로 나타내듯 엄청난 존재감을 발산하고 있었다. 가차 없이 상대의 기를 눌러 버리는 위압감마저 느껴졌다.

보통 사람이었다면 옴짝달싹 못 했겠지만 연주는 태연했

다. 정확히는 구 회장의 입에서 어떤 질문이 나올지, 또 질문에 어떻게 대답해야 할지 고민하느라 정신이 없었다.

연주는 취업을 위해 면접을 준비하던 때를 떠올렸다. 지금 이 상황도 어찌 보면 면접이나 다름없었다. 그녀를 불러다가 어떤 사람인지, 어느 정도 그릇이 되는지 테스트하는 자리와 같았으니 말이다.

연주는 긴장하면 타인의 분위기나 기분을 잘 읽어 내지 못하는 편이었다. 평소에도 그다지 눈치가 빠른 편은 아니었기에 보통 사람의 몇 배에 달하는 둔치가 되었다.

이를 알 턱이 없는 구 회장의 입장에선 태연한 모습을 보이는 연주가 놀랍기만 했다. 그가 작정하고 위압감 있는 분위기를 조성하면 제아무리 날고 기는 대기업의 임원들이라 할지라도 절로 움츠러들었으니까.

까칠하고 까다롭기 그지없는 주원의 마음을 사로잡은 아이이니 보통은 아닐 거라고 생각했지만 이 정도일 줄이야. 구 회장은 미리 수집한 정보를 토대로 내린 연주에 대한 평가를 서둘러 수정했다. 아무래도 얕잡아 볼 상대는 아닌 것 같았다.

"그쪽이 서연주 양인가?"

찰나의 분석을 끝냄과 동시에 구 회장의 입에서 나온 물음이었다. 구 회장의 표정에는 조금의 변화도 느껴지지 않았다. 특유의 연륜과 연기력을 통해 자신의 속마음을 노련하게 감춘 것이다. 연주도 특별한 반응을 보이지 않고 구 회장의 물음에 답하기 위해 입을 열었다.

"처음 뵙겠습니다. 서연주입니다."

간단하게 이름을 밝힌 연주는 면접을 위해 갈고 닦은 45도의 인사를 선보였다. 그리고는 속으로 열심히 되뇌었다. 이건 면접이다. 이건 면접이다. 그러니 평소처럼만 하자.

마음을 진정시킨 연주가 인사를 마치고 고개를 든 순간 그녀의 눈에 무표정한 얼굴로 자신을 바라보는 구 회장의 차가운 시선이 포착되었다.

예쁨 받을 거라는 기대는 조금도 하지 않았다. 드라마에서처럼 돈 봉투를 던져 주면서 우리 아들이랑 헤어지라고 소리나 안 지르면 다행이지 싶었다. 그래도 막상 싸늘한 시선을 정통으로 받고 있자니 각오를 다지고 왔다 한들 속이 상할 수밖에 없었다.

하지만 주원과 함께 나아갈 미래를 만들기 위해 할 수 있는 모든 일을 해야만 했다. 무엇을 해야 할지 몰라 망설이고 불안해할 것이 아니라 영리하고 똑똑하게 굴어야 했다. 지금까지의 나약했던 자신을 지워 낸 연주가 천천히 입을 열었다.

"제가 많이 부족하다는 거 알고 있습니다. 하지만……."

나름 용기를 내어 입을 열었건만 그런 연주의 시도는 순식간에 수포로 돌아갔다.

"스스로가 부족하다는 걸 안다면 무엇이 내 아들을 위한 길인지도 잘 알 것 같은데 말이지."

구 회장이 차가운 태도로 연주의 말을 잘라 버린 것이다.

발언권을 빼앗긴 연주는 시선을 아래로 내리깐 채 입술을 깨물었다. 이럴 때는 어떤 식으로 대처해야 할지 알 수 없었다.

거기에서 멈추지 않고 구 회장이 서슴없는 독설을 날리기 시작했다.

"아님 주원이 따윈 안중에도 없고 돈밖에 모르는 이기적인 애인이 되겠다는 건가?"

돈밖에 모르는. 그 말이 연주의 귓가에 너무도 선명히 새겨졌다.

결혼을 앞둔 재벌 남자와 그를 포기할 수 없는 평범한 여자. 드라마가 아닌 현실에서 벌어진 그들의 이야기를 어찌 아름다운 러브 스토리라고만 여길 수 있을까. 보통은 여자의 목적이 다른 곳에 있다고 생각할 확률이 높았다. 사업을 하면서 현실 속에 찌든 세월을 살아왔을 구 회장의 입장에서는 당연히 의심할 수밖에 없을 것이다.

그러나 머리로 이해한다고 해서 마음이 아프지 않은 것은 아니었다. 그 한마디가 치명타가 되어 가슴에 비수를 꽂은 느낌이었으니까. 하지만 이런 일로 상처를 받고 주저할 수는 없었다. 주원과의 미래를 꿈꾸기 위해 달라지기로 마음먹었으니 기꺼이 감수해야 했다.

연주는 구 회장의 독설에도 굴하지 않고 입을 열었다.

"조금 전에도 말씀드렸지만 제가 많이 부족합니다. 주원이한테 피해가 갈지도 모른다는 거, 물론 잘 알고 있습니다."

연주가 차분하게 말을 이어 가자 구 회장은 조용히 그녀를 지켜보았다.

"근데 알면서도 포기가 안 됩니다. 그만큼 주원이가 너무 좋습니다. 주원이도 이런 제가 좋다고 하니까 회장님께서도 지켜봐 주셨으면 좋겠습니다."

자신의 속을 낱낱이 헤집는 듯한 구 회장의 시선에도 연주는 애써 태연하게 말을 이었다. 그러나 미세하게 떨려 오는 목소리까지 완벽하게 감추지는 못했다.

그럼에도 당차게 들려온 연주의 대답은 구 회장의 흥미를 자극했다. 이렇게까지 독설을 날리면 눈물을 흘리지는 않더라도 최소한 어쩔 줄 몰라 하는 얼굴로 고개를 푹 숙인 채 아무 말도 하지 못하는 게 보통이었으니까.

하지만 연주는 목소리가 떨리기는 했을망정 제대로 자신의 의견을 주장하고 있었다. 역시 쉬운 상대는 아닌 듯했다.

결국 구 회장은 스스로도 진부하다고 여겼던 최후의 방법을 사용하기로 했다. 그는 이야기가 금방 끝날 것이라고 확신했다.

"일단 앉도록 하지."

그가 자신만만한 태도로 소파를 가리키자 연주는 순순히 소파로 걸음을 옮겨 자리에 앉았다.

두 사람 사이에 잠깐의 침묵이 내려앉았다. 연주는 의아한 얼굴로 구 회장의 눈치를 살폈다. 그가 이렇게 뜸을 들일 만한 사람으로는 보이지 않았기 때문이다.

얼마간 이어진 고요함은 비서가 차를 가져오면서 깨졌다. 비서는 재빨리 차와 간단한 다과를 내려놓은 후 회장실을 나갔다.

자신의 앞에 놓인 찻잔을 들어 차를 한 모금 가볍게 넘긴 구 회장이 입을 열었다.

"서연주 씨는 본인이 진심으로 주원이에게 어울리는 사람이라고 생각하는 건가?"

단어 선택만 조금 바뀐 뿐, 지금까지 했던 말들과 크게 의미가 다르지 않은 질문이었다. 나름 당차게 의사를 밝혔다고 생각했는데 구 회장의 마음을 움직이기에는 역부족이었던 모양이다. 연주는 절로 한숨이 나왔지만 포기할 수 없다는 생각으로 대답했다.

"제가 많이 부족하지만 앞으로 더 노력하겠습니다."

잠깐의 심호흡 끝에 솔직한 마음을 표현한 연주가 조심스럽게 구 회장의 표정을 살폈다. 그러나 여전히 차갑고 냉담한 시선이 연주를 응시하고 있었다. 마치 어떤 식으로 노력할 것인지 구체적인 계획을 묻는 것 같았다. 아무래도 감정

에 호소하기만 하는 건 구 회장의 마음을 움직이는 데 도움
이 되지 않는 모양이었다.

그렇게 판단한 연주가 곧장 입을 열었다.

"회장님께 한 가지 제안을 드려도 될까요?"

마치 다른 사람이 된 듯한 태세 전환에 구 회장은 내심 놀
랐지만 대놓고 드러내지는 않았다. 여유롭게 웃으며 한마디
뱉을 뿐이었다.

"제안이라. 어디 한 번 들어나 보지."

어차피 주도권은 자신에게 있었다. 그러니 일단 이야기를
들어보고 아니다 싶으면 단칼에 거절하면 그만이었다.

연주 역시 이러한 상황을 너무도 잘 알고 있었다. 여기서
승낙을 받아 내지 못하면 뭔가를 해 볼 기회는 영영 오지 않
을 것이다. 어떻게든 기회를 잡아야겠다고 생각한 연주는 구
회장의 인내심이 바닥나기 전에 적당한 대답을 내놓았다.

"회장님께서는 제가 마음에 안 드시고, 저도 마음을 바꿀
생각이 없으니 최소한 일주일에 한 번씩 날짜를 정해서 서로
를 설득하는 시간을 갖는 건 어떨까요?"

연주의 당찬 제안에 구 회장은 조금 놀랐다. 사업가인 자
신에게 이토록 당당하게 제안을 해 오는 이는 극히 드물었기
때문이다. 아들인 주원조차도 이런 식으로 나온 적은 없었
다.

그 당당함과 패기는 가히 높게 평가할 만했으나 연주가 간

과하고 있는 사실이 하나 있었다. 구 회장은 친히 그 부분을 짚어 주기 위해 입을 열었다.

"내가 그 제안을 받아들일 이유는 없어. 어차피 주원이는 내 뜻대로 움직일 테니까."

그러나 연주는 구 회장의 말에 동의하지 않는다는 듯 차분하게 반문했다.

"정말 그렇게 생각하세요?"

연주의 눈에는 진심 어린 호기심이 담겨 있었다. 구 회장에겐 낯설게 느껴질 정도로 오랜만에 마주하는 순수한 감정이었다. 그러나 자신의 관심을 불러일으키고 있다는 점과는 별개로 그냥 넘어갈 수 없는 문제였다.

"마치 내 말에 동의하지 않는다는 것처럼 말하는군."

"회장님이 주원이를 너무 모르시는 것 같아서 드리는 말씀이에요."

그녀의 말에 구 회장은 처음으로 동요하는 기색을 보였다. 연주가 그의 감정을 눈치 챌 정도로.

"내 아들이랑 사귄 지 얼마 안 된 걸로 아는데 주제넘은 소리를 잘도 하는군."

구 회장은 당황스러움을 감추기 위해 억지로 분노를 뒤집어쓴 것 같은 표정을 지었다. 사람을 상대하는 일에 도가 텄을 그가 평소에 이런 식으로 어설픈 표정 관리를 할 리 없었다.

자신이 모르는 아들의 모습에 대한 이야기가 나올 때만 예외적으로 감정을 컨트롤 하지 못하는 모양이었다. 연주가 차분한 얼굴로 입을 열었다.

"주제넘은 소리라고 하셔도 어쩔 수 없지만, 드리려던 말씀은 마저 드릴게요."

연주는 곧바로 자신의 휴대폰을 구 회장에게 들이밀었다. 휴대폰으로 시선을 옮긴 구 회장은 여러 신문사의 제보용 이메일 주소들이 액정에 떠 있는 것을 볼 수 있었다.

"아마 주원이는 회장님 뜻에 순순히 따르지 않을 거예요. 그리고 저 역시 포기하지 않을 거고요."

"지금 날 협박하고 있는 건가? 이 상황을 언론에 제보하겠다. 뭐 그런 걸로?"

"네. 되도록이면 못 이기는 척 협박에 넘어가 주셨으면 좋겠어요."

당차기 그지없는 연주의 대답에 구 회장은 잠시 고민에 빠졌다. 냉정하게 생각했을 때 연주의 제보가 주환그룹에 큰 피해를 줄 리는 없었다. 타격을 준다고 해 봤자 잠깐 떠들썩하고 마는 정도에서 그치겠지.

그러나 주원이 서현과의 결혼을 앞두고 있는 상황에서 불필요한 스캔들이 터지면 여러 가지로 골치 아파지는 것은 사실이었기에 완전히 무시할 수도 없는 노릇이었다.

아무래도 적당히 요구를 수용하는 척하면서 조용히 결혼

준비를 시키는 게 낫겠다고 생각한 그가 여전히 휴대폰을 붙잡고 있는 연주를 향해 말했다.

"아까 그 제안, 받아들이도록 하지."

깔끔한 구 회장의 대답에 연주는 들고 있던 휴대폰을 주머니 속에 집어넣으며 웃었다.

"지금 이 선택, 후회하지 않으실 거예요."

상품 판매원이라도 된 듯한 그녀의 말에 구 회장은 자신도 모르게 올라가는 입꼬리를 발견했다. 역시 재밌는 아이다.

구 회장은 인터폰을 통해 밖에서 대기하고 있던 비서를 시켜 종이 두 장을 가져오게 했다.

"난 사업을 하는 사람인만큼 뭐든 확실히 하는 걸 좋아해서 말이야."

한마디로 오늘 있었던 일을 문서화해서 남기자는 뜻이었다. 나중에 발뺌할 수 없도록 말이다.

언뜻 들으면 동등한 입장에서 서로의 권리를 존중해 주자는 것처럼 들렸으나 사실 주도권은 구 회장에게 있었다. 구 회장은 연주의 제안을 받아들이지 않더라도 크게 손해 볼 일은 없었으니까.

반면에 연주는 이 기회를 잃어버리면 뭔가를 시도할 수조차 없게 되는 약자의 입장이었다. 당연히 계약서를 작성할 때 큰 목소리를 낼 수도 없었다. 물론 그렇다고 마냥 비굴하게 굴지만은 않았다. 전반적인 조항을 구 회장에게 유리한

쪽으로 작성할 수밖에 없긴 했지만 핵심적인 조항은 중립을 지키는 방향으로 작성했다.

계약서 작성을 마친 두 사람은 각자 서명을 하고 지장을 찍은 뒤 계약서를 한 부씩 나눠 가졌다. 계약서의 가장 핵심 조항은 다음과 같았다.

1. 두 사람은 합의 하에 일주일에 한 번씩 만남의 시간을 갖는다.

2. 급박한 사정으로 인해 시간을 내지 못할 경우 한 달에 1회는 만남을 미룰 수 있다. 그러나 그 이상 미뤄야 할 경우에는 상대방의 동의가 필요하다.

3. 계약은 둘 중 한 사람이 마음을 바꿀 때까지 계속된다.

연주가 계약서를 모두 읽고 난 후 시선을 구 회장에게로 옮겼을 때 그가 입을 열었다.

"다음 약속은 이걸 통해 정하도록 하지."

구 회장의 손에 연락처가 적힌 종이가 들려 있었다. 얼떨결에 종이를 건네받은 연주는 곧장 그의 번호를 저장했다.

그 모습을 확인한 구 회장이 자리에서 일어나며 말했다.

"이제 그만 가보는 게 좋겠군."

볼일은 끝났으니 이제 그만 사라지라는 의미였다. 연주는 재빨리 짐을 챙긴 후 구 회장에게 인사를 건넸다.

"다음에 뵙겠습니다."

인사를 마친 연주는 회장실을 나섰고 그녀가 사라진 자리에는 고요함만이 남았다.

자신을 제외한 그 누구도 남지 않은 공간에서 구 회장은 천천히 안주머니를 뒤적였다. 그러자 두툼한 하얀색의 봉투가 그 모습을 드러냈다.

구 회장은 봉투를 꺼내어 탁자에 던지듯 내려놓았다. 원래의 목적대로라면 이 봉투는 지금쯤 연주의 손에 가 있어야 했다. 아버지가 편찮으신 걸로 아는데, 라고 말하며 건네줄 생각이었으니까.

그러나 구 회장은 봉투를 건네지 못했다. 연주가 이를 받지 않을 것이라고 확신했기 때문이다. 연주 쪽에서 먼저 제안을 하기 전까지만 해도 충분히 먹힐 거라고 생각한 방법이었다. 진부할지언정 실제로 돈의 유혹에 넘어가지 않을 사람이 세상에 몇이나 있을까 싶었던 것이다.

만약 돈에 욕심이 별로 없는 인물이라 할지라도 아버지의 이야기를 꺼내면 마음이 쉽게 약해지리라 믿었다. 그러나 연주의 제안으로 인해 그 믿음은 깨져 버렸다.

자신이 부족한 사람이니 열심히 노력하겠다는 말만 반복할 줄 알았던 연주가 사업가인 그에게 먼저 제안을 하다니. 그것도 언론을 건드리겠다는 협박까지 할 줄은 몰랐다.

아무것도 준비하지 못하고, 아무것도 고민하지 못하게 하려고 출근 시간에 맞춰 비서를 보낸 것이었다. 그러니 연주가 한 제안들은 이곳으로 오는 길에, 혹은 이곳에 도착한 후 즉흥적으로 생각해 낸 것이 분명했다.

재빠른 대처 능력과 당돌한 모습이 생각할수록 아까운 인재였다. 주원의 애인으로서가 아니라 회사의 직원으로서 만났다면 좋았을 것이라고 구 회장은 생각했다.

＊　　　　＊　　　　＊

회장실에서 나와 사무실로 온 연주는 오늘 안으로 끝내야 하는 업무들과 씨름하느라 정신이 없었다. 새로운 프로젝트를 담당하게 된 탓에 눈코 뜰 새 없이 바빠진 것은 물론, 업무량도 평소와 비교할 수 없을 정도로 늘어났다. 그러나 차라리 다행이라는 생각이 드는 건 어쩔 수 없었다.

워낙 바쁘다 보니 딴생각을 할 겨를이 없었던 것이다. 오히려 업무를 하나 끝내면 새로운 일을 찾아 열심히 돌아다니기까지 했다. 회사에 입사한 이후로 가장 성실하고 바쁘게 보낸 하루였다고 자부할 수 있을 정도였다.

주원이 옆에 없다는 것 역시 연주가 일에만 집중할 수 있는 요인들 중 하나였다. 그는 오늘도 외근을 나가고 자리에 없었다.

영업을 하는 부서도 아니면서 자주 외근을 보내는 것이 이상했다. 혹시 자신과 주원이 함께 있는 것을 싫어하는 구 회

장의 특별 지시가 아닐까 하는 생각이 들었으나 이내 고개를
저었다.

더 이상 그 문제에 대해 떠올리고 싶지 않았다. 지금은 일
단 업무에 집중하고 저녁에 주원을 만나 천천히 대화를 나눠
볼 생각이었다.

연주는 퇴근 시간인 6시에 맞춰 일을 끝낼 수 있었으나 다
른 직원들이 워낙 바쁘게 일하고 있는 터라 혼자만 퇴근하기
에는 눈치가 보였다.

적당히 눈치싸움을 하고 있는데 이쪽을 보고 있던 한 대리
와 눈이 마주쳤다. 그 순간 한 대리의 얼굴에는 의미심장한
미소가 떠올랐고 연주는 괜스레 불안해졌다.

연주의 예감은 틀리지 않았다. 퇴근 시간이 20분이나 지난
시점에서 새로운 업무를 갖다 준 것이다. 오늘 안에 반드시
끝내야 한다는 당부의 말과 함께.

평소 같았으면 팀장인 시후나 주원을 봐서라도 하지 않았
을 행동이었지만 아쉽게도 오늘은 눈치를 봐야 할 두 사람
모두 자리에 없었다.

"연주 씨는 워낙 성실하고 능력이 좋으니까 잘 해낼 거라
고 믿어요."

화룡점정의 마무리로 얄미운 한마디를 남긴 채 한 대리는
퇴근해 버렸다. 차마 계속 얼굴을 봐야 하는 상사에게 뭐라
고 할 수도 없었던 연주는 어쩔 수 없이 그녀가 준 일을 처리

해야 했다.

이것이 사무실 말단 신입 사원의 비애인가 싶어 괜히 속이 쓰렸다. 거기다가 한 대리의 퇴근 이후 업무를 마친 다른 직원들 역시 하나둘 퇴근하기 시작하자 서러움은 배가 되었다.

그렇다고 한 대리가 준 업무를 끝내지 않고 중간에 퇴근할 용기 따위 존재하지 않았다. 그녀에게 사적으로 좋지 않은 감정이 있다 해도 이것은 공적인 문제였으니까.

연주가 오늘 이 일을 처리하지 않으면 손해는 회사가 보게 될 터였다. 그러니 무단으로 퇴근을 감행할 수는 없었다.

결국 연주는 다시 일을 시작했고 끊임없이 컴퓨터와 씨름하다가 10시가 되었을 무렵 일을 끝마칠 수 있었다.

드디어 퇴근할 수 있게 된 연주는 자리에서 일어나 크게 기지개를 켰다. 그와 동시에 뒤쪽에서 누군가의 발걸음 소리가 들려왔다.

또각또각. 조금 묵직하게 들리는 구두 소리에 연주는 애써 태연한 척 두 손을 내리고 뒤를 돌아보았다.

그곳에는 평소처럼 흐트러짐 없이 완벽한 옷차림을 한 시후가 있었다. 조금 의외의 등장이었던 터라 연주가 고개를 갸웃거리며 말했다.

"팀장님?"

시후는 분명 새 프로젝트 준비를 위해 하루 종일 외근을 할 예정이라고 했다. 그런데 이 늦은 시각에 다시 회사에 올 이유가 뭐가 있을까. 연주는 조금도 짐작할 수 없었다.

"아직 퇴근 전인가요?"

꽤 부드러운 목소리로 시후가 물었다. 처음 만났을 때 들었던 싸늘한 목소리에 비하면 달달한 아이스크림이 따로 없었다. 연주는 시후의 질문에 간단히 답했다.

"네, 이제 가려고요."

짤막한 연주의 대답에 시후는 잠시만 기다리라며 자신의 자리로 향했다. 책상에 놓여 있던 서류 봉투 하나를 집어 든 시후가 다시 연주의 자리로 돌아왔다.

"연주 씨랑 하고 싶은 얘기가 있는데, 잠깐 시간 좀 내 줄 수 있어요?"

"업무와 관련된 이야기인가요?"

시후가 가볍게 고개를 저으며 말을 이어 갔다.

"아뇨, 매우 사적인 이야깁니다."

시후의 표정이 너무도 진지했다. 연주는 그의 말에 잠시 고민하다가 입을 열었다.

"죄송합니다. 일이라면 몰라도 사적인 이야기는 안 될 것 같아요."

"왜죠?"

"남자 친구가 싫어할 것 같거든요."

매우 단호하고도 솔직한 연주의 대답에 시후는 조금 씁쓸한 얼굴을 했다.

"구주원 씨를 말하는 건가요?"

예리한 시후의 물음에 연주가 입을 다물었다. 침묵은 곧
긍정이라고 했던가. 시후는 사실을 확인한 후 한층 더 씁쓸
한 기분을 느껴야 했다.

전혀 예상치 못했던 것은 아니었다. 최근 주원의 잦은 외
근으로 인해 그의 빈자리를 바라보는 연주의 눈빛이 꽤나 애
틋했기 때문이다.

짐작은 했었다. 주원의 짝사랑이 아니라 연주 역시 그와
같은 마음일지도 모른다고. 그러나 막연하게 짐작하는 것과
직접 사실을 확인하는 것은 천지 차이였다. 붕 떴던 마음이
하늘 높이 솟았다가 바닥으로 추락하는 느낌. 그게 딱 시후
의 심정이었다. 그러나 그는 애써 차분하게 입을 열었다.

"서연주 씨."

"네?"

갑작스러운 시후의 부름에 연주가 깜짝 놀라 되물었다. 시
후는 연주의 반응에 작게 웃더니 말을 이었다.

"이런 말, 구차하게 들릴지도 모르겠지만."

스스로도 잘 알고 있었다. 그럼에도 멈출 수 없었다.

"구주원 씨가 힘들게 한다면 내게 오세요."

시후가 힘겹게 꺼냈을 한마디에 연주는 당황스러워하는
기색을 감추지 못했다. 시후는 씁쓸한 얼굴로 다시 한 번 입
을 열었다.

"언제든 상관없습니다."

"아뇨, 죄송하지만 그건 정말 아닌 것 같아요."

단호하기 그지없는 연주의 대답에 시후는 씁쓸하게 웃어 보였다. 그녀가 보기에도 제 자신이 한심해 보인 모양이다.

그러나 이어진 연주의 말은 시후의 짐작과는 전혀 다른 것이었다.

"팀장님은 누군가를 기다리며 아까운 시간을 보내실 분이 아니라 좋은 분께 사랑받고, 사랑하셔야 할 분이세요."

진심으로 시후를 위해서 하는 말이기 때문인 걸까. 연주의 두 눈이 반짝반짝 아름답게 빛나고 있었다.

"저보다 더 좋은 분 만나서 예쁜 사랑하세요."

연주는 환하게 웃고 있었다. 그의 행복을 진심으로 바라는 모습에 시후는 자연스레 미소를 지었다.

저렇게까지 말하는데 자신이 뭘 더 어쩔 수 있을까 싶은 생각이 들었던 것이다. 그저 조용히 연주의 행복을 빌 수밖에.

그리고 그 순간.

"잘 들으셨죠?"

한 손으로 자연스럽게 연주를 품 안에 가두며 등장한 주원이 말했다.

"예쁜 사랑하시고, 임자 있는 여자한테 눈독은 그만 들이시죠."

갑작스러운 등장에 연주가 당황하기도 전에 주원의 거만한 목소리가 시후의 귓가를 울렸다.

"장시후 팀장님."

주원의 표정은 자신감이 넘쳐 보였으나 연주를 안고 있는 한 손은 불안감으로 인해 달달 떨리고 있었다. 그 떨림이 매우 미약했던 탓에 시후도 연주도 이를 눈치채지 못했지만 말이다.

세 사람 사이에 묘한 긴장감이 이어졌으나 이는 오래가지 않았다. 먼저 말을 꺼낸 시후 덕분이었다.

"서연주 씨의 남자 친구가 왔으니 전 이만 가 보는 게 맞겠군요."

순순히 퇴장하겠다는 그 말이 주원에게는 그렇게 반가울수가 없었다. 생애 처음으로 그가 꽤 괜찮은 사람이라는 생각이 들 정도였다.

"불청객은 이만 사라져 드리죠."

별다른 대답 없이 고개만 가볍게 끄덕이는 것으로 인사를 끝낸 주원 대신 그의 품에 안긴 연주가 시후를 향해 인사를 건넸다.

"아, 안녕히 가세요."

시후는 연주의 인사에 가볍게 미소를 짓더니 이내 미소를 깔끔하게 지워 낸 얼굴로 입을 열었다.

"내일 회사에서 뵙죠."

한마디를 끝으로 시후는 조용히 사무실을 나갔다.

두 사람이 따라 나오지 않은 것을 확인한 시후는 조용히 자신의 손에 들린 서류 봉투를 내려다보았다.

연주가 이 늦은 시각에 회사에 온 이유가 뭐냐고 물어볼 때를 대비해 준비한 핑계거리였는데 아무런 쓸모도 없게 되었다. 충동적으로 연주에게 사적인 이야기 즉, 고백할 생각을 한 탓이었다.

그 고백마저 연주에게 이미 사귀는 사람이 있었던 탓에 부질없는 짓이 되고 말았다. 마치 자신이 들고 있는 이 서류 봉투처럼.

연주와 주원, 두 사람만 남은 사무실에 정적이 감돌았다. 차갑고 싸늘한 정적이 아닌 어색하지만 싫지 않은 정적이었다. 주원은 금방이라도 사라져 버릴 사람을 품 안에 가두려는 것처럼 연주를 꽉 끌어안고 놔주지 않았다.

영문을 모르는 연주에겐 상당히 당황스러운 상황이었다. 혹시 무슨 일이라도 있었던 걸까 싶어 연주가 주원에게 안긴 채로 물었다.

"오늘 무슨 일 있었어?"

"아니."

대답이 한 템포 빠르게 돌아오자 연주는 잠시 차분하게 생각을 정리했다.

무슨 일이 있었던 것 같긴 한데 영 말하기 싫어하는 눈치 같다고 결론을 내린 연주가 입을 열었다.

"난 오늘 계속 바빴어."

주원의 마음이 진정될 때까지 소소한 일상을 늘어놓기로 마음먹은 연주의 말이 시작됐다.

"이번에 새 프로젝트 시작된 거 알지? 그것 때문에 바빠서 지금까지 일했거든. 그래서 하루 종일 서류 보고, 엑셀 파일 정리하고……."

한참을 재잘대는 연주의 모습을 보며 주원은 가끔씩 조용히 고개를 끄덕이거나 몇 번 맞장구를 쳐 주었다. 하루 종일 무슨 일이 있었는지 일일이 얘기하는 연주의 모습이 너무도 사랑스럽고, 보기 좋았던 터라 방해하고 싶지 않았다.

이야기를 듣고 있는 것만으로도 시후와 연주의 대화를 엿들은 탓에 불안해진 마음이 한결 가벼워지는 느낌이었다. 조금 전까지만 해도 연주가 그에게 가 버리는 것은 아닐까 싶어 불안한 마음이 들었던 주원이었다.

그러나 주원의 고민이 모두 부질없는 것이었다는 듯 연주의 대답은 확고했고, 덕분에 주원은 확신할 수 있었다. 연주는 절대 자신을 버리지 않을 것이다. 그러니 자신도 연주를 믿고 마음을 단단히 먹어야 한다고 끊임없이 되뇌었건만 현실은 시궁창이 따로 없었다. 연주가 사라지지는 않을까 노심초사하며 품 안에서 놓지 못하고 있었으니까. 마음 같아서는 집에 보내지 않고 하루 종일 옆에다가 두고 싶은 심정이었다. 계속 옆에 두고 보고 싶을 때마다 봐야 이 불안감이 사라질 것 같았다.

그러나 현실적으로 불가능한 일이었다. 주원은 지금 이 순간 연주를 안은 채 목소리를 듣는 것에 만족하기로 했다.

"나 오늘 회장님 만났어."

주원의 입가에 미소가 걸리기 무섭게 연주는 별로 반갑지 않은 사실을 전했다.

"뭐?"

주원은 제 귀를 의심하듯 연주에게 되물었다. 짧은 물음과 함께 나름 평온해 보이던 주원의 얼굴은 균열이라도 생긴 것처럼 싸늘하게 일그러졌다. 주원이 처음으로 큰 동요를 보인 것이다. 연주는 크게 후회했다. 아, 이 이야기는 꺼내지 말걸.

하지만 이미 엎질러진 물이었고, 어차피 언젠가는 해야 할 이야기였다.

"아주 평화롭게 끝났으니까 무서운 표정할 필요 없어."

연주의 말에도 주원은 일그러진 표정을 좀처럼 풀지 못했다. 떨리는 주먹을 애써 꽉 쥐며 입을 열 뿐이었다.

"뭐라고 하셨는데?"

"너랑 만나지 말라는 식으로 말씀하셨는데 내가 싫다고 했어."

"그 면전에다가 대놓고?"

"응."

당황하며 묻는 주원의 말에 연주가 생긋 웃으며 고개를 끄덕였다. 그녀의 발랄하기 그지없는 대답에 할 말을 잃은 것은 오히려 주원 쪽이었다.

그 어마어마한 카리스마를 가진 구 회장의 앞에서 대담한 대답을 했을 줄은 솔직히 몰랐으니까.

"그리고 내가 먼저 일주일에 한 번씩 만나자고 말씀드렸어."

"일주일에 한 번씩 만난다고?"

"응. 최대한 자주 찾아뵙고 예쁘게 봐주세요, 하면서 눈도장이라도 찍어 보려고."

주원은 누군가에게 한 대 얻어맞은 것 같은 기분을 지울 수 없었다. 연주가 이리도 대담한 행동을 할 줄은 상상도 못 했던 것이다. 언제나 자신이 지켜 줘야 한다고 생각했는데, 오히려 연주는 착실하게 자신이 할 수 있는 일을 해 나가고 있었다.

고맙다는 생각이 들면서도 한편으로는 미안해졌다. 그랬기에 주원은 자신이 할 수 있는 선에서 연주를 지지하기로 했다.

"회장님이 괴롭히거나 못되게 굴면 바로 나한테 일러."

"그다음에는 어쩌려고?"

"글쎄, 어떻게 해 줄까? 뺨이라도 한 대 올려붙여 줘?"

본인이 구 회장의 아들이라는 사실을 완전히 잊은 듯한 발언이었다. 연주는 주원의 말에 깜짝 놀라 진심이냐는 의미로 두 눈을 크게 뜨며 물었다.

"농담이지?"

제발 농담이었다고 해 줘, 라는 의미가 듬뿍 담긴 질문이었으나 주원은 어깨를 으쓱하며 장난스럽게 웃어 보였다.

"난 생각보다 능력 있는 사람이니까 회장님 뺨 정도는 올려붙이고 도망가도 돼. 평생 굶기는 일 없을 테니까 걱정하지 말고."

주원이 연주의 머리카락을 살짝 헝클어트리듯 쓰다듬었다. 머리가 헝클어진 채 연주는 약간 뾰로통한 얼굴로 입술을 비죽였다. 그런 연주의 모습마저 사랑스럽다는 표정으로 쳐다보며 그가 말했다.

"우리 데이트할래?"

"데이트?"

"응. 데이트."

"갑자기 웬 데이트?"

뜬금없는 제안 때문에 얼떨결에 묻기는 했지만, 솔직히 갑작스러울 것도 없었다. 오히려 늦었다면 늦은 감이 있는 데이트 신청이었으니까.

"우리 사귄 이후로 제대로 된 데이트 한 번 못 해 봤잖아."

그의 두 눈에 미안한 마음이 가득 담겨 있었다. 연주는 주원을 안타깝게 바라보며 차분하게 입을 열었다.

"그렇게 매사에 미안한 표정 짓지 마."

말을 멈추고 잠시 숨을 고르던 연주가 주원의 입술에 자신의 입술을 가볍게 포개었다가 떼어 냈다.

"넌 자책하는 모습보다 잘난 척하는 모습이 더 멋있으니까."

조금 전의 대담했던 행동은 모두 꿈이었다는 듯 얼굴을 붉힌 연주가 살짝 시선을 피하며 말했다.

"진짜 잘나기도 했고……."

그녀의 말이 끝나기 무섭게 주원의 두 손이 연주의 얼굴을 부드럽게 감쌌다. 짧지만 달콤한 입맞춤이 시작되었다.

잠시 후 입술이 떨어지자 연주는 조금 멍한 얼굴로 주원을 바라보았다. 그는 무슨 생각을 하고 있는지 알 수 없는 얼굴로 그녀를 쳐다보고 있었다.

"더 해도 돼?"

"어, 어?"

기습적인 물음에 연주가 당황한 기색을 감추지 못하고 애매하게 답했다. 그러자 주원이 달콤한 목소리로 말했다.

"네가 너무 좋아서 안 되겠어."

쿵. 주원의 달달한 한마디에 연주는 심장이 떨어지는 것만 같았다.

심장이 바닥으로 추락한 뒤 거세게 쿵쾅거리는 느낌. 생소하지만 나쁘지 않은 느낌에 연주는 머리가 멍해졌다.

"키스해도 돼?"

"그, 그게……."

연주는 얼굴을 붉히며 대답을 망설였다. 그러나 주원은 그녀가 제대로 생각할 틈도 주지 않았다. 그저 짧게 통보할 뿐.

"3초 안에 거절 안 하면 허락한 걸로 알게. 1, 2, 3……."

주원의 입술이 연주의 입술을 부드럽게 덮쳤다. 연주는 입 안으로 들어온 주원의 따뜻한 숨결에 자연스럽게 눈이 스르륵 감기고 온몸에 힘이 빠지면서 정신이 나른해졌다.

그날, 주원과 사무실에서 했던 키스는 연주에겐 잊지 못할 또 하나의 키스로 자리 잡았다.

❋　　　　❋　　　　❋

어젯밤, 사무실에서 있었던 일만 생각하면 아직도 얼굴이 빨갛게 달아오르는 연주였다. 아무리 모두가 퇴근한 시각이라고 해도 신성한 사무실에서 키스를 하다니! 자신이 뭔가에 씌었던 게 분명하다며 자책을 하던 것도 잠시, 조용하던 연주의 휴대폰이 울렸다.

〈도착하셨어요?〉

짤막한 메시지 한 통이 와 있었다. 연주는 재빨리 도착했다는 답장을 보낸 후 잠시 멈춰 있던 두 다리를 부지런히 움직였다.

그녀는 아침부터 애절하게 데이트 신청을 해 온 주원도 뿌리치고 회사에서 퇴근하기 무섭게 한 병원에 와 있었다.

"연주 씨."

갑작스럽게 들려온 목소리에 연주는 재빨리 뒤를 돌아보았다. 꽤나 익숙한 인물이 시야에 들어왔다.

"아, 정우 씨."

바로 주원의 친구이자 이 병원의 레지던트인 정우였다.

"오랜만이에요, 정우 씨."

연주가 밝게 웃으며 인사를 건네자 정우 역시 미소를 지으며 이에 응해 주었다.

"그러네요."

예의를 벗어나지 않는 선에서 적당한 대화들이 이어졌다.

대화를 나누며 걷다 보니 금세 병원 안에 있는 휴게실에 도착했다.

정우가 자리를 찾아 앉자 그를 따라 맞은편에 앉은 연주가 곧장 본론을 꺼냈다.

"전보다 심해진 건가요?"

연주의 표정은 정말 심각해 보였다. 마치 시한부 선고라도 받은 듯한 얼굴에 정우는 가볍게 고개를 저어 보였다.

"그런 건 아닙니다. 그저 상태를 알고 계셔야 할 것 같아서요."

연주는 그제야 한시름 놨다는 얼굴이었다. 자신과 사귄 후로 주원의 편두통과 빈혈이 더 악화됐으면 어쩌나 싶어 불안했기 때문이다.

"오히려 상태가 빠르게 좋아지고 있는 편이라 놀랐어요. 원래 이런 경우가 흔치 않거든요."

말문을 연 정우는 차근차근 연주가 알아들을 수 있도록 주원의 병에 대해 설명하기 시작했다.

꽤 긴 내용이었으나 간단하게 정리하자면 스트레스를 덜 받고, 약만 제때 먹는다면 충분히 완치가 가능한 상황이라는 말이었다.

"다행이네요."

연주가 밝게 웃으며 말했고 정우는 간단한 설명을 덧붙였다.

"아마 연주 씨와 사귄 후로 스트레스도 덜 받고, 치료도 성실하게 받아서 좋은 결과가 나온 것 같습니다."

그의 말처럼 주원은 요즘 스트레스의 영향을 상당히 덜 받고 있는 편이었다. 얼마 전까지 구 회장이 연주에게 해코지라도 하는 것은 아닐까 싶어 불안해하던 것을 생각하면 참으로 놀라운 일이었다.

주원이 스트레스를 덜 받게 된 것은 전적으로 연주에 대한 믿음 덕분이었다. 정우 역시 그 사실을 알고 있었기에 이 자리를 마련한 것이었다.

"크게 걱정하실 것 없단 말씀드리려고 오늘 뵙자고 했어요. 아, 저는 이만 가 봐야 할 것 같네요."

말을 마친 정우가 자리에서 일어났다. 연주 역시 그를 따라 자리에서 일어나며 말했다.

"이해하기 쉽게 설명해 주셔서 감사했어요. 덕분에 주원이랑 한결 가까워진 느낌도 들고, 여러 가지로 감사했습니다."

"별말씀을요."

고개를 꾸벅 숙이며 인사하는 연주를 향해 정우가 인사를 건네는 것을 끝으로 두 사람은 헤어져 각자의 갈 길을 갔다.

12
너와 함께한 시간

병원에서 나온 직후 곧장 집으로 귀가하려던 연주의 계획은 수포로 돌아가고 말았다. 갑작스럽게 전화를 건 우주가 마카롱을 사다 달라고 부탁했기 때문이다.

평소 같았으면 직접 사 먹으라며 쏘아 버리고 말았겠지만 이번에는 그럴 수 없었다. 사 오지 않으면 이대로 쭉 연주의 집에 눌러앉아 버리겠다며 협박을 해 왔기 때문이다. 누가 집주인이고 누가 손님인지 분간이 가지 않는 상황에 연주는 머리가 아파 왔다.

작게 한숨을 내쉰 연주가 카페에 들어섰다. 주문을 하기 위해 카운터로 다가가는데 뒤에서 낯익은 목소리가 그녀의 이름을 불렀다.

"서연주 씨?"

왠지 익숙한 목소리에 가볍게 고개를 돌린 연주는 조금도 반갑지 않은 상대와 마주하게 되었다.

"서현 씨?"

서현이 주문한 커피를 손에 든 채 연주를 쳐다보고 있었다. 연주를 쳐다보는 그녀의 눈빛은 곱지 않았다. 그럼에도 애써 태연한 척하며 자연스럽게 말을 걸어왔다.

"와, 진짜 서연주 씨네? 우리 정말 운명이기라도 한가 봐요?"

서현의 말대로라면 자신의 운명은 참으로 기구하다는 생각이 들었다.

서현은 잠시 이야기를 나눌 것을 제안했고 연주는 순순히 이를 받아들였다.

"연주 씨는 참 말귀를 못 알아듣는 타입인가 봐요?"

연주가 주문한 초코 스무디를 들고 자리에 앉자마자 서현이 꺼낸 말이었다. 물론 좋은 소리를 할 거라는 생각은 하지 않았지만 다짜고짜 공격적으로 말하는 그녀의 태도가 불쾌했다.

"말귀를 못 알아듣는 게 아니라, 들을 가치가 없는 말을 안 듣는 거죠."

차분하게 한 방을 날리는 연주의 말에 서현은 표정을 싸늘하게 굳히더니 들고 있던 커피의 뚜껑을 연 후 그것을 그대로 연주에게 끼얹었다.

그러자 반쯤 남아 있던 커피와 아직 다 녹지 않은 얼음들이 연주에게 쏟아졌다. 덕분에 얼굴은 물론이고 입고 있던 옷 이곳저곳에 얼룩이 생겼다.

"가정 교육이 얼마나 형편없었으면 이렇게 교양이 없을까."

서현은 들고 있던 잔을 테이블에 내려놓고는 아무 일도 없었다는 듯 태연하게 말을 이어 가기 시작했다.

"지금 그 모습, 서연주 씨한테 가장 잘 어울려요. 못 배우고 자란 티 제대로 나는 게."

말을 마친 서현은 앓던 이가 빠진 사람처럼 개운한 얼굴로 자리에서 일어났다.

"그럼 전 바빠서 이만. 부디 다음에는 이런 식으로 볼 일이 없길 바랄게요."

서현이 연주에게 향해 있던 시선을 거두고 뒤를 돌아 카페에서 걸어 나가려던 순간, 그녀의 머리 위로 차가운 무언가가 쏟아졌다.

"꺄악!"

반사적으로 비명을 지르며 머리카락을 만지니 까만색의 끈적이는 액체가 손에 묻었다. 달달한 향기가 나는 초코 스무디였다. 서현은 있는 힘껏 눈에 힘을 주며 연주를 노려보았다. 그녀의 등 뒤에 서 있던 연주가 차분한 얼굴로 입을 열었다.

"그러는 서현 씨는 어떤 교육을 어떤 식으로 받고 자랐는지 모르겠지만 참 형편없는 사람이네요."

차분하고도 싸늘한 한마디를 마친 연주는 그길로 카페를 나섰다. 마카롱을 사야 한다는 생각 따위는 날아가 버린 지 오래였다.

머릿속이 복잡해 그저 발길이 닿는 대로 걸었다. 대체 자신이 뭘 잘못했다고 이런 일을 당해야 하는 걸까 싶어 억울했다. 가장 화가 나는 건 가정 교육을 운운한 서현의 태도였다.

아무리 못 잡아먹어서 안달이 난 원수지간이라 할지라도 가족은 절대 건드려서는 안 되는 존재였다. 그런데 서현은 기어이 가정 교육을 운운하며 연주의 가족을 건드렸다. 자신이 밉고, 싫으면 본인한테만 뭐라고 하면 되는 거지 왜 남의 가족을 건드리는 걸까.

자신으로 인해 가족까지 욕보인 것 같아 힘없이 걸으며 한참을 정처 없이 방황하고 있는데 뒤에서 누군가가 연주의 손목을 잡았다. 서현이 여기까지 따라온 것인가 싶어 저도 모르게 표정을 굳히고 싸늘하게 일갈했다.

"서현 씨가 이렇게까지 구질구질할 줄은 몰랐네요."

"널 이렇게 만든 게 윤서현이야?"

연주의 예상과 달리 그녀의 손목을 붙잡은 사람은 다름 아

닌 주원이었다. 꽤 열심히 달려온 것인지 가쁜 숨을 몰아쉬
며 연주를 쳐다보는 그의 눈빛에는 꽤나 복잡한 감정이 담겨
있었다.

"여긴 어쩐 일이야?"

서현에게 말했던 것과 다른 목소리로 연주가 애써 아무렇
지 않은 척 물었다. 주원은 차를 타고 가다가 우연히 그녀를
발견했고 계속해서 불렀지만 소리도 못 듣고 생각에 잠긴 채
걷는 연주가 아슬아슬해 보여 그대로 달려왔다고 대답했다.

연주는 주원의 말에 고개를 끄덕였다.

그는 자신의 주머니에서 손수건을 꺼내 들었다. 척 보기에
도 고급스러워 보이는 손수건으로 주원은 연주의 얼굴과 머
리카락 등을 닦았다. 하지만 이미 찐득해진 커피의 잔여물은
좀처럼 말끔하게 닦아지지 않았다.

일단 커피를 씻어 낼 만한 곳으로 가야 할 것 같았다. 주
원은 여전히 손수건으로 연주의 머리카락을 닦아 주며 말했
다.

"일단 가자."

짤막한 주원의 말에 연주가 가볍게 고개를 끄덕였다. 언
제까지고 길 한복판에서 커피 얼룩이나 닦고 있을 수는 없는
노릇이었으니까. 일단 어디로 들어가는 게 좋을 것 같았다.

연주의 승낙을 받아 낸 주원은 그대로 연주의 한쪽 어깨에
손을 두르고 다른 한 손으로는 손수건을 든 채 걷기 시작했

다. 걷는 틈틈이 연주의 옷에 묻은 커피 얼룩을 닦아 내기 위해 노력하는 것도 잊지 않았다.

주원의 차 앞에 도착하자 그가 재빨리 차 문을 열어 연주를 태웠다. 차가 출발하기 직전 연주의 손에 손수건을 쥐여 준 후로 주원은 괜찮냐, 특별히 다친 곳은 없느냐며 끊임없는 질문을 했다.

끝이 없는 주원의 질문에 일일이 대답하다 보니 연주는 지금 어딜 가는 거냐고 물으려던 것조차 잊어버렸다.

열심히 연주에게 질문을 던지던 주원은 얼마 안 가 목적지에 도착했음을 알렸다.

"들어와. 우리 집이야."

주원의 집은 남자 혼자 사는 집치고 꽤나 깔끔한 편이었다. 과장을 조금 보태자면 집 안에서 축구를 해도 될 만큼 넓었다. 덕분에 연주는 주원의 집에 첫 발을 내디딘 순간부터 5초에 한 번씩 감탄사를 내뱉었다.

"우와."

벌써 몇 번째인지 알 수 없는 연주의 감탄사에 주원은 괜히 뿌듯해지는 기분이 들었다. 태어나서 단 한 번도 자신의 것을 남에게 과시해 본 적이 없는 주원이었으나 오늘만큼은 달랐다. 연주가 두 눈을 빛낼수록 기분이 좋아져서 더 열심히 설명해 주고 싶었다.

"진짜 대단하다."

"이 정도로 뭘."

연주의 감탄과 칭찬에 주원은 겉으로는 아무렇지 않은 척했지만 속으로는 당장 집을 뛰쳐나가 승리의 세레머니라도 할 수 있을 것 같았다.

한참 집 구경을 하던 두 사람은 거실로 나왔다. 주원은 연주에게 잠시 기다리라고 말한 후 브랜드 로고가 적힌 여러 개의 종이봉투를 들고 나왔다. 봉투 안에는 각각 깔끔한 디자인의 블라우스와 치마, 재킷, 원피스 등의 여성 의류들이 종류별로 갖춰져 있었다.

심지어 몇 벌은 연주가 평소 즐겨 입는 스타일이었다. 한눈에 봐도 고급스러워 보이는 옷들에 연주가 두 눈을 크게 뜨고 주원을 바라보았다. 설명을 요구하는 연주의 눈빛에 주원은 조금 멋쩍은 얼굴로 입을 열었다.

"계속 그러고 있을 수는 없으니까 거기 있는 옷으로 갈아입어."

안 그래도 갈아입을 옷을 사야겠다는 생각을 하긴 했었는데, 먼저 배려를 해 주니 연주의 입장에서는 매우 고마운 일이었다. 그러나 고마운 마음과는 별개로 의문이 생겼다.

"너 혹시 여동생이라도 있어?"

포털 사이트에 올라와 있는 주원의 가족 관계를 떠올려 보았으나 아무리 생각해도 여동생이 있다는 내용을 본 기억은 없었다. 연주의 짐작대로 주원은 가볍게 고개를 저었다. 덕분에 연주는 새롭게 고개를 드는 의문을 입 밖으로 꺼냈다.

"그럼 이 옷들은 다 뭐야?"

대체 주원이 이 여성스러운 옷들을 갖고 있는 이유가 뭘까. 연주는 아무리 생각해 봐도 그 이유를 짐작할 수 없었다.

"그게 사실은……."

그동안 연주에게 선물하기 위해 주원이 조금씩 사 두었던 옷들이었다. 백화점에 갔다가 연주에게 잘 어울릴 것 같다거나, 즐겨 입는 스타일과 비슷하다는 생각이 들면 무조건 사서 집에 갖다 두곤 했다. 선물하기 위해 산 것들이었지만 막상 주려니 쑥스럽기도 하고 마땅한 타이밍도 찾지 못해서 집에 방치해 둔 것이다.

그런데 이런 식으로 제 주인을 찾아가게 될 줄이야.

"너한테 잘 어울릴 것 같아서 사 둔 거야."

"이 옷들을 전부?"

"보이는 대로 사다 보니……."

연주는 그가 나름대로 정성스럽게 골라 준 것 같다는 생각이 들자 마냥 부담스럽다고 생각했던 옷들이 특별하게 느껴지기 시작했다.

"고마워."

고맙다며 생긋 웃는 연주의 모습을 보니 좋아 죽을 것만 같았으나 아무렇지 않은 척 애써 담담하게 미소만 짓는 주원이었다. 연주는 가장 심플한 디자인의 옷들을 골라 그가 안

내해 준 방으로 들어갔다.

주원은 그녀가 방에서 나오면 함께 마실 만한 것을 찾아보기 시작했다. 그때 갑작스럽게 휴대폰 벨소리가 울리기 시작했다. 혹시 업무와 관련된 전화일까 싶어 서둘러 발신자를 확인한 주원이 표정을 굳혔다. 구 회장으로부터 온 전화였기 때문이다.

이번엔 또 무슨 일일까 싶어 한숨이 절로 나왔지만 전화를 받지 않을 수는 없었다.

"여보세요."

―내일 퇴근 후 회장실로 오거라.

전화를 받자마자 들려오는 일방적인 통보에 주원은 저도 모르게 인상을 찌푸렸다. 내일은 모처럼 외근이 없어 퇴근 후에 연주와 함께 시간을 보낼 계획이었다. 정말 오랜만에 찾아온 귀하디귀한 기회를 이대로 날릴 생각을 하니 속에서 열불이 나는 것 같았지만 어쩔 수 없었다. 괜히 이를 거절했다가 연주에게 피해가 가서는 안 되니까.

"알겠습니다."

주원의 짤막한 대답을 끝으로 전화는 끊어졌다. 밥은 먹고 다니는지, 일은 힘들지 않은지 등의 안부 인사 따위는 기대하지도 않았지만 제 아버지는 참으로 냉정한 사람이었다.

처음 겪는 일도 아니건만 새삼스럽게 속이 쓰려 왔다. 부모의 애정 따위는 완전히 포기했다고 생각했는데, 지금 보니 아직도 마음 한구석에 포기하지 못한 마음이 남아 있는 모양이다. 그 사실이 너무도 비참했다.

쓰린 속을 달래기 위해 술이라도 한잔할까 싶어 냉장고를 뒤적이는데 뒤에서 따뜻한 온기가 느껴졌다. 시선을 내리자 허리를 감고 있는 작은 팔이 주원의 눈에 들어왔다. 연주가 뒤에서 자신을 끌어안은 것이다.

연주가 옷을 갈아입고 방문을 열자 통화를 하고 있는 주원의 모습이 보였다. 상대방의 목소리가 들리지는 않았지만 딱딱하게 굳어 있는 그의 표정을 통해 구 회장일 거라고 생각했다. 그녀의 우려처럼 간단한 통화가 끝나자 그의 표정은 한층 더 안 좋아져 있었다. 휴대폰을 잡고 있는 주원은 절벽 위에 위태롭게 서 있는 사람 같았다.

무엇보다 연주의 마음을 가장 아프게 하는 것은 익숙하다는 듯 다시 덤덤하게 돌아온 주원의 모습이었다. 지금까지 늘 이런 상황 속에서 살아온 탓에 이제는 체념해 버린 듯한 모습이 연주의 가슴 한쪽을 아리게 만들었다.

그래서 연주는 어설픈 말로 위로를 건네는 대신 조용히 주원을 안아 주는 쪽을 택했다. 어떤 말도 위로가 되지 못할 것 같았기에 한 선택이었다.

✳   ✳   ✳

주원의 집에 갔던 날 이후로 연주는 그와 제대로 된 대화 한 번 나누지 못했다. 그가 너무도 바빴기 때문이다. 물론 연주 역시 함께 일하는 입장이었으니 한가한 건 아니었지만 주원은 유난히 바쁜 나날을 보내고 있었다.

그의 집에 갔던 바로 다음 날은 오랜만에 사무실에 있나 했더니 퇴근하자마자 구 회장을 만나러 갔고, 그다음 날은 하루 종일 외근을 나갔다가 늦은 시각이 되어서야 퇴근했다. 무슨 신입 사원을 이렇게 굴리나 싶다가도 신입이니 시키는 대로 해야 하는 건가 싶기도 했다.

연주는 작게 한숨을 내쉬며 자신의 옆자리를 바라보았다. 주원의 빈자리가 더욱 생생하게 그녀의 시야에 자리 잡았다. 오늘도 그는 외근을 나간 상태였다. 조금 전 확인한 문자 메시지를 보니 어김없이 퇴근이 늦을 것 같다는 내용이었다.

연주는 저러다가 건강이 상하는 건 아닌지 걱정이 앞서면서도 자신이 사내 연애를 하는 게 맞나 싶은 생각마저 들었다. 말만 사내 연애고, 자리만 옆자리지 진짜 옆에 있는 순간은 손에 꼽을 정도이니 말이다. 그녀는 다시 한 번 한숨을 내쉬려다가 이내 작게 고개를 저었다. 토요일에 있을 주원과의 첫 데이트를 떠올리며 힘을 내기로 마음먹은 것이다.

바빠질 것을 미리 알고 있었던 것인지 주원은 연주를 자신의 집에 초대한 그날 데이트 신청을 했다. 이번 주 토요일에는 꼭 데이트를 하자고, 남들이 다하는 데이트 우리도 좀 해 보자고.

연주는 그의 말에 당연히 찬성했고, 뭘 하고 싶냐는 주원의 물음에 영화를 보고 싶다고 대답했다. 마침 보고 싶었던 영화가 있었기 때문이다. 주원은 연주의 말에 한 번 작게 웃더니 자신은 뭐든 좋다며 고개를 끄덕였다. 두 사람의 첫 데이트는 속전속결로 결정되었다.

드디어 내일이면 데이트 약속이 있는 토요일이다. 연주는 오로지 그 생각으로 하루를 버텼다. 퇴근 시간이 다가오자 지난번처럼 한 대리의 타깃이 되지 않도록 재빨리 퇴근을 하리라 다짐한 연주는 슬슬 다른 사원들의 눈치를 보기 시작했다.

다행스럽게도 모든 사원들이 퇴근 준비를 하는 눈치였다. 팀장인 시후도 퇴근한 후였기 때문에 연주는 크게 눈치를 보지 않고 제시간에 퇴근을 할 수 있었다. 왠지 일이 잘 풀리는 것 같아 기분 좋게 회사 건물을 나서는데 갑작스럽게 휴대폰 벨소리가 울렸다.

"여보세요?"

기분이 상당히 좋은 상태였기 때문에 연주는 평소와 달리 발신자의 이름도 확인하지 않고 재빨리 전화를 받았다.

—나야, 서정이.

"갑자기 웬일이야?"

연주가 꽤나 의외라는 듯 그렇게 물었다. 이달 말까지 바쁘다고 했던 서정이 전화를 걸 줄은 몰랐기 때문이다.

—웬일이긴! 네가 하도 연락이 없으니까 내가 먼저 전화한 거지! 왜 이리 전화 한 통이 없냐?

"너 원래 한 번 일 들어가면 연락 못 하잖아. 이번에도 그런 줄 알고 안 했지."

서정은 어떤 일에 집중하기 시작하면 그 일에만 몰두하는 타입이었다. 좋게 말하자면 집중력이 뛰어난 거고, 나쁘게 말하자면 주변에 소홀할 때가 많은 편이었다.

—아이고. 잘 나셨네요, 아주. 그때랑 지금이랑 상황이 같냐?

"다를 건 또 뭔데?"

—그땐 없었지만 지금은 있는 게 있잖아.

"뭐가?"

—아, 이 답답아. 네 남자 친구 말이야! 너 이제 임자 있는 몸이잖아!

서정이 답답해 죽겠다는 듯 소리를 쳤다. 휴대폰 너머로 속 터진다는 얼굴로 가슴을 두드리고 있을 서정의 모습이 그려지는 듯했다.

"음, 그렇긴 하지. 근데 그거랑 네가 전화한 거랑 무슨 상관인데?"

연주는 정말 모르겠다는 얼굴로 대답했다. 그러자 서정이 한숨을 한 번 푹 내쉬더니 말을 잇기 시작했다.

—아니, 데이트를 어디에서 했다. 스킨십은 어디까지 했다. 이런 걸 왜 안 알려 주냐고! 궁금해 돌아가시겠는데!

결국 서정이 전화를 건 진짜 목적은 주원과 잘 되어 가고 있는지에 대해 묻기 위함이었던 모양이다.

평소에는 바쁜 시기에 먼저 연락을 하면 받지도 않고, 죄다 무시하기 일쑤더니 이런 식으로 먼저 관심을 보일 줄은 몰랐다. 이걸 좋아해야 하나 말아야 하나 고민하던 찰나 서정의 재촉이 이어졌다.

—그래서 어떻게 됐어? 키스는 했니?

시작부터 거침없는 서정의 질문에 연주는 얼굴이 빨갛게 달아오르는 것을 느꼈다. 얘가 진짜 미쳤나.

—키스했냐니까!

서정은 조금도 아랑곳하지 않고 귀가 다 얼얼할 정도로 소리를 지르기 시작했다. 연주는 서정의 목소리가 주변에 들릴까 봐 음량을 낮춘 후 서둘러 대답했다.

"했어."

—어머, 어머. 서연주, 너 의외로 앙큼하다?

"아, 진짜! 뭐라는 거야."

호들갑을 떨어 대는 서정의 말에 연주가 적당히 대꾸하자 그녀가 또 다른 질문을 던졌다.

—데이트는 어디서 했어? 밥은 뭐 먹었고?

나름 평범한 질문에 연주가 망설임 없이 빠르게 대답했다.

"아직 데이트는 한 번도 못 했어. 밥도 당연히 못 먹었고."

연주의 대답에 휴대폰 너머가 일순간 조용해졌다. 그러나 얼마 안 가 다시 서정의 목소리가 들려오기 시작했다.

—그건 또 무슨 소리야?

흥분한 서정의 목소리를 들으며 연주는 조금 의아했다. 서정이 대체 어느 부분에서 저렇게 화를 내는 것인지 도무지 알 수 없었기 때문이다.

—안 되겠어. 우리 지금 당장 만나. 너 퇴근했지?

"하긴 했는데. 지금 만나자고? 당장?"

연주는 진심으로 당황해 물었다. 서정이 지금 당장 자신을 만나자고 했다는 사실이 믿기지 않았기 때문이다. 한창 바쁜 시기에 그녀가 먼저 만나자는 말을 꺼낸 건 이번이 처음이었다.

—왜? 선약 있어?

"그런 건 아니지만. 너 바쁘지 않아?"

—안 바빠. 바빠도 나갈 거고!

결국 연주는 조금 얼떨떨한 기분으로 서정과 만나기로 했고, 서둘러 약속 장소인 카페로 향했다. 혹시 서정이 단순한 변덕을 부린 건 아닐까 싶어 가는 도중에 수시로 휴대폰을 확인했으나 약속이 취소되는 일은 없었다.

"여기야!"

오히려 연주는 약속 장소에 먼저 나와 음료수를 미리 주문한 채 자신을 반기는 서정의 모습을 볼 수 있었다. 낯설기 그지없는 모습에 자신의 눈앞에 있는 게 서정이 아닌 건 아닐까 싶은 생각이 들 정도였다. 아니면 자신이 제정신이 아니거나.

그러나 평소 자신과 서정이 즐겨 마시는 음료를 주문한 것도 그렇고, 다짜고짜 근황을 털어놓는 모습 역시 영락없는 서정이었기에 연주는 머릿속을 헤집어 놓은 생각을 곱게 접었다. 연주가 복잡한 머릿속을 정리하고 있을 때 서정은 슬슬 본론으로 들어가려는 듯 먼저 말을 꺼냈다.

"안부 인사는 여기까지 하는 걸로 하고. 너 아까 한 말 진짜야? 키스는 했는데, 데이트는 못 했다는 거?"

대체 왜 초점이 거기에 맞춰지는 걸까. 연주는 서정을 이해할 수 없다는 얼굴로 쳐다보며 말했다.

"왜 그렇게 키스에 집착하는 거야?"

"키스에 집착하는 게 아니라, 데이트 한 번 못 해 봤다는 사실에 집착하는 거야. 솔직히 그게 말이 되니?"

아무래도 서정에게 중요했던 부분은 키스가 아닌 데이트였던 모양이다. 뭐, 확실히 남들이 들으면 이상하게 생각할 수도 있긴 했다. 스킨십은 했는데 데이트는 한 적 없는 커플. 그러나 두 사람의 관계는 단순하게 단정 지을 수 없는 면이 있었다.

"네가 무슨 생각을 하고 있는지 알 것 같아. 뭘 걱정하는 건지도."

"알면 속 시원하게 말 좀 해 봐. 네 남친, 진짜 괜찮은 사람인 거 맞아?"

심각한 얼굴로 묻는 서정에게 연주는 그가 주환그룹 회장의 아들이라는 것과 최근에 알게 된 이야기들을 전부 털어놓았다. 이야기를 들을수록 애매해지는 서정의 표정을 보며 마지막으로 한 가지를 덧붙이는 것도 잊지 않았다.

"그리고 데이트라면 내일 하기로 했어."

"뭐? 그거 진짜야?"

연주의 한마디에 서정의 얼굴에 화색이 돌았다. 서정이 가장 신경 쓰고 있던 부분을 연주가 정확하게 짚어 낸 모양이었다.

"응. 만나서 영화 보기로 했어."

"그렇다면 뭐, 허락할게."

자신이 부모님이라도 된 것처럼 말하는 서정을 보며 연주는 작게 웃었다. 이러니저러니 해도 진정으로 자신을 생각해 주는 친구는 서정밖에 없다는 생각이 들었기에.

"너 내일 입고 나갈 옷은 있어?"

"어, 그러게?"

연주의 말에 서정이 어이없다는 얼굴로 그녀를 쳐다보았다. 연주는 미처 생각하지 못했다는 듯 난감하게 웃었다.

"하는 수 없지. 옷 사러 가자. 명색이 첫 데이트인데 아무

347

거나 주워 입고 나갈 수는 없잖아?"

말을 마친 서정은 연주가 뭐라 대답을 하기도 전에 자리에서 일어나 연주를 잡아끌었다. 그리고는 재빨리 카페를 나섰다.

서정을 따라 오랜만에 나온 시내는 사람들로 북적였다. 아무래도 금요일인 탓에 이리도 사람이 많은 모양이었다. 이러다가 실수로 서정을 놓쳐 미아가 되어 버리는 건 아닐까 싶은 생각을 할 때 서정이 그녀를 한 가게로 이끌었다.

가게 안은 전체적으로 깔끔한 분위기를 풍겼다. 진열된 옷들은 깔끔하고 단정한 스타일부터, 전체적으로 화려하고 독특한 디자인의 옷들까지 있어 선택의 폭이 넓은 편이었다.

"어떤 스타일이 좋아?"

서정의 말에 연주는 잠깐 고민에 빠졌다. 자신이 늘 입는 스타일이야 정해져 있었지만 데이트를 할 때도 비슷한 스타일의 옷을 입고 나가는 건 너무 밋밋해 보이진 않을까 걱정되었다. 하지만 평소와 다른 스타일을 시도하자니 뭘 어떤 식으로 입어야 할지 도무지 감이 잡히지 않았다.

"깔끔한 것도 좋긴 한데 약간 색다르게 입어 보자."

연주의 고민을 눈치챈 서정이 화사한 듯 깔끔한 디자인의 원피스를 집어 연주에게 건네주었다. 원피스의 무늬는 전체적으로 심플했지만 밝은 색감이 들어가 한층 화사해 보였다.

"예쁘긴 한데 너무 화려한 것 같지 않아?"

거울을 보며 자신의 몸에 원피스를 대보던 연주가 한 말이었다. 확실히 평소 무채색의 옷들을 즐겨 입었던 연주에게는 꽤나 과감한 도전이었다.

"별로야? 그럼 이거 내가 산다?"

서정이 그렇게 말하며 원피스를 빼앗아 가려던 순간 연주가 겨우 입을 열었다.

"누, 누가 별로래? 그냥 좀 화려한 것 같다고 했지……."

연주의 말에 서정은 어이가 없다는 듯 피식 웃으며 입을 열었다.

"하여간 쓸데없이 솔직하지 못한 건 여전하다니까."

"별로라고 하진 않았잖아. 그냥 화려한 것 같다고 했지."

연주는 서정에게 원피스를 빼앗길까 서둘러 계산대로 달려가 계산을 했다. 확실히 서정이 보기에도 놓치기 아까운 원피스이기는 했다. 입는 사람에 따라 달라지는 게 옷이었지만 말이다. 계산을 마친 연주가 밝은 얼굴로 서정에게 다가오며 말했다.

"가자."

입이 귀에 걸린 것을 보니 원피스가 어지간히도 마음에 들었던 모양이다. 서정은 오랜만에 보람찬 일을 한 것 같아 뿌듯한 마음으로 가게를 나섰다.

옷가게를 나온 이후에는 오히려 연주가 더 적극적으로 서정을 끌고 다니기 바빴다. 시내를 구경하며 다양한 것들을 보고, 즐겼다.

두 사람은 연주가 고른 원피스와 어울릴 것 같은 구두, 카디건까지 구입한 후 헤어졌다. 서정이 쇼핑을 마치기 무섭게 당장 집에 가서 푹 자라며 연주의 등을 떠밀었던 것이다. 덕분에 연주는 예상외로 이른 귀가를 할 수 있었다.

❋   ❋   ❋

일찍 잠이 든 덕분인지, 아니면 첫 데이트에 대한 기대감 때문인지 연주는 알람을 맞췄던 시간보다 두 시간 정도 일찍 일어났다. 일어나자마자 샤워를 하고 어제 산 노란색 원피스를 입은 뒤 화장까지 하는 연주의 모습을 보며 우주가 한마디 내뱉었다.

"오늘 데이트하러 가냐?"

"응, 어제 옷도 샀어. 이거 어때?"

놀리려는 의도로 한 말이었는데 순순히 긍정하는 연주의 모습을 보며 우주는 왠지 제가 당한 것 같은 기분을 지울 수 없었다. 그래서 객관적으로 대답하는 대신 심술을 부리는 쪽을 택했다.

"호박에다가는 뭘 입혀도 호박이지, 뭐."

"이게! 야, 죽을래?"

한 손으로 주먹을 쥐는 연주를 보며 우주는 가소롭다는 듯

혀를 쏙 내밀었다. 연주는 그의 아이 같은 행동이 어이가 없어 한 번 노려본 후 화장을 했다.

그 시각, 주원은 퀭한 얼굴로 외출 준비를 하고 있었다. 연주와의 첫 데이트에 대한 설렘으로 인해 한숨도 자지 못했다. 며칠 동안은 일만 하고, 잠도 제대로 자지 못한 탓에 죽을 것 같았는데 막상 어제 마음껏 잘 수 있는 시간이 주어지자 잠이 오지 않았다.

무려 연주와의 첫 데이트였다. 그녀와 함께하는 모든 순간이 주원에겐 의미 있었지만 사귄 이후로 갖는 오로지 둘만의 시간이라 더욱 설레고 소중했다. 특히 지금처럼 구 회장이 두 사람의 만남을 방해하려고 하는 상황에서는.

구 회장은 요즘 주원에게 일부러 많은 업무를 주며 신입사원 놀이는 그만두고 정식으로 경영자 수업을 받으라며 압박해 왔다. 하지만 그는 그럴 생각이 없었기에 오히려 보란 듯이 많은 일들을 해내고 있었다.

그나마 다행인 것은 구 회장이 법정 공휴일인 오늘만은 주원에게 업무를 안겨 주지 않았다는 사실이었다. 주원은 첫 데이트 기회를 그런 식으로 날리지 않았다는 생각에 진심으로 안도했다.

옷을 갈아입은 주원이 손목에 차고 있던 시계를 확인했다. 지금 출발한다면 약속 시간보다 넉넉하게 도착할 수 있을 것이다.

약속 시간 10분 전에 도착하는 게 기본적인 예의라고 생각했다. 그랬기에 제 시간을 낭비하면서까지 누군가를 기다리는 일은 하지 않았다. 구 회장을 닮아 스스로의 시간을 소중하게 생각하는 면이 있었기 때문이다.

그러나 오늘만큼은 예외였다. 오늘 그가 만나야 할 사람은 연주였고 그녀만큼은 주원의 철학이 통하지 않는 상대였으니까.

약속 시간보다 30분 정도 일찍 도착한 연주가 느긋한 걸음으로 영화관에 들어섰다. 생애 첫 데이트라 설레는 마음으로 너무 일찍 출발한 덕분에 느긋하다 못해 느릿한 걸음으로 왔음에도 시간이 많이 남았다. 덕분에 영화관 위층에 위치한 오락실에서 시간이라도 때워야 하나 고민하고 있는데 뒤에서 낯익은 목소리가 들려왔다.

"서연주?"

뒤를 돌아보니 평소에 입던 것과 전혀 다른 스타일의 옷을 완벽하게 소화하고 있는 주원이 연주를 바라보고 있었다. 늘 회사에서 정장을 입은 모습만 봐 와서 몰랐는데 지금 보니 캐주얼한 스타일의 옷도 제법 잘 어울리는 것 같았다. 하긴, 옷걸이가 남다른데 뭔들 안 어울릴까.

"생각보다 일찍 왔네?"

"뭐, 그냥 어쩌다 보니……."

주원은 덤덤한 척 미소를 짓고 있었지만 마음속은 이미 통제 불가 상태였다. 영화관에 들어오는 연주를 본 순간 저도 모르게 숨 쉬는 방법을 잊어버릴 만큼 그녀는 무척 예뻤다.

오늘 입은 노란색의 원피스는 마치 따스한 봄을 머금고 있는 것처럼 산뜻한 느낌이었다. 겉에 입은 베이지색의 카디건도 잘 어울렸고, 구두 역시 옷들과 조화를 이루고 있었다. 전체적인 연주의 느낌은 마치 한 마리의 병아리 같았다. 귀엽고 청초한 병아리.

"영화 시작하려면 멀었을 텐데, 우리 뭐할까?"

병아리가 주원에게 말을 걸었다. 특별할 것 없는 평범한 한마디도 어찌 그리 예쁘게 들리는지. 주원은 연주의 이야기를 듣는 내내 넋을 잃은 표정이었다. 너무 예뻐서. 사람이 맞나 싶어서.

"괜찮아?"

그럴 때마다 연주는 그를 걱정했다. 얼굴도 퀭해 보이는 게 잠을 못자서 피곤한 것도 같고, 몸이 안 좋은 것도 같았다. 데이트를 다음으로 미룰까 하는 생각마저 들었다.

"많이 힘들면 오늘은 그냥 집에 갈까?"

연주의 말에 주원은 기겁을 하며 오늘이 아니면 절대 안 된다는 듯이 두 손을 내저었다.

"아니야. 괜찮아. 그냥 화장실이 좀 급해서 그랬어."

차마 네가 너무 예뻐서 정신을 못 차렸다고 말할 수는 없었기에 궁색하게도 화장실이 급했다는 변명을 하는 주원이었다. 다행스럽게도 그의 변명에 연주는 어느 정도 납득하는 기색을 보였다.

"그렇다면 다행이지만."

그녀는 기다릴 테니 어서 화장실에 다녀오라는 듯 주원을 떠밀었다. 주원은 연주를 놔두고 화장실에 가고 싶은 마음이 조금도 없었으나 일단 던져 놓은 변명을 수습하기 위해 화장실로 향했다. 떨어지지 않는 발걸음을 억지로 재촉하면서.

화장실에 들어온 주원은 거울을 통해 자신의 상태를 확인했다. 연주에게만큼은 언제나 자신이 보여 줄 수 있는 가장 완벽하고, 멋진 모습만을 보여 주고 싶었다. 전체적인 자신의 상태가 양호함을 확인한 주원이 서둘러 화장실 밖으로 나왔다.

그런 주원을 기다리고 있는 것은 아주 불쾌한 상황이었다. 웬 사내놈 두 명이 연주를 둘러싸고 번호를 달라는 듯 각자의 휴대폰을 내밀고 있었던 것이다.

"저, 그쪽이 완전 제 이상형이시라서요."

"완전 인형 같아요."

되도 않는 느끼한 눈빛까지 보내며 연주를 찬양하고 있었다. 저들이 하는 연주의 찬양에는 주원 역시 동의하는 바였지만 그럼에도 껄떡대는 건 마음에 들지 않았다.

"죄송하지만 남자 친구가 있어서요."

연주는 주원의 질투가 무색하게도 단호한 태도를 보이며 돌아섰다. 그러나 그들은 순순히 포기하지 않았다.

"괜히 비싸게 굴지 말고, 그냥 번호 좀 주시죠?"

"맞아. 어차피 남자 친구랑 천년만년 갈 것도 아닌데."

이젠 자연스럽게 말까지 놓으며 귀찮게 했고, 그녀는 난처한 얼굴로 어떻게 해야 하나 고민했다. 바로 그때 주원이 나타나 연주의 어깨에 자연스럽게 한 손을 두르며 입을 열었다.

"댁들은 남자 친구 있는 여자한테 질척거리는 취미라도 있나 보지?"

주원의 차가운 한마디에 남자들은 더 이상 말을 잇지 못했다. 수적으로 우세하기는 했지만 그가 뿜어내는 위압감이 장난이 아니었던 것이다.

무엇보다 주원은 차마 자신들은 넘볼 수 없을 정도로 훤칠한 외모를 가지고 있었다. 그것도 매우 압도적으로.

엇비슷한 수준의 상대라면 몰라도 질 것이 뻔한 게임이었다. 판단을 마친 그들이 자리를 피하려던 찰나 그가 두 사람의 어깨에 각각 자신의 한 쪽 팔을 두르며 작게 말했다.

"내 여자 친구는 남들한테 비싸게 굴어도 돼. 세상에서 가장 특별한 여자니까."

갑작스러운 주원의 말에 두 사람은 순간적으로 멍한 표정을 짓다가 이내 조금 전에 자신들이 했던 대사를 떠올리고는 사색이 되었다. 두 남자의 반응을 본 이후에도 주원의 말은 멈추지 않았다.

"그리고 난 내 여자 친구랑 천년이 됐든 만년이 됐든 잘 먹고, 잘 살 거야. 그러니까 쓸데없는 오지랖 그만 부리고 당장 꺼져."

당장 꺼지지 않으면 인근 뒷산에 생매장이라도 할 기세였기에 두 남자는 서둘러 도망치듯 떠났다. 그제서야 주원은 만족스러운 미소를 지으며 연주에게 돌아왔다.

"무슨 얘기한 거야?"

그들이 헐레벌떡 도망을 친 탓에 주원이 무슨 대화를 나눴는지 궁금해진 연주였다. 그녀의 물음에 주원이 순순히 대답했다.

"다시는 내 여자 친구 건들지 말라는 경고."

다른 사람이 했다면 손발이 오그라들고도 남을 대사였지만 그 말을 한 사람이 주원이었던 덕분에 연주의 손발은 무사했다. 오히려 가슴이 조금 뛰는 것 같은 달콤한 기분이 들었다.

영화가 시작한 후 금세 영화에 몰입한 연주와 달리 주원은 전혀 집중을 할 수가 없었다. 자신의 옆에 앉아 있는 연주의 존재 때문이었다. 아무것도 안하고 그저 옆에만 있을 뿐인데 심장이 미칠 듯이 뛰었다. 심장병이라도 걸린 걸까 싶은 생각이 들 정도로 거세게 뛰는 탓에 그는 진심으로 자신의 건강 상태를 의심했다.

전체적인 감각 기관부터 온몸에 있는 세포 하나까지 모두 연주의 반응을 주시하고 있었다. 연주가 웃는 모습, 진지한 얼굴로 화면을 뚫어져라 쳐다보는 모습, 눈물을 글썽이는 모습, 모든 것이 주원의 눈동자에 담겨졌다. 영화가 상영되는 내내 그녀만 관찰하고 있었다.

물론 들키지 않도록 적당히 곁눈질을 하면서 말이다. 반쯤 넋을 놓은 상태로 연주만 바라보던 주원은 순간적으로 깜짝 놀라 소리를 지를 뻔했다.

그녀가 팝콘을 잡기 위해 손을 더듬던 도중 두 사람의 손이 아주 잠깐 닿았기 때문이다. 손을 잡았다고 하기에도 민망할 정도로 짧은 찰나의 스침이었지만 주원의 심장은 이상 현상을 보이며 미친 듯이 뛰어 댔다.

영화에 집중을 하기는커녕 혼자 서연주 관찰 일기를 찍고 온 주원이었으나 후회는 없었다. 오히려 자신이 태어난 이후로 지금까지 본 모든 영화들 중에서 가장 알찬 영화였다는 생각을 하며 상영관을 빠져나왔다.

하지만 연주는 그런 주원의 속을 조금도 알지 못한 채 영화의 여운에서 헤어 나오지 못한 듯 해맑은 얼굴로 입을 열었다.

"진짜 재밌었어, 그치?"

"응. 진짜 좋았어."

'네가' 라는 뒷말은 속으로 삼킨 주원이 자연스럽게 웃어 보이며 입을 열었다.

"우리 이제 밥 먹으러 갈까?"

"나야 좋지. 뭐 먹을래?"

뭘 먹을지 잠깐 고민하던 주원이 초밥은 어떠냐는 말을 입 밖으로 내려던 찰나 손에 들고 있던 휴대폰이 울리기 시작했다. 전화가 온 것 같았지만 주원은 걸려 온 전화를 받을 생각이 없었다. 연주와의 데이트를 방해받고 싶지 않았으니까.

그의 생각을 눈치챈 연주가 한발 빠르게 행동했다.

"여보세요?"

주원의 손에 있던 휴대폰을 낚아챈 후 재빨리 전화를 받은 것이다. 주원은 조금 황당해하면서도 참으로 그녀답다는 생각을 했다. 그런데 연주의 표정이 심상치 않았다. 전화를 받고는 금방이라도 울 것 같은 얼굴을 하고 있었다.

"너 왜 그래?"

크게 당황한 주원이 다급하게 묻자 연주는 대답 대신 휴대폰을 주원에게 넘겨주었다.

"당신 누구야?"

재빨리 전화를 받은 주원이 그렇게 묻자 상대가 차분한 목소리로 대답했다.

―윤 비서입니다.

그리고 이어진 윤 비서의 말에 주원의 얼굴이 새하얗게 질려 갔다.

―……회장님께서 쓰러지셨습니다.

13
너에게 가는 길

주원은 곧장 병원으로 달려왔다. 무슨 정신으로 달려왔는지는 스스로도 알 수 없었다. 그저 머릿속이 하얗고, 아무 생각도 들지 않았다.

연주는 곁에서 울 것 같은 얼굴로 괜찮을 거라는 말만 반복했다. 주원은 그녀의 말을 믿고 싶었다.

"응급 수술 중이십니다."

복도에서 대기하고 있던 윤 비서에게 구 회장의 상태를 물어보자 돌아온 대답이었다. 주원의 어두워진 표정을 본 윤 비서는 가벼운 수술이라고 서둘러 덧붙였지만 이미 주원에겐 아무 말도 들리지 않았다. 연주는 주원의 곁을 지키며 말없이 그의 손을 잡아 주었다.

두 시간 후, 수술을 마친 구 회장이 중환자실로 옮겨졌다. 초조함과 불안감에 떨고 있던 주원은 수술이 성공적으로 끝났으니 걱정할 것 없다는 주치의의 말을 듣고 나서야 안도할 수 있었다.

"자, 이거 받아. 기운 내려면 뭐라도 먹어야지."

어느 틈에 사 온 것인지 연주가 삼각 김밥과 커피 우유를 들고 와 주원에게 건넸다. 그러고 보니 병원으로 급하게 오느라 끼니를 챙길 생각도 하지 못했었다.

주원은 수술이 끝나기를 기다리느라 배가 고픈 줄도 몰랐지만 그녀는 아니었을 텐데. 자신이 먼저 챙겨 주지 못한 게 미안했다.

"수술 잘 끝났다니까 다 괜찮을 거야."

연주는 그를 다독이며 말했고 주원 역시 아무 일도 없을 거라고 스스로를 위로했다.

주원의 모습을 지켜보던 그녀가 바로 지척에 서 있는 윤 비서를 발견하고는 입을 열었다.

"난 이만 가 볼게."

"어?"

연주의 말에 주원이 놀란 얼굴로 고개를 들었다. 그리고는 바로 근처에 있던 윤 비서를 발견했다. 뭔가 중요한 이야기를 하기 위해 온 것 같은 얼굴이었다.

첫 데이트를 이런 식으로 끝내게 된 것이 미안했지만 어쩔 수 없는 상황이었기에 주원은 떨어지지 않는 입을 억지로 열었다.

"미안해. 명색이 첫 데이트인데 이런 식으로 보내서."

"아니야. 어쩔 수 없는 상황이잖아."

연주는 정말 아무렇지도 않다는 듯 웃어 보이며 손사래를 쳤다. 그녀의 모습에 더욱 마음이 안 좋아진 주원이 재빨리 입을 열었다.

"집까지는 못 데려다줄 것 같으니까 병원 앞까지만 데려다줄게."

"됐거든요? 난 괜찮으니까 어디 가지 말고 회장님 곁이나 지켜."

그 말을 끝으로 연주는 재빨리 자리를 떠났고, 주원 역시 더 이상 붙잡지 않았다.

두 사람의 모습을 곁에서 조용히 지켜보고 있던 윤 비서가 차분하게 입을 열었다.

"많이 변하신 것 같습니다."

많은 뜻을 담은 한마디에 주원이 작게 웃었다. 본인도 이런 스스로의 변화가 놀라운데 다른 사람들의 눈에는 오죽할까 싶었던 것이다.

대놓고 티를 내지는 않았으나 윤 비서는 크게 놀라고 있는 중이었다.

분명 몇 달 전까지만 해도 자신이 알던 주원은 이런 사람이 아니었다. 절친한 친구인 정우를 제외하고는 그 어떤 사람에게도 사적인 시간을 투자하지 않는 사람이었다. 모처럼 맞이하는 휴일을 타인에게 할애하는 행동 같은 건 단 한 번도 하지 않았다. 그럴 필요가 없었고, 그럴 가치가 없다고 판단했을 테니까.

그런 점에서는 구 회장을 아주 쏙 빼닮은 주원이었다. 스스로 만든 선을 지키기 바빴던 그가 황금 같은 휴일에 여자와 함께 있었다는 사실이 큰 충격으로 다가왔다.

"그런데 윤 비서님, 제게 하실 말씀이 있었던 거 아니셨나요?"

"아, 네."

그의 뜻밖에 행동에 놀라 잠깐 딴생각을 하던 윤 비서가 이내 정신을 차리고 서둘러 대답했다. 주원의 행동이 큰 충격이었던 것은 사실이지만 지금은 그보다 더 중요한 문제가 있었다.

"회장님이 쓰러지신 이유에 대해 말씀드리겠습니다."

꽤나 비장한 윤 비서의 말에 주원은 조금 의아한 얼굴로 입을 열었다.

"고혈압 때문이 아니었나요? 워낙 혈압이 높으셨으니 당연히 그것 때문일 거라고 생각했는데."

"혈압 때문은 맞습니다만, 그것 때문만은 아닙니다."

윤 비서는 반은 맞고, 반은 아니라는 듯 애매한 표정으로 말을 이어 갔다.

"완영그룹 쪽에서 이번 입찰 건에 손을 댔다는 사실을 아신 후 저렇게……."

"완영그룹에서요?"

주원은 윤 비서의 입에서 나온 완영그룹이라는 말에 크게 놀랐다.

완영그룹은 주환만큼은 아니었지만 그 규모가 대한민국에서 열 손가락 안에 들어갈 정도로 큰 기업에 속했다. 그리고 완영그룹의 회장이 바로 서현의 부친이었다.

그는 후계자인 자신의 아들보다 딸인 서현을 더 아끼는 것으로 유명했는데, 그 사랑은 상상을 초월했다. 후계자인 아들은 엄격하고 강하게 키운 반면, 딸인 서현은 하늘에 있는 별이라도 따 줄 것처럼 애지중지하며 키웠다. 그는 그녀가 갖고 싶어 하는 것은 뭐든 다 갖게 해 주어야만 직성이 풀렸다.

그런 윤 회장의 모습을 보며 사람들은 완영그룹이 망한다면 저 지독한 딸 사랑 때문일 거라고 뒤에서 험담을 하기도 했다.

주원 역시 윤 회장의 성격을 잘 알고 있었기 때문에 더욱이 상황을 이해할 수 없었다. 자신과 서현의 혼담이 오가고 있는 상황에서 주환을 건드려 봤자 완영이 얻을 것은 없었으니까.

완영의 배신에 충격을 받은 구 회장이 쓰러지기는 했으나 수술은 잘 끝났고 그는 곧 일어날 것이 분명했다. 게다가 이번 입찰 건 정도는 주환그룹에게 큰 타격을 주지 못했다. 오히려 이번 일로 인해 주원과 서현의 혼담이 깨진다면 완영그룹의 입지는 더욱 좁아질 것이었다.

아무리 생각해도 완영그룹에서 이런 무모한 짓을 벌인 이유를 알 수 없었다. 그렇기에 윤 회장의 의도가 궁금했다. 주원의 의문은 때맞춰 걸려 온 한 통의 전화로 해소되었다.

"여보세요."

—여, 여보세요?

낯선 번호로부터 걸려 온 전화를 받자 휴대폰 너머로 익숙한 목소리가 들려왔다. 이 모든 일의 원흉으로 짐작되는 서현의 목소리였다.

"네가 지금 나한테 전화할 자격이 있다고 생각해?"

더없이 냉랭한 목소리가 주원의 입을 통해 휴대폰 너머로 전해졌다. 그러자 크게 당황한 서현이 제대로 말을 잇지 못했다.

그녀의 태도에 더욱 짜증이 난 주원이 싸늘하기 그지없는 목소리로 물었다.

"다 네가 한 짓이야?"

—오빠, 우리 일단 만나서 얘기하자. 내가 다 설명해 줄게, 제발. 한 번만, 한 번만 만나자. 응?

"내가 널 왜 만나? 네 말을 어떻게 믿으라고."

간절하게 애원하는 서현의 목소리에도 주원은 냉정하게 대꾸했다. 서현의 행동은 친한 동생이라며 눈감아 줄 수 있는 선을 넘어 버렸다. 이건 주원이 넘어가고 싶다고 해서 넘어갈 수 있는 문제가 아니었다. 물론 그냥 넘어갈 생각도 없었지만.

혼담이 오고갈 정도로 끈끈한 관계를 자랑했던 완영그룹에게 뒤통수를 맞아 놓고 이대로 넘어간다면 주환그룹의 명성이 바닥에 떨어질 것은 불 보듯 뻔했다. 그러니 이번 일을 본보기로 삼아 주환의 건재함을 다시 한 번 세상에 알릴 필요가 있었다.

─아냐, 오빠! 나, 난 그저 아빠한테 오빠가 날 너무 홀대한다고……. 진짜 그 말밖에 안 했어. 믿어 줘!

이어서 들려온 서현의 말에 주원은 자신의 짐작이 맞았음을 확인했다. 참으로 기가 막힐 노릇이었다. 아무리 딸을 아끼는 윤 회장이라지만 고작 서현의 한마디에 이런 식으로 주환그룹을 등지다니. 정말이지 멍청하고도 어리석은 선택을 했다.

─오, 오빠? 끊은 거 아니지? 오빠?

잠깐의 침묵에도 불안한 목소리로 말하는 서현이 어이가 없어 주원은 작게 웃으며 말했다.

"어, 안 끊었어. 근데 이제 끊어야겠다."

차디찬 목소리로 대꾸하는 주원의 말에 그녀는 더욱 애절한 목소리로 호소하기 시작했다.

―뭐? 오, 오빠 내 말 안 믿는 거야? 난 진짜 아무것도 몰랐어. 진심이야!

뒤늦은 호소 따위 주원에겐 조금도 통하지 않았다. 여전히 차가운 온도를 유지한 주원의 목소리가 서현의 귓가를 울렸다.

"네가 몰랐다고 해서 달라지는 건 없어, 윤서현. 이 일이 아니었어도 너랑 난 어떻게든 끝났을 운명이니까."

―오빠!

"다신 어떤 일이 있어도 전화하지 마. 이만 끊는다."

말을 마친 주원은 단 1초의 망설임도 없이 전화를 끊었다. 그리고는 구 회장이 누워 있는 중환자실을 바라보았다. 자신과 서현의 결혼을 가장 바랐던 구 회장으로 인해 두 사람의 관계가 끝나 버린 것이 참으로 아이러니했다.

❉   ❉   ❉

수술이 성공적으로 끝난 덕분에 구 회장은 금세 의식을 회복했다. 아직은 침대를 떠날 수 없는 신세이기는 했으나 빠르게 회복하고 있었다. 하지만 여전히 일은 할 수 없는 상태였다.

주원은 며칠 동안 이른 아침부터 늦은 밤까지 구 회장의 공백을 메우기 위해 눈코 뜰 새 없이 일해야만 했다.

아직 정식으로 후계자 수업을 받은 적은 없었지만 꾸준한 실무를 통해 어느 정도 기반을 다져 둔 덕분에 금세 적응해 나갈 수 있었다. 인정하기는 싫었지만 어렸을 적부터 구 회장에게 칭찬받기 위해 해 왔던 공부들이 큰 도움이 되기도 했고 말이다.

주원이 주환그룹의 차기 회장으로서의 역할을 착실하게 수행해 나가고 있는 동안 구 회장은 중환자실에서 VIP 병실로 옮겨졌다. 그만큼 순조롭게 건강이 회복되고 있다는 의미였다.

"안녕하세요, 회장님!"

"너는 오지 말라고 분명히 말했던 것 같은데?"

다소 짜증스러운 구 회장의 말에 연주는 그러다가 또 쓰러지시면 어쩌려고 화를 내시냐며 자연스럽게 그의 말을 맞받아쳤다.

구 회장도 은근히 걱정이 되었던 것인지 더 이상 연주에게 뭐라 하지 않았다. 병실을 옮긴 후 두 달 동안 하루도 거르지 않고 매일 찾아오는 연주의 행동에 슬슬 체념하기 시작한 구 회장이었다.

연주는 나름 온순해진 그의 반응을 보며 작게 웃었다. 처음 뵀을 때만 해도 이렇게 귀여운 면이 있는 줄 몰랐다는 생각이 들었다.

물론 그런 연주의 생각을 듣는다면 주변 사람들 모두가 기함하겠지만.

어느새 자연스럽게 의자를 가져와 옆에 앉은 뒤 사과를 깎는 연주의 모습에 구 회장은 이해할 수 없다는 얼굴로 입을 열었다.

"왜 이렇게 끈질기게 구는 거지?"

"뭐가요?"

연주의 물음에 구 회장은 정말 몰라서 묻냐는 표정으로 입을 열었다.

"어차피 난 이제 이빨 빠진 호랑이에 불과해. 그러니 네가 이런다고 해서 달라지는 건 없어."

그렇게 말하는 구 회장의 심정은 상당히 복잡해 보였다. 갑작스러운 병으로 인해 모든 것을 잃어버린 남자의 얼굴. 구 회장은 지금 딱 그런 얼굴을 하고 있었다. 연주는 그런 구 회장의 마음을 이해할 수 없었다.

"꼭 무언가가 달라져야 한다고 생각하진 않아요."

"아무래도 내 말을 이해하지 못한 모양인데, 네가 여기서 날 돌본다고 한들 떨어질 보상 같은 건 없어. 어차피 주원이는 너랑 결혼할 테니까."

조금 절박하게까지 들리는 구 회장의 말에 연주는 사과를 깎던 손을 멈추고 그를 바라보았다. 그리고는 천천히 입을 열었다.

"주원이가 주환그룹의 회장이 된다고 해도 회장님이 주원이의 아버지라는 사실은 변함이 없잖아요."

"넌 나랑 그 녀석의 관계를 잘 모르니까 그런 말을 할 수 있는 거야. 내가 지금까지 그 애한테 어떻게 했는데!"

"본인이 잘못하셨다는 걸 알고 계신다니, 그나마 다행이네요."

연주는 담담하게 대꾸하며 구 회장을 향해 웃어 보였다. 만약 구 회장이 스스로의 잘못을 끝까지 인정하지 않았다면 아무리 주원의 부친이라고 해도 조금 실망했을 테지만 그는 자신의 잘못을 알고 있었다.

"회장님이 잘못하신 건 맞지만. 주원이는 이대로 회장님을 저버릴 만큼 모질지 못해요."

그러니 매일 밤 구 회장이 잠들었을 시각에 그의 상태를 확인하기 위해 몰래 병실에 들르는 거겠지. 가뜩이나 바빠서 잘 시간도 없으면서. 거기까지 생각을 마친 연주가 작게 한숨을 내쉬었다.

솔직하게 걱정된다고 말하지 못하는 주원이나, 미안하다고 사과하지 못하는 구 회장이나 그녀가 보기엔 다 똑같아 보였다. 어째서 제삼자인 자신에게만 솔직한 심정을 털어놓는 건지.

"이번엔 회장님이 먼저 주원이에게 손을 내밀어 주세요."

벌써 일주일째 비슷한 맥락의 말을 반복하고 있는 연주였다.

하지만 그때마다 돌아오는 것은 구 회장의 침묵이었다. 오늘의 상황 역시 별반 다르지 않았다. 구 회장이 그대로 입을 닫아 버린 것이다.

결국 오늘도 틀렸다 싶었던 연주가 인사를 하고 병실을 나가려는 순간이었다.

"잠깐."

구 회장이 연주를 불러 세웠다. 그녀가 재빨리 뒤를 돌아보았자 구 회장이 물었다.

"뭘 어떻게 하면 되는 거지?"

연주는 두 달간 매일 같이 병원에 간 보람이 전혀 없지는 않았다고 생각하며 버스를 기다렸다. 퇴근 시간과 겹친 탓에 바글바글한 사람들 속에서 버스를 기다리고 있을 때였다.

"서연주 씨."

갑작스럽게 자신을 부르는 목소리가 들려왔고 뒤를 돌아보자 조금 초췌해진 얼굴을 한 서현의 모습이 보였다.

"서현 씨?"

연주가 조금 놀란 얼굴을 하자 그녀가 덤덤하게 말했다.

"잠깐 얘기 좀 할 수 있을까요?"

썩 내키지 않는 제안이었으나 서현의 얼굴에 딱히 악감정이 드러나지 않는 것 같아 연주는 일단 고개를 끄덕였다.

"좋아요. 저기 있는 카페에 들어가서 잠깐 얘기해요."

"알았어요."

서현은 그런 연주의 말에 동의했고, 잠시 후 두 사람은 주문한 음료수를 사이에 둔 채 마주 앉게 되었다.

"저번에도 말씀드렸지만 우리가 이렇게 한가하게 앉아서 차나 마실 사이는 아니잖아요? 그러니까 웬만하면 용건만 간단하게 해 주세요."

연주의 단호한 말에 서현은 조금 애처로워 보이기까지 한 얼굴로 입을 열었다.

"내가 오빠를 몇 살 때부터 봐 왔는지 알아요?"

"제가 그걸 알아야 해요?"

다소 뜬금없는 서현의 말에 연주가 차갑게 대꾸했다. 그러자 서현은 여전히 조금 슬퍼 보이는 얼굴로 연주에게 말했다.

"이것만 들어줘요. 그럼 이젠 다시는 서연주 씨 안 찾아올 테니까."

"주원이한테도 다시는 찾아가지 않을 거라고 약속해요. 그럼 들어줄게요."

연주의 말에 서현은 그대로 입을 꾹 다물었다. 흔들리는 눈동자를 보니 망설이고 있는 모양이라고 연주는 생각했다.

"……알았어요."

이내 짧은 한마디를 내뱉는 서현을 보며 연주는 나쁜 짓이라도 한 기분이 들었으나 이를 번복할 생각은 없었다. 서현 역시 연주가 말을 바꿀 것이라는 기대는 하지 않았다는 듯 말을 이어 가기 시작했다.

"5살 때부터 주원 오빠를 알았어요. 그리고 지금까지 자그마치 십몇 년을 오빠만 좋아해 왔어요."

오랜 시간에 걸쳐 이어진 서현의 순정에 연주는 조금 놀랐다. 친한 오빠 동생 사이라는 것 정도는 짐작하고 있었지만 그 정도로 오래된 인연일 줄이야.

"그렇게 열심히 좋아했던 오빠한테 돌이킬 수 없는 피해를 줬어요."

아마 구 회장이 충격을 받아 쓰러진 일을 말하고 있는 것이리라. 서현은 잠깐 뜸을 들이는가 싶더니 다시 입을 열었다.

"그러니까 나도 염치없이 오빠한테 다시 붙을 생각은 없어요."

서현의 표정은 단호했다. 연주는 적어도 이번만큼은 그녀가 거짓을 말하는 것 같지 않다는 생각이 들었다. 그런 결론을 내린 연주에게 갑작스러운 서현의 말이 들려왔다.

"그리고 어차피 오늘 이후로 내가 한국 땅을 밟을 일은 없을 거예요."

"네?"

꽤나 의외인 서현의 말에 연주가 눈을 동그랗게 뜨고 물었다. 그녀는 여전히 체념 섞인 얼굴로 말을 이어 갔다.

"한국에 있으면 계속 오빠가 보고 싶을 것 같으니까 아예 떠나려고요."

서현은 그렇게 말하며 자신의 품에서 뭔가를 꺼내 보여 주었다. 오늘 밤 10시에 뉴욕으로 향하는 비행기 티켓이었다.

"연주 씨가 제가 한국에서 만나는 마지막 사람이 될 거예요."

연주가 이해할 수 없다는 얼굴을 하자 서현은 비행기 티켓을 도로 품속에 넣으며 말했다.

"오빠 꼭 행복하게 해 줘요. 사실 이 말 하려고 얘기하자고 했어요."

서현의 얼굴은 덤덤했고 모든 것을 체념한 듯한 모습도 섞여 있었다.

"전 비행기 시간 때문에 이만 먼저 일어날게요."

"잠깐만요."

연주가 자리에서 일어나려던 서현을 붙잡았다. 서현은 조금 의외라는 얼굴을 했고, 연주는 그녀를 보며 입을 열었다.

"그…… 잘 지내요. 좋은 사람 만나고요."

그런 연주의 말에 서현은 조금 놀란 듯 눈을 크게 떴다가 이내 옅은 미소를 띠우며 말했다.

"걱정 마요. 오빠보다 훨씬 더 좋은 사람 만날 테니까."

"그런 사람은 세상에 없으니까 그냥 적당히 좋은 사람 만나요."

연주가 말하며 웃자 서현 역시 작게 웃었다.

두 사람은 나란히 카페를 나섰고 서현은 그렇게 떠나갔다.

✳   ✳   ✳

서현과 헤어지고 집으로 돌아와 샤워를 마치고 나온 연주는 왠지 모를 시원섭섭한 마음과 함께 생각이 많아졌다. 그녀에게 좋은 감정을 가졌던 것은 아니었으나 오랜 시간 주원을 좋아했다는 사실만큼은 대단하다는 생각이 들었다.

서현과의 만남을 생각하며 젖은 머리를 수건으로 말리는데 문자가 한 통 도착했다. 지금 집 앞인데 잠깐 나올 수 있냐는 주원의 문자였다. 아직 9시밖에 되지 않았는데 용케 시간이 났구나 싶어 연주는 알았다고 답하며 서둘러 나갈 준비를 했다.

아무래도 병원에 가기 전에 잠깐 들른 모양이었다. 보통 10시가 넘어서야 퇴근해서 병원으로 출발했으니 아마 맞을 것이다.

가지고 있는 옷들 중 편하면서도 예뻐 보일 것 같은 카디건을 걸친 연주가 서둘러 집을 나섰다. 그러자 집 앞 작은 벤치에 앉아 있는 주원의 모습이 눈에 들어왔다.

오랜만에 보는 주원의 뒷모습에 괜히 장난기가 발동한 연주는 그를 놀라게 해 주기 위해 일부러 발소리를 죽여 천천히 다가갔다. 하지만 주원이 먼저 뒤를 돌아보자 연주는 민망함을 감출 수 없었다.

"저, 이건 말이야……."

뭔가 변명을 하기 위해 말을 꺼내려던 찰나였다.

"보고 싶었어."

순식간에 연주의 몸이 앞으로 쏠리며 주원의 품에 쏙 안겼다. 조금 얼떨떨하기는 했지만 오랜만에 안긴 그의 품은 따스하면서도 든든했다.

얼마간 말없이 서로를 안고 있던 주원과 연주는 어느 순간 약속이라도 한 것처럼 자연스럽게 거리를 벌리며 떨어졌다. 두 사람 사이를 비집고 들어온 잠깐의 침묵은 연주가 먼저 입을 열면서 자연스럽게 사라졌다.

"어쩐 일이야?"

"너무 보고 싶어서 왔어."

자연스럽게 흘러나온 주원의 말에 연주는 괜히 민망해졌다. 진지하기 그지없는 주원의 표정을 보니 빈말은 아닌 것 같았지만 괜히 쑥스러워졌다.

뭐라고 대답을 해야 할까 망설이고 있는데 주원이 먼저 입을 열었다.

"우리 잠깐 드라이브나 갈까?"

갑작스러웠으나 나쁘지 않은 제안에 연주는 흔쾌히 고개를 끄덕이며 물었다.

"어디로 갈 건데?"

"네가 가고 싶은 곳 어디든지."

"약간 우유부단한 발언인데?"

가고 싶은 곳이라. 결국 잠깐의 고민 끝에 결정을 내린 연주가 입을 열었다.

"한강으로 가자. 바람 쐬고 싶어."

연주의 한마디로 인해 두 사람은 차를 타고 한강까지 오게 되었다. 차 안에서 쐬는 강바람은 부쩍 한여름에 가까워져 가는 날씨 때문에 후텁지근해진 몸을 선선하게 식혀 주었다.

그와 더불어 캄캄한 밤하늘과 대비되며 찬란하게 빛나는 다리의 불빛들이 연주의 시선을 사로잡았다. 새까만 밤을 다양한 빛으로 곱게 수놓는 한강의 야경은 그야말로 은은한 분위기를 자아냈다. 그 속을 알 수 없을 정도로 까맣지만 은은하게 물결치는 강도, 물 위를 부드럽게 미끄러져 가는 유람선도 연주의 눈에는 아름답기만 했다.

연주는 쭉 서울에서 살았으나 야경을 보기 위해 일부러 한강에 온 적은 없었다. 덕분에 제대로 한강의 야경을 본 것은 이번이 처음이었다. 연주는 아름다운 야경을 보는 것도 기뻤지만, 이 순간을 주원과 함께하고 있다는 사실이 더 기뻤다.

비록 사소한 것일지라도 사랑하는 사람과 함께한다면 그 어떤 것보다 특별하게 느껴지기 마련이니까.

"진짜 예쁘다."

연주는 저도 모르게 감탄했고, 주원은 그녀의 말에 한강에 도착한 후 처음으로 입을 열었다.

"잠깐 걸을까?"

"그래도 돼? 많이 늦었잖아."

시계는 이미 10시 반을 가리키고 있었다. 지금 당장 출발하더라도 병원에 도착하면 11시 반이 넘을 것이 분명했다. 그렇게 되면 주원이 쉴 수 있는 시간이 거의 없다고 봐야 했다. 하지만 그는 그런 것 따위 상관없다는 듯 단호하게 대꾸했다.

"응. 괜찮아."

"그럼 나가자."

차에서 내린 두 사람은 나란히 강을 따라 인적이 드문 길을 걷기 시작했다. 부드럽게 불어오는 강바람이 좋았고, 주원과 함께 길을 걷고 있다는 사실도 좋았다. 그런 생각을 하며 기분 좋게 길을 걷는데 갑작스러운 그의 목소리가 들려왔다.

"오늘 하루는 어땠어?"

주원의 말은 단순한 안부가 아니라 정말 그녀의 일상이 어땠는지를 궁금해하는 것처럼 들렸다. 연주는 오늘 하루 자신이 어떻게 지냈는지, 뭘 먹었는지 등의 소소한 일상을 털어놓았다. 연주의 말이 거의 끝나갈 무렵 주원이 다시 한 번 입을 열었다.

"미안해."

정확한 의미를 알기 힘든 그 한마디에 연주는 하던 말을 멈추고 주원을 바라보았다. 여러 가지 감정이 뒤섞여 뭐라 딱 정의하기 힘든 얼굴을 하고 있는 주원의 모습이 오늘따라 뭔가 이상했다. 불안감에 휩싸인 연주가 재빨리 입을 열었다.

"뜬금없이 무슨 소리야?"

단순한 장난으로 넘기기에는 주원의 표정이 너무나 어두웠기에 연주는 더욱 불안감에 휩싸였다.

말도 안 되는 가정이었지만 혹시 자신에게 이별을 고하러 온 건 아닐까 싶은 불길한 예감이 들었다. 뭔가를 숨기고 있는 듯한 태도도 그렇고, 미안해 죽겠다는 얼굴을 하고 있는 것도 그렇고 느낌이 좋지 않았다. 혹시라도 행복하게 해 줄 자신이 없으니 그만 헤어지자는 소리를 하러 온 것이라면 그녀는 절대 그 말에 순순히 따라 줄 생각이 없었다.

그런 생각이 들자마자 아름답기만 했던 한강의 야경도 더 이상 눈에 들어오지 않았다. 주원이 자신에게 무슨 말을 하려고 이러는 건지 고민하기 바빴다.

연주의 고민을 알아채기라도 한 듯 꾹 다물려 있던 주원의 입이 열렸다.

"너 혼자 고생하게 해서 미안해. 그리고 앞으로도 고생하게 만들 것 같아서 미안해."

"아니, 대체 뭐가 미안……."

연주의 말이 끝나기도 전에 주원이 그녀를 품에 끌어안으며 말했다.

"우리 결혼하자."

상상치도 못한 주원의 말에 연주는 온 세상이 그대로 정지한 것 같은 기분이 들었다. 저도 모르게 눈물이 주르륵 흐르기 시작했다. 조금 전까지 이별을 통보받는 건 아닐까 싶어 불안에 떨었던 자신이 바보같이 느껴졌다. 주원은 조금씩 흐느끼며 울고 있는 연주의 모습을 보며 난처하다는 듯 말했다.

"눈물 한 방울 안 흘리게 해 주겠다고 약속하려 했는데, 아무래도 안 되겠네. 벌써 울려 버렸으니."

주원은 그렇게 말하며 연주의 눈가에 흐르던 눈물을 조심스레 닦아 주었다. 연주는 조금 매서운 눈빛으로 그를 노려보며 입을 열었다.

"흑. 무슨 프러포즈를, 흐윽. 이런 식으로, 흐엉. 해! 헤어지자는 줄, 흐윽. 알고, 놀랐잖아!"

힘겹게 말을 마치고 꺽꺽대며 서럽게 우는 연주를 다정하게 토닥이던 주원이 미안하다는 듯 얼굴을 긁적이며 입을 열었다.

"나도 모르게 긴장해서 분위기 잡은 거였는데, 네가 오해할 줄은 몰랐지."

"모, 흐읏. 몰라! 흐엉."

"알았어. 내가 다 잘못했어. 이왕 이렇게 된 거 솔직하게 말할게."

말을 마친 주원은 엉엉 울고 있는 연주를 다시 한 번 제품 안에 안고 다독이며 말을 이어 갔다.

"난 지금처럼 일이 바쁘다는 핑계로 널 혼자 두고 외롭게 할지도 몰라."

그는 이제 단순한 그룹의 후계자가 아니라 엄연한 그룹의 대표였다. 한 회사를 이끌고, 직원들을 책임져야 하는 대표. 그런 중요한 자리에 오른 이상 책임과 의무는 필수였다.

"어쩌면 중요한 순간에 네 곁에 없을 수도 있어."

그게 결혼기념일이 될 수도 있고, 그녀의 생일이 될 수도 있다. 회사를 책임지기 위해 노력하다가 약속을 잘 지키지 못하는 거짓말쟁이 남편이 될지도 모른다. 주원은 그렇게 말하고 있었다.

"하지만 이거 하나만큼은 약속할게."

주원이 주머니에서 작은 상자를 꺼냈다. 척 보기에도 고급스러운 자그마한 상자를.

그는 한쪽 무릎을 꿇고 연주를 향해 상자를 열어 보였다.

안에는 다이아몬드가 박힌 반지가 반짝이며 빛을 내고 있었다.

"나한테 있어서 언제나 1순위는 너라는 거."

회사를 위해 노력하는 성실한 대표이기 전에 서연주라는 여자를 최우선으로 생각하는 성실한 남편이 되겠다고 말하고 있었다.

"나랑 결혼해 줄래?"

주원은 들고 있던 상자를 연주에게 내밀었다. 그리고는 혹시 그녀가 프러포즈를 거절하지 않을까 싶어 조마조마한 얼굴로 서둘러 덧붙이기 시작했다.

"나 이제 너랑 같은 집에서 잠들고, 같이 눈뜨면서 평생을 살고 싶어."

주원의 눈에 진심이 담겨 있었다. 그것을 너무나 잘 아는 연주였기에 자신을 울게 만든 주원의 프러포즈를 거절할 수 없었다.

"알았어. 흐윽, 하자."

연주의 말이 끝나기가 무섭게 그녀의 작은 손에 다이아몬드가 촘촘하게 박혀 있는 은색의 반지가 끼워졌다. 연주의 작고 새하얀 손에 딱 맞는 아름답고 고급스러운 디자인의 반지였다.

"고마워, 서연주."

주원이 연주의 손등에 가볍게 입을 맞췄다가 뗐다. 그리고는 말을 이었다.

"나한테 와 줘서."

주원은 연주에게 다가가 그녀의 입술을 부드럽게 훔쳤다가 이내 천천히 놓아주었다. 예고도, 전조도 없이 일어난 갑작스러운 입맞춤이었다. 연주는 얼굴을 빨갛게 물들이며 당황했고, 그는 태연하게 웃으며 말했다.

"이젠 안 놔줄 거야."

"뭐? 그게 무슨……."

당황한 연주의 물음은 더 이상 이어지지 못했다. 주원이 다시 한 번 그녀의 입술을 덮쳤기에.

호흡이 가빠질 정도로 길고, 짙은 입맞춤이었다. 양손으로 연주의 얼굴을 붙잡은 주원이 그녀의 입술을 부드럽고도 진하게 누르며 거침없이 헤집기 시작했다.

지금까지 해 왔던 것과는 또 다른 느낌의 키스였다.

✻   ✻   ✻

"나 5월에 결혼하고 싶어."

결혼식에 대해 말하던 중에 나온 연주의 의견이었다. 다른 건 몰라도 결혼이라는 것 자체에 큰 로망이 있었던 그녀 덕분에 자연스럽게 결혼식은 내년 5월에 하는 것으로 결정되었다.

덕분에 하루라도 빨리 연주와 한 집에서 살고 싶어 했던 주원의 꿈은 물 건너갔지만 결혼식 준비는 순조롭게 진행되고 있었다. 거기다가 적극적인 축하는 아니었지만 두 사람의 결혼을 축하해 주는 구 회장의 모습에 연주는 놀라움을 감추지 못했다.

"아버님한테 우리 결혼하는 거 허락받았었어?"

의외라는 얼굴로 묻는 연주에게 주원은 진실을 고백했다.

"너한테 한강에서 프러포즈했던 날, 허락받았어."

주원은 그날 있었던 일을 천천히 설명해 주었다.

연주에게 프러포즈를 하기 위해 주문 제작했던 반지를 찾아 나오던 길이었다. 주원에게 한 통의 전화가 걸려 왔다.

"여보세요?"

—나다.

발신자는 뜻밖에도 구 회장이었는데 타이밍에 절묘해 주원은 크게 당황했다. 순간 뭐라고 해야 할지 망설이다가 겨우 입을 열었다.

"웬일이세요?"

주원의 말에 잠깐 뜸을 들이던 구 회장은 평소보다 작은 목소리로 한마디를 꺼냈다.

—미안했다.

그 뒤에 이어진 말은 없었지만 주원은 구 회장이 건넨 말의 의미를 충분히 이해할 수 있었다.

두 사람의 통화는 거기서 끝이 났다. 구 회장은 별다른 대답 없이 전화를 끊어 버린 주원의 모습에 이미 늦었구나 싶어 한숨을 내쉬었다.

하지만 어쩔 수 없는 노릇이고 자업자득이었다. 지금까지 자신이 주원에게 줬던 상처들을 생각하면 그가 겨우 이 정도로 마음을 열리가 없었으니까. 먼저 손을 내미는 일 따위 하는 게 아니었다는 후회를 하면서.

그러나 그날 밤 주원에게 다시 전화가 걸려 왔을 때 구 회장은 자신의 체면도 잊어버린 채 재빨리 전화를 받았다.

"여보세요?"
—접니다.
"그래. 무슨 일이냐?"
—저 방금 연주한테 프러포즈하고 왔습니다.

주원의 목소리에서는 약간의 떨림과 긴장감이 묻어났다. 혹시 자신이 결혼을 허락하지 않을까 봐 긴장하는 모습이 느껴져 구 회장은 저도 모르게 안도했다. 아직 주원이 자신을 완전히 놓아 버리지 않았다는 의미인 것 같아서.

─허락해 주셨으면 좋겠어요.

주원의 말에 구 회장은 뭐라 말을 해야 할지 고민하다가 이내 작은 목소리로 말했다.

"허락하마. 축하한다."

비록 짧은 몇 마디뿐이었지만 그 두 번의 통화로 인해 오랜 세월 동안 꼬여 있었던 두 사람의 관계가 새로운 방향으로 나아가기 시작했다.

❋   ❋   ❋

결혼 준비로 인해 정신없는 어느 날이었다. 주원이 뜬금없이 연주를 집으로 초대했고, 그녀는 얼떨결에 이에 응했다. 다시 오게 된 주원의 집은 여전히 넓고 깔끔했다.

크게 달라진 점은 없었지만 연주는 집 안을 돌아다니며 구경을 시작했다. 주원이 잠깐 구경하고 있으라고 말한 후 자리를 비웠기 때문이다. 천천히 돌아다니던 중 하나의 방에서 주원을 발견했다.

"구경 다 했어?"

"그건 아니지만 구경은 이제 됐어."

연주는 그렇게 말하며 주원의 옆으로 다가갔다. 어차피 이곳에 온 주된 목적은 그를 보기 위함이었으니 구경 같은 건 아무래도 좋았다.

"이건 뭐야?"

주원이 열심히 보고 있던 상자를 가리키며 연주가 물었다. A4용지의 반 정도 크기의 상자는 오래된 것으로 추측되는 외향과 달리 관리가 잘 되어 있는 듯했다.

아무래도 중요한 물건을 넣어 둔 상자 같다고 연주는 짐작했다.

대체 뭐가 들어있을까 싶어 상자를 요리조리 뜯어보는데 대뜸 주원이 상자를 그녀에게 안겨 주었다. 얼떨결에 상자를 받아든 연주를 보며 주원이 말했다.

"너한테 줄 물건."

"나한테?"

연주가 조금 황당하다는 얼굴로 되묻자 주원이 작게 고개를 끄덕이며 말했다.

"10년 만이네."

"어?"

"돌려주는 거."

여전히 알아들을 수 없는 말을 중얼거리는 주원을 보며 연주는 고개를 갸웃거리다가 그에게 물었다.

"열어 봐도 돼?"

"당연하지."

짤막한 주원의 대답이 떨어지기 무섭게 연주가 상자를 열었다. 그 안에는 상자와 딱 맞는 크기의 책 한 권이 들어있었다. 웬 책인가 싶어 의아한 얼굴로 살펴보는데 저자의 이름이 익숙했다. 다름 아닌 구 회장의 이름이 적혀 있었다.

그러나 구 회장이 직접 썼다는 사실을 제외하면 특별할 것이 없는 책이었다. 연주는 여전히 주원이 자신에게 상자를 준 이유를 알지 못했다. 주원에게로 시선을 옮기던 중 뭔가를 깨달은 듯 연주가 떨리는 목소리로 주원에게 물었다.

"설마 너……?"

태연했던 연주의 표정이 놀라움으로 물들었다. 그 모습을 지켜보던 주원이 작게 웃으며 고개를 끄덕였다.

"드디어 생각난 거야? 이거 좀 섭섭한데?"

"아, 미안……."

주원의 장난스러운 말에 연주가 고개를 숙였다. 잊고 있었던 기억들이 떠올랐다. 10년 전 도서실에서 주원을 만난 것도, 빼앗기듯 책을 빌려줬던 것도.

크게 인상적인 만남은 아니었으나 이런 식으로 잊어버릴 만남도 아니었는데 완전히 잊고 있었다. 연주는 눈앞에 있는 주원의 얼굴을 보며 천천히 그때의 일을 회상했다.

＊　　　　＊　　　　＊

사람에게는 누구나 인생에서 가장 빛나는 순간이 있다. 연주에게는 그 순간이 바로 고등학교에 갓 입학했을 때였다. 중학교 때부터 꾸준히 성적이 좋은 편이었고 덕분에 명문이라고 불리는 사립 고등학교에 진학할 수 있었다. 그때까지만 해도 집안 형편이 그리 나쁘지 않은 편이었기에 가능한 일이었다.

지역에서 공부 좀 한다는 애들만 모아 놓은 학교에서도 연주의 성적은 언제나 원탑이었다. 게다가 객관적으로 봤을 때 연주는 꽤나 다재다능한 학생이었다. 다양한 분야에서 재능을 보였고, 딱히 못하는 것도 없었다. 물론 다른 건 몰라도 성적만큼은 순수하게 스스로의 노력으로 얻어 낸 것이었지만.

친구들이 학원에 가거나 비싼 돈을 주고 과외를 할 때 연주는 혼자 매일 도서실에 남아 공부를 했다. 입시 명문으로 유명한 사립 학교였기 때문에 성적이 높은 학생들은 야간 자율 학습의 여부를 선택할 수 있었고, 연주는 도서실에 가는 것을 선택했다.

이유는 간단했다. 학교에서 공부를 하면 잠깐 화장실에 다녀오거나 매점에 갔다 온 사이에 항상 한두 개씩 소지품이 사라지기 때문이었다. 작게는 펜이나 샤프부터 크게는 공책이나 문제집, 심지어는 교과서가 사라지기도 했다.

딱히 따돌림을 당하고 있는 것은 아니었지만 모든 아이들이 연주를 긍정적인 시선으로 바라보는 것은 아니었다. 당시에는 왜 자신에게 이런 일이 일어나는지 전혀 이해할 수 없었으나 조금 더 자라고 난 후에 그 이유를 알게 되었다.

자신이 남들과 달랐기 때문에 그런 일을 겪었다는 것을.

그러한 이유로 연주는 야간 자율 학습을 하지 않았고 수업이 끝나면 언제나 도서실로 달려가 자리를 잡고 책을 폈다. 입시 명문이라고 불리는 학교였기에 학생들의 도서실 이용률은 더욱 낮았다. 참으로 아이러니한 일이었다.

친구들에게 이에 대해 얘기하면 하나같이 한가하게 책 읽을 시간이 어디 있냐는 대답을 들었다. 언어 영역의 지문을 공부하기 위해 문제집은 열심히 풀면서 정작 책은 읽지 않는다니. 이해가 아닌 암기로 공부해야 수능을 잘 볼 수 있다는 사실이 참으로 서글펐다.

하지만 어쩔 수 없는 일이라고 생각하며 연주는 평소와 같이 도서실로 향했다. 그리고는 적당히 자리를 잡은 후 공부할 책들과 읽으려고 가져온 책을 옆에 두었다. 평상시엔 도서실에 있는 책을 읽는 연주였으나 오늘만큼은 집에 있던 책을 가져왔다.

딱히 별다른 이유가 있었던 것은 아니고, 오늘은 왠지 이 책을 읽고 싶었기 때문이다. 제목만 보고 골라 온 책이었기에 저자가 대기업 주환그룹의 회장이라는 것을 뒤늦게 알게 되었지만 크게 상관은 없었다. 빨리 목표로 잡은 문제를 풀고 책을 읽고 싶을 뿐이었다.

이어폰을 꽂은 채로 얼마간 공부에 집중하는데 뒤에서 인기척이 느껴졌다. 사서 선생님인가 싶었지만 드리워지는 그림자를 보니 아닌 것 같았다. 이어폰을 빼고 뒤를 돌아보자 낯선 남학생이 그녀를 쳐다보고 있었다.

"이 책, 네가 읽던 거야?"

남학생은 그녀가 갖고 있던 책을 가리키며 물었다.

"응."
"왜?"
"읽고 싶으니까."

연주의 짧은 대답을 끝으로 남학생은 연주가 갖고 있던 책들을 빼앗으며 그녀를 방해하기 시작했다. 연주는 초면인 그

가 왜 이런 행동을 하는 건가 싶어 황당해하다가 한 가지 그
럴듯한 가정을 떠올렸다.

집안 형편이 어려워서 책을 살 수 없는 처지가 아닐까? 하
는 가정이었다. 입시 명문으로 소문난 사립 고등학교이기 때
문에 등록금이 비싼데도 장학금 제도는 제법 잘 되어 있었
다. 그래서 형편이 어려운 학생들이 종종 전액 장학금을 받
으며 다니기도 한다는 이야기를 들은 적이 있었다.

그렇게 생각하니 모든 것이 척척 들어맞는 것 같았다. 그
녀가 갖고 있었던 주환그룹 회장의 자서전을 살 수 없는 처
지였기에 흥미를 보였던 것이다. 그리고 옆에 놓여 있는 많
은 문제집과 참고서들을 보며 눈이 돌아간 거겠지.

조금 측은하기도 하고 딱해 보여 애써 친절한 태도를 잃지
않으려 노력했으나 책을 전부 빼앗은 것으로도 모자라 자서
전까지 빼앗는 모습에 조금 짜증이 났다.

"줘."

이번에는 가만히 있지 않고 한마디했다. 조금 전처럼 막무
가내로 나오면 크게 화를 낼 생각이었는데 그는 의외로 순순
히 책을 돌려주었다. 화를 내려고 했던 연주가 다 민망할 정
도로 말이다.

그 모습에 오늘 읽기로 결심한 자서전은 안 되겠지만 다른

참고서나 문제집 정도는 빌려줘도 되지 않을까 고민하는데 문득 도서실 벽에 걸려 있던 시계가 눈에 들어왔다.

5시. 계획대로라면 오늘 목표한 분량의 문제를 다 풀고 독서를 시작했을 시간이었는데 남자아이의 방해로 인해 시간이 많이 지체되었다.

더 이상 이곳에서 공부하기는 글렀다고 생각한 연주가 서둘러 짐을 챙겼다. 책에 관심이 많다 해도 남의 집까지 따라올 리는 없을 테니 꽤 괜찮은 결정이었다.

남학생은 연주가 예상했던 대로 그녀의 책들을 탐내고 있었다. 단념한 연주가 그냥 가져도 된다고 말했더니 이상한 반응을 보였다. 황당하다는 얼굴을 하더니 갑자기 자기를 모르냐고 묻는 것이다. 혹시 자신이 그의 속을 너무 훤히 꿰뚫어 봐서 독심술이라도 한다고 착각한 건가 싶어 네가 누구냐고 되물어 주었다.

그 후로 조용해진 남학생의 반응을 보며 드디어 집에 가도 되는 건가 싶었는데 갑자기 가져갔던 책들을 모두 돌려주더니 이상한 말을 뱉었다.

"이거 잠깐 빌릴게."

잠시 빌린다고 외친 남자아이는 하필 오늘 읽기로 마음먹었던 책을 가지고 도망가 버렸다.

그 후로 분명 몇 번이나 마주쳤었는데 아는 척도 하지 않는 그의 태도를 보며 연주는 직감했다.

책은 못 받겠구나.

체념하고 있었는데 별로 친하지 않은 같은 반 친구 중 하나가 그 아이를 가리키며 자신이 좋아하는 남자라고 말했다.

잘생긴 건 인정하지만 책을 멋대로 가져가 버리며 최악의 첫인상을 기록한 덕분에 연주는 그를 보고도 큰 감흥을 느끼지 못했다. 하지만 워낙 사납고 드세기로 유명한 친구였기 때문에 저 아이가 어떤 것 같냐는 질문에 적당히 착해 보인다며 칭찬을 했다.

그리고 사건은 하필 남자아이를 좋아한다고 말했던 친구와 함께 웃으며 복도를 걸을 때 터지고 말았다. 그동안은 한 번도 아는 척하지 않았던 주제에 자신을 엿 먹이려는 의도라도 있었던 것인지 갑자기 빌려 갔던 책을 내밀며 말을 걸어온 것이다.

"이 책……."

그가 들고 있던 책이 눈에 밟혔으나 옆에 있던 친구가 알게 된다면 난리가 날 것이 불 보듯 뻔했기 때문에 연주는 무시하는 쪽을 택했다.

어차피 며칠간 자신을 모른 척했을 때부터 못 받을 것이라고 생각했던 책이었기에 크게 아쉽지는 않았다. 책이야 다시 사면 그만이었다.

그런데 이상하게도 복도에서 한 번 마주친 후로 그가 보이지 않았다. 이름도 모르고, 몇 반인지도 모르니 소식을 알 길이 없었는데 그 아이를 좋아하는 친구가 다른 친구와 하는 이야기를 우연히 듣게 되었다. 그 아이가 유학을 갔노라고.

그 말을 듣고 나니 어쩌면 자신이 했던 모든 생각들이 오해는 아니었을까. 그리고 어쩌면 뭔가 다른 이유가 있었던 건 아닐까 싶은 생각이 들며 마음이 이상해졌다.

어디 한 군데가 아픈 것도 같고, 아린 것도 같은 이상한 기분.

하지만 연주는 애써 그 감정의 정체를 알려고 하지 않았다. 정확하게는 알려고 할 틈이 없었다는 말이 맞을 것이다.

2학년이 됨과 동시에 집안 형편이 급속도로 나빠져 한가롭게 과거를 추억하고 곱씹을 시간 같은 건 연주에게 허락되지 않았다. 비싼 등록금을 감당하지 못해서 전학을 가야 했고, 낯선 환경 속에 적응해야 했다.

가장 힘들고 어려웠던 시간을 보낸 연주는 현실에 치여 스스로도 알지 못했던 생소한 감정의 추억을 떠나보냈다.

✳   ✳   ✳

그래, 그랬었지.

추억을 회상하던 연주가 작게 웃었다. 그렇게 사소했던 인연이 결혼으로 이어지게 될 줄 누가 알았을까 싶었던 것이다. 그러다 문득 한 가지 궁금증이 생겼다.

"넌 처음부터 나인 줄 알았던 거야?"

"당연하지. 안 그럼 초면에 왜 그랬겠어?"

듣고 보니 그랬다. 다짜고짜 초면에 반말하며 커피 우유를 빌미로 번호를 물어본 것 자체가 상당히 이상한 행동이었으니까. 그게 다 자신을 알아보고 한 행동이었더라면 어느 정도 이해가 갈 것도 같았다.

하지만 조금 어이가 없는 부분이 있었다. 그랬기에 연주는 주원의 바로 앞에 책을 들이밀며 말했다.

"이거 10년 만에 준 거면 이자까지 쳐서 갚아야 하는 거 아니야?"

연주의 말은 진심이었다. 무려 10년 만에 돌려주다니. 절대 그냥 넘어갈 수 없었다.

연주의 말에 주원은 크게 당황했다. 다짜고짜 이자를 갚으라니. 대체 무슨 뜻으로 한 말일지 짐작이 가지 않았기 때문이다.

일단 당황스러움을 최대한 가라앉힌 후 입을 열었다.

"어떤 식으로 갚았으면 좋겠는데?"

"음, 일단……."

뭔가를 곰곰이 생각하는 것 같던 연주가 이내 입을 열었
다.

"나랑 평생 못 헤어져."

단호하기 그지없는 얼굴로 말하는 연주의 모습에 주원은
금세 긴장을 풀고 작게 웃었다. 그런 이자라면 두 팔 벌려 환
영이었으니까.

"알았지?"

다시 한 번 확인하듯 단호하게 묻는 연주의 모습에 주원이
웃으며 대답했다.

"물론이지."

주원의 확고한 대답에 연주가 만족스럽다는 듯 웃으며 그
를 끌어안았다. 주원 역시 두 팔을 둘러 연주를 꼭 안았다.
그 후 서로를 마주 보며 웃던 두 사람의 입술이 맞닿았다.

✳   ✳   ✳

시간은 순식간에 흘러 어느덧 결혼식 당일이 되었다. 연
주는 이른 새벽부터 이어지는 피곤한 일정 덕분에 본식이 시
작되기 전부터 이미 지쳐 있는 상태였다. 웨딩드레스를 아름
답게 소화해야 한다며 새벽부터 아무것도 먹지 못한 데다가,
진한 신부 화장과 머리 세팅으로 인해 온몸이 불편함을 호소
하고 있었다.

신부 대기실에 앉아서 들어오는 사람들을 향해 한결같은 웃음을 지어 주는 일 역시 쉽지 않았다. 너무 웃어서 입가에 경련이 일어날 지경이었으니까. 아무리 결혼에 대한 로망이 있다고 해도 두 번은 절대 못 할 것 같다는 생각까지 하고 있었다.

연주가 신부 대기실에서 흑사 아닌 흑사를 당하고 있을 무렵 바로 옆 부서 사람들이 도착해 인사를 건네기 시작했다.

"결혼 축하드려요."

"정말 너무 축하드려요."

"너무 좋으시겠어요. 부러워요."

연주에게 축하 인사를 건네는 이들 중에는 그녀에게 낙하산 주제에 남자 하나 진짜 제대로 꼬셨다며 뒤에서 욕하던 이들도 있었다. 그것도 결혼식 당일인 오늘. 화장실에 다녀온 서정이 직접 전해 준 얘기였다. 덕분에 연주는 가끔씩 표정 관리가 되지 않아 애를 먹었다. 하지만 애써 딴생각을 하며 겨우 웃어넘겼다.

어느 정도 시간이 지났을 무렵 같은 부서 사람들이 하나둘 등장하기 시작했다.

"서연주 씨, 참 예쁘네요. 결혼 축하해요."

"어쩜, 오늘 진짜 예쁘네요. 축하드려요."

"그러게요. 너무 예뻐요."

순수한 의도로 축하를 건네는 사람 반, 그렇지 않은 사람이 반인 것 같았다. 지금 인사를 건넨 세 명의 여직원 같은 경우는 전자에 해당되는 듯했다. 비록 한 대리와 함께 몰려다니기는 했으나 직접적으로 연주에게 악의를 드러낸 적도 없었고, 딱히 그녀를 싫어한 적도 없었다.

그래서 오늘 이 자리에 올 수 있었던 것이겠지. 한 대리 같은 경우는 연주가 주원에게 지나가는 말로 지금까지 있었던 일을 말해 준 후로 어찌 된 일인지 알아서 사표를 내고 회사를 관뒀다. 아마 주원의 영향력이 있었으리라 짐작되지만 구체적으로 어떤 방법을 쓴 것인지는 알 길이 없었다.

"장 팀장님은 왜 안 오신 거래요?"

잠깐 한 대리의 생각을 하던 연주의 귓가에 한 여직원이 꺼낸 말이 꽂혔다. 장 팀장이라면 분명 시후를 지칭하는 말일 것이다.

"팀장님은 개인적인 사정이 있으셔서 못 오셨다는 것 같던데?"

"저런, 많이 중요한 일이셨나 봐요? 팀원 결혼식에도 불참하시고……."

왠지 저더러 들으라고 하는 말인 것 같아 연주는 양심이 콕콕 찔렸다. 시후가 참석하지 못한 이유가 저 때문이라는 것을 불 보듯 뻔히 알 수 있었으니까. 고백을 단칼에 거절한 이후로 시후는 연주를 멀리했다.

평소 눈치가 그다지 빠르지 않은 편인 연주가 눈치챌 정도

로 시후는 그녀를 피해 다녔다. 결국엔 결혼식에도 참석하지
않았다.

차라리 다행이라고 생각해야 하나 싶으면서도 괜히 마음
이 불편해지는 건 어쩔 수 없었다.

그런 생각을 하며 형식적인 인사를 주고받는 연주에게 서
정이 다가와 말했다.

"기운 좀 내, 서연주. 너 오늘 내가 지금까지 봐 왔던 날들
중에 가장 예뻐."

아무래도 자신이 기운 없어 하는 모습을 멀리서 보고 재
빨리 달려온 모양이었다. 덕분에 기분이 조금 좋아진 연주가
서정을 향해 웃어 보였다.

서정이야말로 요즘 연애라도 하는 것인지 날이 갈수록 예
뻐지고 있었다. 그런데 이상한 것은 대체 상대가 누구냐고
물어도 말을 해 주지 않는다는 점이었다. 딱히 남자가 생긴
것을 부정하지도 않았다. 평소 같았으면 진작 모든 것을 털
어놓았을 서정이었기에 조금 수상했다.

"너 진짜 나한테 아무것도 말 안 해 줄 거야? 나 오늘 결
혼하는데?"

갑작스러운 연주의 질문에 서정이 당황한 얼굴을 하더니
이내 옆에 있던 직원에게 물었다.

"오늘 제 친구 너무 예쁘죠?"

서정이 묻자, 지목당한 직원은 물론 주변에 있던 사람들도

너나 할 것 없이 연주의 외모를 다소 과장된 표현으로 칭찬하기 시작했다.

아부가 섞인 칭찬에 연주가 애매하게 웃었다. 서정이 화제를 전환하기 위해 일부러 한 질문임을 알고 있었으니까. 설령 그게 아니더라도 주환그룹의 회장이 될 주원과 결혼하는 자신을 향한 아부라는 것쯤은 잘 알고 있었다.

하지만 갈색의 긴 머리를 예쁘게 틀어 올려 고정시키고, 눈이 부실 정도로 하얀 웨딩드레스를 입은 그녀는 정말이지 천사 같다는 표현이 절로 나올 정도로 아름다웠다. 다소 과장된 표현이 없었던 것은 아니지만 아예 없는 얘기로 칭찬한 것은 아니었다.

연주를 향한 주변 사람들의 반응에 주원은 겉으로 애써 태연한 척 웃어 보였지만 속으로는 이를 갈고 있었다. 예쁜 연주의 모습은 자신만 보고 싶었고, 자신만 알고 싶었는데 너무 많은 사내놈들이 그녀의 드레스 입은 모습을 보게 된 것이 불만이었다.

이럴 줄 알았으면 결혼식은 지인들만 불러서 조촐하게 하고 싶다는 연주의 말을 적극적으로 들어줄 걸 그랬다며 크게 후회했으나 이미 때는 늦었다. 어서 결혼식이 끝나고 둘만의 시간이 다가오기를 기다릴 수밖에.

주원의 바람 덕분인지 식장의 분위기는 순탄하게 흘러갔고 어느새 본식이 시작되었다.

신랑 입장을 알리는 사회자의 말과 함께 수많은 사람들의 시선 속으로 걸어 들어가면서도 주원의 머릿속에는 오직 한 가지 생각뿐이었다. 식이 끝나는 대로 연주를 보쌈해서 재빨리 사라지겠다는 생각.

주원과는 전혀 다른 의미로 연주 역시 어서 결혼식이 끝나기만을 바라고 있었다. 이 많은 사람들 앞에서 오늘의 주인공인 신부 역할을 해내야 한다는 부담감이 그녀를 지배하고 있었기 때문이다. 특히 본식이 시작되고 신부 입장을 알리는 사회자의 목소리가 들렸을 때는 정말이지 심장이 멎는 줄 알았다.

최대한 침착하게 아버지의 손을 잡고 입장하는 연주에게 수많은 사람들의 시선이 쏠렸다. 연주는 그 시선들 속에 발이 묶이는 착각이 들 정도로 머릿속이 새하얗게 변했다. 긴장한 탓인지 절로 안색이 창백해지고, 다리가 후들거렸다. 이대로 가다가는 주원이 있는 곳에 도달하기 전에 쓰러질 것만 같았다.

연주의 걱정이 기우가 아니었다는 듯 다리의 힘이 완전히 풀리며 연주의 몸이 앞으로 크게 고꾸라졌다. 아마 정신을 차렸을 땐 바닥에 넘어진 후일 것이 분명했다.

두 눈을 꽉 감는데 이상하게도 넘어졌을 때의 충격이 조금도 전해지지 않았다. 오히려 누군가가 든든하게 자신을 안아주고 있는 듯한 느낌까지 들었다.

살며시 감고 있던 눈을 떠 보니 눈앞에 자신을 안고 있는 주원의 모습이 보였다. 언제 저 앞에서부터 여기까지 온 건가 싶어 어리둥절한 얼굴로 주원을 쳐다보는데 그의 목소리가 들려왔다.

"죄송하지만 장인어른."

아주 생생하게 말이다.

"지금부터 연주는 제가 데려가겠습니다."

주원은 장난기 가득한 얼굴로 웃어 보였다. 주변에선 못 말리겠다는 듯 유쾌한 웃음들이 터져 나왔다. 워낙 팔불출로 유명한 주원이었기에 다들 그를 이해하는 분위기였다.

덕분에 분위기는 한결 유쾌해졌고, 연주는 주원의 손을 잡은 채 천천히 앞으로 나아갔다. 정말 신기하게도 아까와 달리 조금의 불안감이나, 긴장감도 느껴지지 않았다. 그저 자신의 옆에 있는 남자가 구주원이라는 사실 하나만으로 벌어진 놀라운 일이었다.

동시에 이 남자만 있다면 뭐든 할 수 있을 것 같은 기분이 들었다. 아니, 이 남자라면 무엇을 함께해도 될 것 같았다.

내가 이번 생을 함께하기로 결심한 이 남자라면.

"신랑 신부는 맹세의 키스를!"

유쾌한 주례사님의 말이 끝남과 동시에 주원은 기다렸다는 듯 연주의 입술을 탐했다. 연주 역시 주원에게 자신의 입술을 맡겼다.

앞으로 남은 시간을 함께 걸어갈 동반자로서 그를 선택한 것이 자신의 인생에 있어서 가장 훌륭한 선택이었다는 생각을 하면서 말이다.

주원 역시 연주가 평생을 함께할 짝이 되었다는 사실을 이 자리에 있는 모든 사람에게 알리듯 열정적인 키스를 했다.

두 사람은 결혼식의 끝을 알리는 동시에 인생에서 새로운 시작을 알리는 길고도 진한 키스를 이어 갔다.

에필로그
사소하고도 특별한

"나 이제 그만 쉬고 싶어."

한창 바쁘게 일하던 주원이 움직임을 멈추고 투덜거렸다. 이번엔 또 뭐가 불만인 걸까 싶어 속으로 한숨을 내쉬던 윤 비서가 천천히 입을 열었다.

"그 말, 오늘만 벌써 쉰네 번째 하셨습니다."

그걸 전부 세고 있었다니 역시 무서운 사람. 주원은 윤 비서의 능력에 대한 자신의 평가를 재빨리 상향 조정했다. 부친 곁에서 오래 일했던 사람이라 그런지 가진 능력이 남달랐다. 눈치는 또 얼마나 귀신같은지 사람을 다루는 능력 또한 뛰어났다.

"그렇게 쉬시다가 퇴근이 늦어지셔도 전 모릅니다."

주원의 가장 큰 약점이 퇴근 시간이라는 것을 알고 자연스럽게 그것을 물고 늘어졌다.

"늦게 퇴근하시면 사모님 얼굴 보실 시간이 줄어들 텐데, 괜찮으시겠습니까?"

심지어 주원이 왜 늦은 퇴근을 두려워하는지 그 이유까지 낱낱이 파악하고 있었다. 이런 상황에서 더 이상의 투덜거림은 무의미했다. 주원은 순순히 멈췄던 손을 다시 움직이기 시작했다.

요즘 새로운 사업을 추진하느라 여러 가지로 일이 많은 상황이었기에 주원이 투덜거리는 것도 이해가 갔다. 윤 비서만 해도 벌써 하루에 네 시간 이상 자 본 날이 언제인지 기억도 안 날 지경이었으니까.

하지만 주원은 그보다 훨씬 더 짧은 수면 시간을 가졌다. 잠을 잘 시간에 차라리 아내의 얼굴을 한 번이라도 더 보겠다며 잠깐씩 눈만 붙이며 살았던 것이다.

윤 비서는 주원이 진심으로 존경스러웠다. 아직 신혼이라면 어느 정도 이해하고 넘어갔을 수도 있지만 두 사람은 결혼한 지 7년이나 지난 부부였다. 게다가 둘만 있는 것도 아니고 아들 하나와 딸 하나를 둔 부모였다.

이쯤 되면 서로에게 설레기는커녕 권태기가 와도 이상하지 않을 텐데. 두 사람은 아직도 결혼한 지 얼마 되지 않은 신혼부부처럼 뜨거웠다. 특히 주원 쪽은 아주 목을 매다 못

해 연주가 죽으라면 죽는시늉이라도 할 기세였다.

사랑꾼이라는 별명이 아주 잘 어울리는 사람. 그게 바로 지금 윤 비서가 모시고 있는 새로운 구 회장이었다.

빠른 귀가를 위해 미친 듯이 손을 놀리고, 하루 종일 눈알이 빠져라 서류와 씨름했음에도 12시가 넘어서야 겨우 퇴근하게 된 주원이었다. 이마저도 남은 일은 집에 가서 처리하겠다고 말했기 때문에 가능한 일이었다.

오늘도 푹 자긴 글렀다는 생각을 하며 조용히 연주가 자고 있을 방의 문을 여는데.

"이제 왔어? 오늘은 일찍 왔네?"

침대에 누워 있던 연주가 목소리를 낮추며 천천히 몸을 일으켜 침대에서 내려왔다. 침대 위에 서준이와 주연이가 잠들어 있는 것을 보니 아이들을 재우고 있었던 모양이다.

1시가 조금 넘은 시각인데도 일찍 왔다며 놀라는 연주의 반응을 통해 새삼 자신이 최근에 얼마나 늦은 귀가를 했었는지 깨닫게 된 주원이었다.

"당신 보고 싶어서 빨리 왔지."

주원의 말에 연주는 쑥스러운 듯 얼굴을 붉히며 그의 시선을 살짝 피했다.

주원은 기분 좋은 미소를 지어 보였다. 잠깐 동안 연주와 얼굴을 마주하는 것만으로도 모든 피로가 사라지는 기분이 들었다. 이건 일종의 보상이었다. 하루 종일 힘들게 일한 자신을 위한 세상에서 가장 특별한 보상.

주원은 수줍어하는 연주의 이마에 입술을 지그시 눌렀다가 뗐다. 그 후 연주의 입술 위로 제 입술을 옮기는데.

"그만!"

갑작스럽게 들려온 외침에 두 사람 모두 크게 움찔했다. 동시에 외침이 들려온 곳을 향해 시선을 돌렸다.

"아빠, 반칙이야! 엄마는 내 거란 말이야!"

어느새 잠에서 깨어난 서준이 서둘러 침대에서 내려와 달려왔다. 그리고는 연주와 주원 사이를 비집고 들어오더니 연주의 앞에 섰다. 마치 주원으로부터 연주를 지키겠다는 각오가 느껴지는 자세였다.

서준의 모습에 주원이 어이가 없다는 얼굴로 입을 열었다.

"아들, 엄마가 왜 네 거야?"

주원은 그렇게 말하며 서준을 연주에게서 떼어 내기 위해 힘껏 잡아당겼다. 아니, 정확하게는 잡아당기려고 했다. 그런데 갑자기 침대 쪽에서 또 다른 외침이 들려왔다.

"맞아! 엄마가 왜 오빠 거야!"

딸인 주연이 역시 소란스러운 분위기 때문에 잠에서 깬 모양이었다. 주원은 주연이의 외침에 만족스러운 얼굴을 했다. 역시 딸은 아빠를 좋아한다는 말이 맞구나 싶은 생각이 들었던 것이다.

하지만 그의 생각은 오래가지 못했다. 주연이 역시 침대에서 내려와 주원과 연주 사이를 비집고 들어와서는 당찬 한마디를 던졌기 때문이다.

"엄마는 주연이 거야!"

주원은 절로 고개를 드는 배신감을 어찌할 수 없었다. 아니, 이것들이? 너희 먹여 살리겠다고 하루에 네 시간도 못 자고 밖에서 일하고 오는데. 지금 누구 앞에서 연주의 소유권을 주장한단 말인가.

주원의 생각이 이어지던 찰나, 서준은 한술 더 떠서 연주를 애교 가득한 눈으로 바라보며 물었다.

"엄마는 서준이가 좋아? 아빠가 좋아?"

"뭐?"

연주가 황당하다는 얼굴로 되물었다. 이건 뭐 아빠가 좋아? 엄마가 좋아? 도 아니고 이 나이에 이런 질문을 듣게 될 줄은 상상도 못 했다. 덕분에 조금 난감한 표정을 짓던 연주가 도와 달라는 의미로 주원에게 눈짓을 하는데 그는 모른 척했다.

"그거 좋은 질문이네. 나야, 서준이야?"

오히려 한술 더 떠서 연주의 선택을 강요했다. 둘 사이에 끼어 있는 연주만 죽을 맛이었다.

"왜 난 빼는 거야? 주연이도 넣어야지!"

이젠 둘도 아니고 셋이 되어 버렸다. 올해로 여섯 살이 된

첫째 서준이 못지않게 다섯 살 주연이의 고집도 만만치 않았다. 거기다가 연주에겐 다섯 살짜리 꼬마가 하나 더 있었으니.

"빨리 말해. 셋 중 누구야? 솔직히 남편인 나지?"

올해로 서른다섯 살이 된 연주의 동갑내기 남편님 되시겠다. 연주는 도끼눈을 떴다. 같이 애들을 달래도 모자랄 판에 왜 거기 껴서 그러고 있는 건지.

결국 두 손 두 발 다 든 연주가 크게 한숨을 내쉬며 입을 열었다.

"대답할게. 대신 대답 듣고 나서 불만 표시하기 없기. 알았지?"

연주는 세 사람 모두에게 각각 불만을 표시하지 않겠다는 다짐을 받아 낸 후 차분하게 입을 열었다. 그리고 연주가 입을 여는 것과 동시에 세 사람의 시선이 모두 연주의 입 모양에 고정되었다.

"난 내 거야."

생긋 웃으며 말하는 연주의 모습에 그녀를 제외한 모두가 할 말이 많은 눈치였으나 불만을 표시하지 않기로 다짐한 만큼 뭐라 할 수도 없었다. 연주는 크게 만족한 얼굴로 입을 열었다.

"서준이랑 주연이는 내일 유치원 가야 하니까 얼른 자."

연주의 한마디에 두 아이 모두 신속하게 침대 위로 올라가 이불을 덮고 누웠다. 연주는 서준이와 주연이를 보며 만족스러운 얼굴을 했다. 그리고 고개를 돌려 뚫어져라 자신만 쳐다보고 있던 주원과 눈을 맞췄다. 주원은 뭔가를 기대하고 있는 눈빛으로 그녀를 바라보았다. 예를 들면 둘만의 오붓한 시간이라던가?

"당신은 빨리 일하러 가야지? 바쁘잖아."

그러나 연주에게 자비란 없었다. 바쁜 것도 사실이었고 빨리 일하러 가야 한다는 것도 사실이었다. 하지만 조금 전 아이들과 함께 연주를 난처하게 만든 대가를 치르는 것 같은 기분을 지울 수 없었다.

실망한 기색이 역력한 주원을 향해 서준과 주연은 연주의 시선을 피해 몰래 혀를 내밀며 그를 약 올렸다. 저, 뉘 집 자식인지. 나 원 참!

주원은 아이들의 모습을 보며 속에서 끓어오르는 분노를 최대한 내리누른 채 방을 나섰다. 어떻게든 빨리 일을 끝내고 연주의 옆자리를 차지하겠다는 생각 때문이었다.

지금은 옆에서 뭘 하든 그녀가 자신을 상대해 주지 않을 것임을 잘 알고 있었다. 자신의 아내는 게으르고, 책임감 없는 남편이 가장 싫다고 말했다. 그러니 그녀를 위해서라도 주원은 성실하고, 책임감 강한 남편이 되어야 했다.

쓸쓸한 마음으로 서재에서 노트북을 두드리고 있는데 노

크 소리가 들려왔다. 벽에 걸려 있는 시계를 보니 벌써 새벽 5시. 연주가 잠들고도 남았을 시간이었다. 대체 누구일까 싶어서 일단 들어오라고 말하는 주원의 눈앞에 연주가 나타났다.

"당신, 아직까지 안 자고 있었어?"

조금 놀란 주원이 물었다. 평소의 연주였다면 진작 잠이 들고도 남았을 시간이었으니까. 주원의 물음에 연주는 아까 전 그가 했던 말을 이용해서 대답했다.

"당신 보고 싶어서 안 자고 왔지."

연주는 재빨리 주원에게 다가와 그를 꼭 안아 주며 말을 이었다.

"잘 다녀왔어, 내 남편?"

다소 늦다 못해 뜬금없기까지 한 인사였지만 그런 것은 중요치 않았다. 지금 이 순간 자신의 옆에 연주가 있다는 사실이 중요할 뿐.

눈앞에 있는 이 여자가 자신의 아내라는 사실이 주원에겐 가장 중요했다.

"인사도 받았으니까 아까 하던 거마저 해도 되지?"

주원은 연주가 뭐라고 대답을 하기도 전에 그녀의 양 뺨을 붙잡고 그녀의 입술에 자신의 입술을 포개어 놓았다. 그리고는 심한 갈증을 느낀 사람처럼 정신없이 연주의 입술을 탐했다. 연주 역시 주원의 목에 두 손을 감으며 적극적으로 화답했다.

얼마간의 키스가 끝나고 두 사람은 서로의 손을 꼭 잡은 채 서재의 거대한 창문을 통해 바깥을 바라보고 있었다. 하늘이 보랏빛으로 물들며 아침이 밝아 올 것을 예고하고 있었다. 조금만 더 있으면 붉은 해가 떠오를 것이다.

그리고 나면 또 하루가 시작될 것이다. 평소와 다르지 않을 하루가, 평소와 같은 하루가. 하지만 그 하루를 더없이 특별하게 만드는 사람이 있다.

세상에서 가장 소중한 나의 인연.

그 사람과 함께라면 당신의 사소한 하루는 더없이 특별한 순간이 될 것이다.

—fin

작가 후기

안녕하세요, 성지혜입니다.

탈도 많고 말도 많았던 '사소하고도 특별한' 이 드디어 완결을 맺었습니다. 멋도 모르고 냈던 첫 번째 작품의 완결과는 달리 뭔가 더 홀가분합니다. 이번 작품은 정말이지 제겐 애증의 작품이었습니다. 처음으로 슬럼프라는 게 온 작품이기도 했고, 처음으로 종이책 출간을 하게 된 작품이기도 합니다.

첫 연재는 분명 2014년도에 했었는데 그 끝은 2017년에야 맺게 된, 정말이지 오래도 붙잡고 있었던 작품입니다. 연재하던 중간에 개인적으로 너무 힘든 일이 있어서 연재를 중단하고 영원히 제 노트북에 잠들 뻔했는데, 어쩌다 보니 종이 책 출간 계약을 맺어서 다시 세상 밖으로 나오게 된 그런 아이입니다. 이 자리를 빌려 출판사분들께 다시 한 번 감사의 인사를 드립니다.

사실 원래 두 주인공인 연주와 주원이는 제가 구상한 다른 소설의 주인공들이었습니다. 하지만 그 소설보다 이번 작품에 더 잘 어울리는 이름이라고 생각해서 이렇게 데려오게 되었습니다.

두 사람의 이름의 의미는 구주원=구원, 연주의 인생을 구원할 남자라는 의미로 이렇게 지었습니다. 서연주=연주, 주원의 마음을 곡을 연주하듯 어루만지며 치유할 여자라는 의미로 이렇게 지었습니다.

이렇게 보니 꿈보다 해몽인 것 같은데 진짜 저런 의도로 지은 이름들입니다. 사실 저는 소설을 쓸 때 주인공들의 이름을 열심히 짓는 편이 아닙니다. 그냥 느낌이 온다 싶으면 짓고 보기 때문이죠. 덕분에 연주와 주원이는 제가 지금까지 구상한 소설 중 가장 열심히 이름을 작명한 케이스라고 할 수 있습니다. 게다가 이건 의도하지 않았으나 두 사람의 이름을 나란히 위아래로 놓고 세로로 읽어 보면 서로의 이름이 만들어집니다.

서연주.

구주원.

잡담은 여기까지 하고, 어쨌든 이젠 정말 연주와 주원이를 보내 줘야 한다는 생각에 머릿속이 복잡합니다. 그리고 한편으로는 홀가분하기도 합니다. 그만큼 오래 붙잡고 있었던 글이니까요. 앞으로 지금보다 더 발전한 글을 쓰는 작가가 되도록 노력하겠습니다.

부디 이 책을 읽은 독자님께 평범한 하루, 사소한 하루를 세상에서 가장 특별하게 만들어 줄 인연이 찾아오기를.